LIGURIA IN GIALLO

II SERIE

7

Il nostro indirizzo internet è:
http://www.frillieditori.com
info@frillieditori.com

EDITING

RENZO TEBANO

LAYOUT COPERTINA

SARA CHIARA

Via Priaruggia 31/1 - Genova - Tel. 0103074224 - 0103772846

ISBN 88-7563-205-7

Giampietro Stocco

DEA DEL CAOS

FRATELLI FRILLI EDITORI

←Protettorato Tedesco
←Repubblica Democratica
Cisalpina
Genova
R.D.C.
Base di
Hardenfeld
Roma
Repubblica
Italiana

Personaggi e comprimari

Per non fare confusione ho scelto di creare due elenchi, il primo con i personaggi frutto della mia immaginazione, il secondo con le persone realmente esistite. Trattandosi di una linea temporale alternativa, alcuni dati biografici sono ovviamente diversi da quelli che conosciamo…

1) I personaggi da me creati:

Marco Diletti (nato nel 1936) – giornalista radiotelevisivo all'E.I.A.R fino al 1973, poi all'Immagine Italiana fino al 1976. Dal 1980 al 2005 ai Servizi Informativi di Stato della Repubblica Democratica Cisalpina.

Bianca Diletti (nata nel 1976) – figlia di Marco Diletti, dal 1994 giornalista televisiva ai Servizi Informativi di Stato della Repubblica Democratica Cisalpina.

Maria De Carli (nata nel 1936) – gerarca fascista. Nel 1976 Presidente del Consiglio fino all'invasione tedesca.

Ettore Varchi (nato nel 1942) – gerarca fascista; ultimo segretario nazionale del P.N.F. (1975-1976).

Silvia Fortunato (nata nel 1952) – attivista del Movimento Studentesco, fidanzata di Marco Diletti fra il 1975 e il 1976; nel 1975 passa dai gruppi extraparlamentari alla lotta armata in Lotta Socialista. È nel gruppo di fuoco che uccide il ministro della Guerra, Alfonso Paoloni, e il suo autista.

Ezio Assereto (nato nel 1950) – giornalista radiotelevisivo, caposervizio ai Servizi Informativi di Stato della Repubblica Democratica Cisalpina.

Alberto Bernardi (nato nel 1958) – giornalista radiotelevisivo, conduttore del telegiornale ai Servizi Informativi di Stato della Repubblica Democratica Cisalpina.

Antonio Murgita (1906-1987) – politico comunista; (1950-1980) segretario generale del Partito Comunista Italiano; (1980-1987) segretario centrale del Partito Comunista Italiano – Repubblica Democratica Cisalpina.

Valerio Fortunato (nato nel 1949) – (1972-1977) leader del Movimento Studentesco romano.

Libero Bovo (nato nel 1940) – politico italiano, (1978-2003) componente del Comitato Centrale del Partito Comunista Italiano – Repubblica Democratica Cisalpina; (2003-2005) sindaco di Genova.

Giorgio Musso (nato nel 1935) – politico comunista (1987-1990) segretario centrale del Partito Comunista Italiano – Repubblica Democratica Cisalpina (1990-2005) segretario nazionale di Democrazia e Progresso.

Massimo Zennaro, Franco Agostini, Renzo Schiaffino – giornalisti.

Antonio Forti (nato nel 1933) – giornalista radiotelevisivo; (1973-1976) direttore del Telegiornale Due.

Paolo Galbiati (nato nel 1939) – giornalista radiotelevisivo; nel 2005 direttore dei Servizi Informativi di Stato.

Antonio Giuffré (nato nel 1932) – funzionario radiotelevisivo; nel 2005 amministratore delegato dei Servizi Informativi di Stato.

Adolfo Casamassima (1890-1976) – gerarca fascista; (1959-1976) ministro dell'Interno.

Virgilio Dente (nato nel 1946) – (1975-1979) capo militare di Lotta Socialista.

Settimo Fornari (1928-1976) – ideologo di Lotta Socialista.

Marcello Romani – alias Valerio Fortunato, segretario personale del sindaco di Genova.

Luisa Forte – amante genovese di Palmiro Togliatti.

Liliana Forte (nata nel 1925) – sorella di Luisa Forte.

Aurora Forte (nata nel 1936) – figlia di Luisa Forte e di Palmiro Togliatti.

Francesco Martone (nato nel 1945) – politico comunista (1978-2003) componente del Comitato Centrale del Partito Comunista Italiano – Repubblica Democratica Cisalpina; dal 2003, capocorrente di maggioranza di Democrazia e Progresso; dal 2004, Presidente della Repubblica Democratica Cisalpina.

Jamina – miliziana libica, supervisore.

2) I protagonisti realmente esistiti nella linea temporale alternativa generata dalla neutralità italiana nel giugno 1940:

Galeazzo Ciano, conte di Cortellazzo (1903-1983) – genero di Benito Mussolini; ministro degli Esteri (1936-1944); Duce del fascismo (1944-1976).

Benito Mussolini (1883-1944) – Capo del Governo Italiano (1922-1925); primo Duce del Fascismo (1925-1944).

Adolf Hitler (1889-1944) – Capo del Partito Nazionalsocialista dei lavoratori (1921-1933); Cancelliere e quindi Führer del III Reich (1933-1944).

Joachim von Ribbentrop (1893-1977) – gerarca nazista; (1938-1944) ministro degli Esteri del III Reich. Muore in prigione a Spandau.

Viaceslav Molotov (1890-1951) – gerarca sovietico; (1939-1951) ministro degli Esteri; viene fatto uccidere da Stalin.

Claus Schenk Graf von Stauffenberg (1907-1983), ufficiale germanico; nel 1944 organizza e porta a termine l'attentato che mette fine alla vita di Hitler e al nazismo. Politico tedesco (1944-1972).

Francisco Franco (1892-1975) – dittatore spagnolo (1939-1975).

Dino Grandi (1895-1988) – gerarca fascista.

Giuseppe Bottai (1895-1959) – gerarca fascista.

Roberto Farinacci (1892-1968) – gerarca fascista.

Joseph Ratzinger (nato nel 1927), cardinale di Santa Romana Chiesa; dal 1978 pontefice romano con il nome di Leone XIV.

Julius Evola (1898-1974) – teorico e ideologo fascista.

Umberto II di Savoia (1904-1978) – Re d'Italia (1946-1978).

Albert Speer (1905-1981) – politico nazista (1931-1944); presidente del Reich (1945-1952 e 1970-1977).

Aldo Moro (1916-1978) – politico cattolico; presidente del Consiglio incaricato (1978).

Juri Vladimirovic Andropov (1914-1990) – politico sovietico; (1982-1989) segretario generale del Partito Comunista dell'Unione Sovietica.

Mathias Rust (nato nel 1968) – studente tedesco e pilota dilettante; (1989-1990) detenuto alla Lubianka per terrorismo. Estradato nel Reich tedesco nel 1991.

Kurt Waldheim (1918-1990) – politico tedesco; presidente del Reich (1983-1990)

Michail Gorbaciov (nato nel 1931) – gerarca sovietico; nel 1989 è componente del Comitato Centrale del Partito Comunista dell'Unione Sovietica; nel giugno componente del Triumvirato che succede ad Andropov. Dal luglio è esule in Occidente.

Eduard Shevardnadze (nato nel 1928) – gerarca sovietico; nel 1989 componente del Comitato Centrale del Partito Comunista dell'Unione Sovietica; nel giugno componente del Triumvirato che succede ad Andropov. Dal luglio è esule in Occidente.

Andrej Gromyko (1909-1989) – gerarca sovietico, componente del Comitato Centrale del Partito Comunista dell'Unione Sovietica; (1957-1989) ministro degli Esteri.

Boris Eltsin (nato nel 1931) – gerarca sovietico; nel 1989 componente del Comitato Centrale del Partito Comunista dell'Unione Sovietica. Primo Presidente della Repubblica Russa (1990-1995).

Yasser Arafat (1929-2005) – Primo Presidente della Palestina (1990-2005).

Arturo Bocchini (1880-1940) – (1926-1940) capo della polizia politica fascista.

Giovanni Battista Montini (1897-1978) – cardinale di Santa Romana Chiesa; (1963-1978) pontefice romano col nome di Paolo VI.

Vittorio Emanuele IV (nato nel 1937), ultimo Re d'Italia, 1978.

Mario Scelba (1901-1991) – politico italiano (1978-1985) ministro dell'Interno.

Ugo La Malfa (1903-1979) – politico italiano, (1978-1979) Presidente del Consiglio.

Lavrentij Beria (1899-1953) – gerarca sovietico (1946-1953) componente del Comitato Centrale del PCUS. Muore nel putsch che segue la morte di Stalin.

Palmiro Togliatti (1893-1944) – politico italiano (1927-1944) Segretario Generale del Partito Comunista Italiano.

Guido Leto – (1938-1940) direttore dell'OVRA; (1940-1955) capo della polizia politica fascista.

Giancarlo Pajetta (1911-1944) – dirigente del PCI.

Luigi Longo (1900-1944) – dirigente del PCI.

Pietro Secchia (1903-1970) – dirigente del PCI.

Josip Stalin (1879-1953) – (1924-1953) dittatore sovietico.

Giorgio Almirante (1914-1988) – gerarca fascista; (1958-1967) capo dell'OVRA.

Alessandro Pavolini (1903-1958) – gerarca fascista; (1955-1958) capo dell'OVRA.

Vladimir Ilic' Uljanov detto Lenin (1870-1924) – leader della rivoluzione bolscevica e (1917-1924) leader sovietico.

Nicolò Machiavelli (1469-1527) – saggista e funzionario di Stato fiorentino.

Tayyip Erdogan (nato nel 1954) – politico turco; dal 1997 componente del Direttorio della Nuova Mezzaluna.

Tareq Aziz (nato nel 1936) – politico iracheno; dal 1997 componente del Direttorio della Nuova Mezzaluna.

Muammar Gheddafi (nato nel 1942) – leader libico; dal 1997 componente del Direttorio della Nuova Mezzaluna.

Bashar al-Assad (nato nel 1965) – politico siriano, figlio del leader Hafez al-Assad; dal 1997 componente del Direttorio della Nuova Mezzaluna.

Ayatollah Hoseyn Ali Montazeri (nato nel 1922) – religioso iraniano, successore di Ruhollah Khomeini alla guida spirituale del Paese. Dal 1997 Presidente del Direttorio della Nuova Mezzaluna.

Saddam Hussein (1937-1997) – politico iracheno (1979-1997) Presidente dell'Iraq.

Ernesto Guevara De La Serna, detto "el Che" (nato nel 1928) – rivoluzionario e politico argentino; dal 1967 Presidente della Repubblica cubana e Lider Máximo.

Fidel Castro (1927-1967) – (1959-1967) dittatore cubano.

John Kennedy jr (nato nel 1960) – politico statunitense, figlio di John Fitzgerald Kennedy; dal 2005 Presidente degli Stati Uniti d'America.

John Fitzgerald Kennedy (1917- 1989) – politico statunitense; (1961-1964; 1965-1968; 1969-1972) Presidente degli Stati Uniti d'America; soprannominato *The Beloved President*.

Andriy Shevchenko (nato nel 1976) – calciatore, stella dell'AC Milan, trasferito nel 2004 alla Nuova Genovese Calcio.

Joseph Goebbels (1897-1944) – gerarca nazista.

Rocco Buttiglione (nato nel 1948) – politico italiano.

Jörg Haider (nato nel 1950) – politico tedesco; dal 2002 Presidente del Reich.

Uno

Se ne stava lì da parecchio, ormai, le mani dietro la schiena, a guardare i lavori in corso nella piazza. Era estate, faceva caldo, e la polvere si sollevava ogni volta che la pala mollava il suo carico di terra e sassi. L'operaio, instancabile, scavava. Riempiva una carriola, che poi un altro manovale trasportava via. Marco si era sempre chiesto come sarebbe stata la sua vita da pensionato. Se davvero si sarebbe ritrovato a fissare istupidito i lavori manuali. "Beh, eccomi servito, e con gli interessi", pensò, mentre, con un gesto incerto, si detergeva il sudore dalla fronte usando il fazzoletto che, con un vezzo antiquato, portava al taschino.

Twonk… Twangg… Twonk…! Twangg… Forse quel suono di terra smossa lo allenava un po' alla morte. Tra poco avrebbe compiuto sessantotto anni. Ben portati, oh sì. Negli ultimi tempi, però, certi pensieri si erano fatti sempre più frequenti. Come i sogni… Specie da quando, un paio di anni prima, aveva lasciato il lavoro. Un vuoto incomprensibile, almeno per lui, che da tanto aveva aspettato quel momento, quando si sarebbe potuto riprendere la vita. Quella vita che la redazione gli aveva succhiato via giorno dopo giorno, e che adesso invece gli appariva come una nuda impalcatura. Un po' come i ponteggi che stavano montando quegli operai. Beh, sì, c'era Bianca. Sua figlia aveva adesso ventinove anni, e gli era subentrata al lavoro grazie a una sapiente opera di diplomazia. Marco sorrise al ricordo dei sentimenti protettivi con cui prima aveva fatto anticamera, e poi direttamente perorato la sua causa.

Adesso le parti si erano invertite. Da quando si era ambientata al lavoro, più che sua figlia, Bianca era ormai diventata una specie di seconda moglie. O una mamma. *Papà copriti. Papà stai attento alle correnti d'aria. Papà dove vai. Papà tieniti occupato.* Ed ecco la seconda grande verità della vita da pensionato. Dopo avere capito che i lavori di scavo piacciono ai vecchi perché esorcizzano la sepoltura, adesso Marco scopriva che il cosiddetto rimbambimento non era solo una dimensione del proprio io soggettivo. No. Erano proprio gli altri, i tuoi figli, a decretarlo. Considerandoti, improvvisamente, incapace di badare a te stesso. E vuoi per debolezza, vuoi per comodità, tu finivi per adeguarti. Anche perché, in fondo, non è così male quando gli altri fanno le cose per te, no? Certo, ti assillano. Ma vuoi mettere se una volta ti senti male e non c'è nessuno pronto a raccoglierti? No, no, pensò Marco reprimendo il disagio. Decisamente la vecchiaia aveva i suoi lati apprezzabili, specie per chi come lui aveva poca voglia di badare a se stesso.

Si guardò intorno: Genova, la città che era diventata sua. Le facciate dei palazzi patrizi in via di restauro, le strade, un cantiere a cielo aperto. Grandi cose si stavano facendo nella capitale della Repubblica Democratica. Repubblica Democratica Cisalpina, questo il nome completo di quella curiosa astrazione che era diventato un bel pezzo di nord-ovest dell'Italia. Erano passati i tempi grami, quelli in cui gli sventurati abitanti di Piemonte, Liguria, Emilia-Romagna, Lucchesia e Lunigiana avevano dovuto fare i conti con l'austerità e la penuria di materie prime. Erano stati gli anni eroici: quell'Italia che il fascismo aveva continuato a tenere in mano indisturbato dal 1922 al 1975, aveva finito per spezzarsi. Prima in due, poi in tre, dopo l'ingloriosa quanto tardiva fine del regime di Galeazzo Ciano.

Curioso Capo del Fascismo, l'ex conte di Castellazzo. Prima fedele genero di Benito Mussolini, poi avversario implacabile della Germania fino a convincere il suocero a rimanere fuori dalla guerra nell'agosto 1939. Una decisione che Mussolini trasformò poi in neutralità nel giugno del '40, sebbene i carri armati nazisti fossero già a Parigi. Aveva avuto paura, il Duce. E il genero notoriamente antitedesco aveva avuto buon gioco nel convincerlo che non valeva la pena di gettare migliaia di vite per un tavolo di pace che non avrebbe visto la Germania fra i vincitori. Era cominciata così, rifletté Marco, con una decisiva intuizione politico-strategica, l'irresistibile ascesa di Ciano. Considerato come l'artefice dell'estraneità italiana al conflitto più devastante di tutti i tempi, il ministro degli esteri del fascismo era il candidato ideale a succedere a Benito Mussolini, quando questi morì improvvisamente nel 1944, in seguito a un attacco di cuore. Appena un mese dopo che Adolf Hitler era stato disintegrato dalla bomba di von Stauffenberg. Con la pace imminente, e la Germania sconfitta, Ciano si ritrovò portato al vertice del regime grazie a un patto fra i ras. Grandi, Bottai, Farinacci: duri e morbidi, tutti d'accordo nel mettere in mani considerate manovrabili il destino di un intero Paese. Perché la neutralità in guerra aveva regalato al fascismo il dono più prezioso: un futuro.

All'inizio Ciano sembrò seguire le aspettative. Poi, pian piano, anestetizzò l'Italia. La *cianizzò*, si cominciò presto a dire con un discutibile quanto efficace neologismo. Con il suo stile bonario e mondano Ciano era riuscito ad appianare tutti i contrasti. Aveva tranquillizzato il Paese, sì, ma lo aveva anche portato alla periferia dell'Europa. Al riparo da tutto, compreso ogni tentativo di modernizzazione. Fino al 1975. Anno fatale, ricordò Marco. In Spagna morì Francisco Franco, e fu come stappare una bottiglia di spumante calda: la schiuma ne uscì a fiotti. Ciano si ritrovò vecchio e stanco, e nuovi protagonisti scalpitavano già per emergere.

Il pensiero di Marco andò di nuovo a lei, come molte volte era stato negli ultimi tre decenni. *E nei sogni…* Maria De Carli, l'astro fulgido in un ormai smorto firmamento in orbace. Alla fine del 1975 era la gerarca più dura del regime. Come avesse fatto una donna a frequentare la rigida scuola di Julius Evola, era un mistero che nessuno, nel PNF, era riuscito a svelare. Lo stesso mistico e irraggiungibile Maestro non aveva voluto chiarirlo. Stava di fatto che Maria De Carli, da evoliana che era, si era spostata sempre più su posizioni neonaziste. Nemmeno questo era molto popolare nella tranquilla e quasi post-fascista Italia di Galeazzo Ciano. Tuttavia, la nuova gerarca scalò con facilità tutti i gradini del potere. Sembrava che il fascismo trovasse nuova linfa negli scritti e nei discorsi di Maria De Carli. Come se improvvisamente, dopo un lungo e appiccicoso letargo, qualcuno facesse entrare aria e sole e riscoprisse qualcosa di semplice e nello stesso tempo esaltante.

Ciano, intimorito dal carisma della De Carli, usò una strategia duplice. Da un lato le diede sempre più spazio, dall'altro accentuò le caratteristiche pseudo-democratiche del suo regime, riscoprendo Parlamento ed elezioni e facendo tornare in patria gli esuli politici. Una danza sul filo dell'abisso, che lo portò a concordare di malavoglia con il re Umberto II un'innovazione che piacque molto alla gente: sostituire la vecchia Marcia Reale con l'inno repubblicano Fratelli d'Italia. Il re Savoia era dapprima insorto: quella ridicola marcetta rappresentava molto per la casa regnante. La gente, però, aveva gradito, e Ciano non mancò di far notare al Re che in quel modo l'Italia monarchica e fascista aveva guadagnato altri metri su quella corda tesa sopra un terrorizzante nulla.

Ma l'equilibrista era destinato a cadere. Fu un fuoco incrociato. Prima, le pallottole dei terroristi. Il fuoco più ardente si rivelò però quello dei progetti di Maria De Carli. L'Italia già fascista doveva ora essere un alleato dell'Unione Sovietica. Al nuovo patto Ribbentrop-Molotov si oppose proprio la Germania post-nazista del presidente Albert Speer. Così, nel 1976, il vecchio Galeazzo Ciano, in procinto di essere catturato dagli insorti guidati da Maria De Carli, fu infine portato a Berlino da una divisione aviotrasportata tedesca. Un blitz da manuale: Ciano da anni stava preparando la sua buonuscita, e aveva un accordo segreto con Albert Speer. I piani per un'invasione-lampo dell'Italia erano pronti dalla fine degli anni Sessanta, e così pure i preparativi presso basisti nel Nord-est, alti quadri militari antifascisti attratti dalla promessa di un futuro realmente democratico. Questo spazio all'inizio angusto fu sapientemente allargato dai servizi segreti tedeschi, che negli anni avevano riempito di infiltrati gli stati maggiori dei comandi di Trentino, Veneto e Lombardia. Fu così che l'allora *Reichspräsident* riuscì a venire incontro all'improvvisa richiesta di aiuto inoltrata da Ciano. Isolato dai golpisti a Palazzo Venezia, grazie a una linea inutilizzata da decenni, l'ultimo duce del fascismo era riuscito a chiamare direttamente Albert Speer.

Partì la cosiddetta *Operazione Gallo*: gli aerei della Luftwaffe si materializzarono improvvisamente sui radar delle torri di controllo dell'Italia centro-meridionale. Un'intera divisione di paracadutisti si ritrovò a occupare una Roma del tutto impreparata, e a sventare il colpo di Stato dei radicali del regime. Maria De Carli scomparve nel bombardamento della zona sud-est della capitale. Il suo corpo sarebbe stato faticosamente identificato solo molti giorni dopo. Mentre i soldati tedeschi scrutavano sospettosi la folla dare il suo turbolento addio al fascismo, Ciano fu portato in Germania, dove si sarebbe spento in totale solitudine sette anni dopo: a Weimar, poco prima del suo ottantesimo compleanno.

L'intervento tedesco, il fallito golpe e per di più una mezza insurrezione popolare: l'Italia non resistette alla tensione e si spaccò. Della vecchia monarchia coloniale di Umberto II restò ben poco: Somalia ed Etiopia si autoproclamarono indipendenti, il Dodecaneso venne annesso pacificamente dalla Grecia, la Dalmazia, con le Tre Venezie e la Lombardia, entrò in un protettorato germanico.

Tempo due anni, Marco lo ricordava ancora bene, il Regno d'Italia terminò la sua storia. Nel 1978, in seguito al rapimento e all'assassinio del presidente del consiglio incaricato Aldo Moro, organizzato e portato a termine dai terroristi di Lotta Socialista, si andò al referendum istituzionale. La repubblica vinse in modo schiacciante, e si formò un governo di centro-destra. Ma non era finita. I comunisti gridarono ai brogli elettorali e si asserragliarono nelle regioni in cui erano maggioranza. Per non rischiare la guerra civile, la nuova Repubblica Italiana non intervenne militarmente e lasciò che gli insorti proclamassero a loro volta la Repubblica Democratica Cisalpina, con capitale a Genova. Sembrava un grottesco graffio a forma di "L", quasi un colpo d'artiglio inferto all'Italia da ovest a est, attraverso l'Appennino e la Pianura Padana. Ma la nuova Repubblica era soprattutto un'astrazione: c'era poco a legare storicamente i territori che la formavano. Tuttavia, quest'astrazione stava per festeggiare ora il primo quarto di secolo. Un genetliaco che sarebbe stato adeguatamente celebrato, rifletté Marco, continuando a guardare i lavori in corso.

Distolse per un attimo la sua attenzione dai ricordi per accendersi una sigaretta. Un vezzo che aveva preso negli ultimi anni, poco prima di andare in pensione. "Adesso ci manca anche il fumo in terza età", gli aveva detto Bianca sbuffando, la prima volta che lo aveva sorpreso con la cicca in bocca. Alle volte sapeva essere davvero indisponente. Lei e il suo salutismo sinistrese da quattro soldi... Già, Bianca... Quanto tempo era passato dagli anni più duri, forse anche quelli più belli della loro vita... Nel 1980, in piena guerra non dichiarata fra le due Italie, il ragazzo-padre, profugo improvvisato, aveva attraversato con una bimba di quattro anni quella che allora era una delle frontiere più pericolose del mondo: la linea tra Marche e Romagna. Un'impresa coraggiosa, compiuta solo per sfuggire alla vita già sonnecchiante di una nuova Repubblica che assomigliava sempre più al vecchio Stato borbonico. Marco si mosse convinto verso il sogno di un qualcosa di diverso, il socialismo cisalpino. *Socialismo Cisalpino...* Sorrise. *Roba da Rivoluzione Francese...* E un po' rivoluzionario si era davvero sentito, mentre, bimba in spalla, aggirava nottetempo cavalli di Frisia e campi minati.

Marco e la piccola Bianca erano stati tra gli ultimi a poter varcare quella frontiera, che poi fu definitivamente chiusa. Finirono per stabilirsi a Genova. Città del nuovo slancio, era scritto sui grandi manifesti propagandistici appesi davanti ai decadenti palazzi liberty di piazza De Ferrari. Città della tristezza, sarebbe stato meglio dire. La nuova capitale era ben diversa allora... Fumi neri e maleodoranti di acciaierie e industrie chimiche, palazzi patrizi trascurati e polverosi, un porto dove attraccavano solo le navi dei paesi alleati dell'URSS. Scafi cupi e malpresi, gente cupa e malpresa. Una città cupa e malpresa, che non faceva nulla per salvare nemmeno le apparenze. Perfino la televisione, in un momento in cui perfino nella sonnolenta Repubblica Italiana si moltiplicavano le stazioni private, si presentava ancora sciatta e scontrosa. L'unico canale televisivo pubblico proponeva notiziari recitati da giornalisti terrei e servili e una programmazione al confronto della quale anche la vecchia Immagine Italiana, la televisione dei tempi di Ciano, coi suoi ingenui varietà copiati dagli americani, sembrava una boccata d'aria fresca. A Marco, però, andava bene. La sua esperienza di giornalista radiotelevisivo gli fruttò un lavoro decoroso, e la sua abitudine a obbedire fu ben ricompensata. Così lui e sua figlia Bianca sopravvissero a quei primi, durissimi anni, in cui l'Europa intera guardava con sospetto a quello che si definiva il "nuovo bubbone comunista conficcato nel cuore dell'Occidente".

Finché, nel 1989, il sistema comunista in Europa improvvisamente collassò. Il segretario generale del PCUS, Juri Andropov, scampò a un attentato durante la tradizionale sfilata del Primo Maggio sulla Piazza Rossa. L'attentatore, un giovane esaltato tedesco di nome Mathias Rust, era incredibilmente riuscito a sorvolare Mosca a bassa quota a bordo del proprio Cessna e a sganciare una bomba incendiaria sul palco delle autorità. La nazionalità del sicario e la sconcertante facilità con cui aveva ridicolizzato i sistemi di sicurezza sovietici in un giorno fra i più emblematici della Rivoluzione d'Ottobre fecero montare il sangue alla testa a molti gerarchi comunisti. Andropov parlò al mondo di nuova aggressione germanica, e l'Armata Rossa cominciò a dispiegarsi ai confini occidentali. Il presidente del Reich tedesco, Kurt Waldheim, si appellò al nuovo Patto Democratico tra Gran Bretagna, Francia e Stati Uniti d'America, l'alleanza militare creata dopo il 1976 per bilanciare il crescente antagonismo russo-tedesco. Gli occidentali ammonirono Mosca a non intervenire, pena l'appoggio alla Germania. L'Italia, o meglio, le Italie, rimasero alla finestra, con papa Leone XIV a emergere come unico testimone di pace. Nel mondo intero si cominciò a pregare affinché la Terza Guerra Mondiale non distruggesse la civiltà. Poi, improvviso, il colpo di scena. Al culmine dell'escalation politico-militare, tra scambi di accuse tra Berlino e Mosca e concentramenti di truppe sempre più ingenti in Polonia, Cecoslovacchia e Ungheria, cominciarono dapprima le insubordinazioni tra i soldati. Iniziarono i cechi, reclutati in gran parte nella provincia dei Sudeti a maggioranza tedesca. Poi gli ungheresi, e infine i polacchi, schierati a ridosso del confine con la cattolica Austria, parte del Reich dal 1938. Il quindici giugno del 1989, dopo due settimane di ribellioni isolate, le truppe del Patto di Varsavia insorsero apertamente e in massa contro l'Unione Sovietica. Contingenti interi abbandonarono le loro posizioni, decine di migliaia di uomini e migliaia di carri armati cominciarono una lunga marcia indietro. Nel nome del no alla guerra mondiale, il contraccolpo travolse prima i regimi comunisti satelliti, per arrivare infine a Mosca. A fine giugno, un triumvirato composto da Boris Eltsin, Michail Gorbaciov e Eduard Shevardnadze, su suggerimento del vecchio Andrej Gromyko, prese il potere per garantire la sopravvivenza stessa della patria del comunismo.

Il 2 luglio Gromyko morì, e il triumvirato si spaccò, precipitando il mondo di nuovo nell'angoscia. In nome del nazionalismo russo, Boris Eltsin riuscì a tirare dalla sua parte la smarrita Armata Rossa, ed ebbe buon gioco nel denunciare un falso complotto di Gorbaciov e Shevardnadze: li accusò di essersi alleati coi comunisti ortodossi, e mise fuori legge anche il vecchio PCUS, proclamandosi capo di Stato provvisorio. Gorbaciov e Shevardnadze fuggirono in Occidente, mentre nell'intera Unione Sovietica le repubbliche dichiaravano la loro indipendenza. L'agonia del colosso sovietico, Marco lo ricordava con angoscia, durò ben due anni, durante i quali ad Occidente si passava dall'euforia al pessimismo più nero.

Prima le rivoluzioni romena e bulgara, poi le secessioni più clamorose, come quelle dell'Ucraina, della Bielorussia e delle Repubbliche Baltiche. Poi l'agghiacciante domino al contrario delle repubbliche asiatiche. A un certo punto sembrò che la Russia stessa fosse sull'orlo dell'implosione, e che la Germania potesse approfittarne. Contemporaneamente al crollo sovietico, sorse la Grande Alleanza Islamica: Siria, Egitto, Giordania e Iraq si decisero per una struttura sovranazionale in cui i diversi credi maomettani potessero convivere mantenendosi separati e la forza comune delle armi dissuadere le opposizioni interne dal giocare sull'instabilità creata dalla morte del colosso sovietico. I primi atti ufficiali della nuova entità araba furono firmare un patto di non aggressione con Israele e creare un focolare nazionale per i palestinesi, ritagliandolo tra Giordania e Siria, lontano dai confini dello Stato ebraico, e affidandone la presidenza all'ormai anziano Yasser Arafat.

Fu in quelle tempestose giornate della primavera 1990, proprio mentre in Medio Oriente nasceva la nuova e all'inizio indistinta nebulosa islamica, che la Repubblica Democratica Cisalpina visse il suo proprio travaglio e avviò il programma che la staccò dalla sua matrice politica comunista. Si cominciò col dire che la Rivoluzione d'Ottobre aveva cessato il suo effetto trainante, e che ora ciascun Paese che aveva seguito i principi del comunismo era libero di regolarsi come meglio credeva. Ivi compresa la Repubblica Cisalpina, che dava il benvenuto alla democrazia. Intanto, in Russia, Eltsin e i militari riuscirono a ricompattare il Paese riducendolo al solo e comunque enorme territorio dell'ex Repubblica Federativa, e organizzando dei veri pogrom anticomunisti. Ripulito il Paese, il quindici febbraio del 1991, Eltsin dichiarò finalmente sciolta la vecchia Unione Sovietica e fu poco dopo proclamato Presidente della Repubblica Russa. Sulla torre centrale del Cremlino il vecchio tricolore bianco, rosso e blu sostituì definitivamente il vessillo rosso con la falce e il martello. In quello stesso anno, dopo una guerra civile durata ventiquattro mesi, Serbia e Croazia uscirono dalla Repubblica Socialista di Jugoslavia, dichiarandone la fine. La Germania stipulò un accordo federale con la Slovenia e mantenne salda la presa sulle vecchie colonie italiane, dissuadendo i litiganti serbocroati dall'andare troppo oltre nella loro tradizionale ostilità. Alla fine del 1991, il mondo comunista si era così ridotto drasticamente. Rimanevano Cuba, la Corea del Nord e il Vietnam, sempre più vicini al colosso cinese. Quest'ultimo era riuscito a sedare le forti spinte democratiche interne e riusciva nell'estremo equilibrismo di far convivere il comunismo in politica col capitalismo in economia. Con la nuova Russia, condivideva la necessità di mantenere un mondo stabile per garantire un lento, ma progressivo arricchimento.

Dal canto suo, la nuova Russia era aggressiva quanto la vecchia, e in più poteva giocare la carta del capitalismo. Sotto la spinta del denaro che la mafia cominciava a far scorrere a fiumi nella vecchia patria del socialismo, anche l'ex Repubblica Italiana sorella, quella Democratica Cisalpina, cominciò a beneficiare di una pioggia tutta nuova. Su Genova, non più la vecchia fuliggine da carbon coke, ma pulitissimi, si fa per dire, rubli provenienti dalle casse delle sanguinarie famiglie che si stavano spartendo Mosca e Novy Petersburg, così era stata ribattezzata Leningrado. Denari che furono destinati all'abbellimento di una città per troppo tempo mortificata. Soldi che cominciarono a far lavorare di nuovo pale, picconi e bulldozer, aprendo nuove vie, strade e piazze a una massiccia emigrazione fatta di arabi, caraibici, sudamericani e slavi, alcuni ricchissimi, la maggior parte ancora più malpresa dei genovesi.

...Twangg... Twonk!... Twangg... Twonk! Era insieme il suono della fine e dell'inizio. Con dita incerte Marco tirò fuori dal portafoglio liso un vecchio tesserino professionale. Dalla foto sorrideva una faccia di almeno trent'anni più giovane. "Marco Diletti, Immagine Italiana". La vecchia televisione di Stato voluta da Ciano. La confrontò con quella più recente, un documento plastificato di tipo militare, il volto invecchiato e incupito. "Marco Diletti, Servizi Informativi di Stato".

"Accidenti, da giornalista mi hanno trasformato in un poliziotto e me ne accorgo soltanto adesso", mormorò. Ma c'era poi tanta differenza?

"¿Qué pasa, *tovarich*? ¿Te gustan los cubanos?".

Marco sobbalzò al termine russo, noto a Genova ormai da quasi un quarto di secolo come appellativo formale da usarsi con gli sconosciuti. A rivolgergli la parola era stato l'operaio scavatore, che aveva continuato a fissare, ora se ne rendeva conto, per più di mezz'ora di fila. Giovane, più o meno l'età di Bianca, muscoloso, aveva creduto che il pensionato fosse in cerca di compagnia maschile a pagamento. Non era una rarità, nell'altrimenti austera Repubblica Democratica. Un modo più o meno tollerato in cui si riequilibrava il flusso del denaro.

Marco sorrise all'equivoco, scosse la testa e si girò per allontanarsi. Stava per muovere il primo passo verso piazza della Repubblica Operaia, un tempo piazza De Ferrari, quando una mano robusta gli calò sulla spalla.

"Marco Diletti, vero? Che ne dice di un caffè davanti alla statua di Giuseppe Garibaldi? È l'unico eroe italiano di cui questi bastardi non si siano appropriati, magari li rassicurava il fatto che già di suo portasse la camicia rossa...".

Due

Marco si girò stupito. L'uomo, in apparenza poco più che sessantenne, aveva parlato velocemente e a voce bassa, ma con tono fermo e ben scandito. Come uno abituato a dare ordini. E infatti, davanti a lui, ora si parava un individuo estremamente robusto, i capelli tagliati a spazzola, due lunghe cicatrici che correvano lungo il volto dalla mascella squadrata, gli occhi di un verde malevolo e il sorriso sardonico che si andava allargando sempre più. Portava senza imbarazzo un elegante completo fresco di lana, e ciò nonostante non una goccia di sudore gli stillava dalla fronte, a dispetto degli oltre trenta gradi dell'afoso mezzogiorno genovese e dei copiosi rivoli che correvano sulla fronte e sul volto di Marco. Un ex militare, sicuramente, ma... Dove lo aveva già visto? La sua mente, che inconsciamente si era rimessa in moto con il ritmo frenetico del cronista, passò in rassegna i ricordi di trent'anni, e...

"Sì, sì, lo so che non è facile. Però già vedo, Diletti, che ci si sta avvicinando...". Lo sconosciuto stavolta sorrideva con aperto divertimento. Devo avere una faccia davvero ridicola, ebbe il tempo di pensare Marco. Poi franò, letteralmente, sulla sedia del bar al quale si erano fermati. *Oh mio Dio. Non è possibile. Non può essere...* Una mattina di ventinove anni prima, soldati tedeschi, il caos, voci, slogan e polvere. Un uomo ferito al volto con indosso un'uniforme stracciata. Una logora cartellina di colore verde che passa di mano, e...

"Lei è...".

"Già, sono io... Curioso come alle volte basti poco a far tornare la memoria, vero Diletti?" chiese lo sconosciuto, perfettamente a proprio agio adesso, le gambe accavallate e un gomito poggiato sul piano del tavolino. "*Tovarich*?" chiese ancora l'uomo, attirando la sciatta attenzione di un cameriere slavo che portava una consunta uniforme blu. "Due caffè all'italiana", disse, tornando a fissare la sua vittima negli occhi mentre la divisa blu si trascinava fiaccamente verso l'interno del bar. Marco fece per cominciare a parlare.

"Lei dovrebbe essere…".

"Morto?".

"Sì, cioè, no. Non lo so. Come ha fatto ad arrivare qui? Come ha fatto ad arrivare a me?".

"Non si ponga le domande sbagliate, Diletti. Perché non si chiede invece che cosa voglio da lei? Ma intanto facciamo conoscenza, abbiamo due minuti, vuole? La scorsa volta non c'è proprio stato il tempo". Lo sconosciuto allungò le gambe sotto il tavolo e con un sorriso smagliante accolse la generosa scollatura che una vistosa cameriera cubana, molto più comunicativa del suo collega di prima, ostentò con orgoglio mentre si chinava per servire loro i caffè. L'uomo bevve il contenuto della tazzina in un solo sorso, emise alla fine un sospiro tra la soddisfazione e il rimpianto, fissando stavolta il posteriore della donna che si allontanava ancheggiando. Marco bevve a sua volta, ma il liquido rovente gli ustionò la lingua e gli provocò un lungo e squassante accesso di tosse.

"Sempre delicato, eh, Diletti? Eppure è riuscito a mettere al mondo una figlia. Bianca, vero?".

"È venuto per minacciarmi?" chiese Marco ansimando per le ustioni alla lingua e passandosi il fazzoletto sul volto arrossato.

"Oh, no. Anzi, mi presento. Mi chiamo Ettore Varchi. Sono stato l'ultimo segretario del Partito Nazionale Fascista, lo ricorda?".

"S… sì. Lei è stato anche alla televisione, e…".

"Già. Alla sua televisione, Diletti. Ma sono stato anche responsabile della Milizia Volontaria Nazionale, agli ordini diretti del presidente del Consiglio Maria De Carli".

Di nuovo quel nome. Il volto di Marco divenne all'improvviso del colore del gesso, lo stesso colore di quei fantasmi che era riuscito finora a confinare nei suoi sogni, tenendoli chiusi nell'armadio blindato della sua memoria. Quei fantasmi che adesso sembravano sciamarne a frotte.

"Lei... lei sta parlando di una storia ormai morta e sepolta..." disse Marco, mentre il volto affilato di una donna con un casco di capelli corvini e due spettrali occhi grigi si sovrapponeva alla faccia sfregiata del suo interlocutore.

"Lei lo crede davvero, Diletti? No, non può crederlo". Varchi parlò continuando a sorridere, ma negli occhi verdi si stava accendendo una luce febbrile. "Non può crederci davvero e sa perché? Perché è stato parte di questa storia eroica. Lei e il presidente del consiglio De Carli...".

Improvviso, un altro lampo del passato. Il volto triangolare incorniciato dal casco corvino, un tailleur color pesca e un microfono applicato sulla giacca. Occhi grigi che sorridono, per poi passare all'incredulità e alla rabbia... E ancora, quasi in dissolvenza, un attico di Roma, il sudore che si mischia a un profumo francese, indumenti che scivolano sul pavimento...

"Basta! Non starò a sentirla un momento di più!" Marco sbatté con forza il palmo della mano sul tavolino. Varchi calò a sua volta la mano sopra quella dell'interlocutore, senza apparentemente caricare il movimento. A Marco tuttavia parve che le sue ossa si stessero sbriciolando. Cercò di ignorare il dolore e fissò Varchi negli occhi.

"Mi ascolti bene, Diletti. Ventinove anni fa le consegnai una cosa..." L'immagine fu stavolta cruda e inequivocabile: Varchi in una lacera mimetica grigia e il basco verde, due profondi tagli paralleli ad attraversargli il volto, gli porgeva fremente una cartellina verde.

"...E lei non ne fece l'uso che avrebbe dovuto", continuò mellifluo l'uomo, come se gli avesse letto nel pensiero. La stretta sulla mano di Marco si allentò di una frazione di peso mentre il fascista ammiccava verso la statua davanti al tatro Carlo Felice. "Così il buon Giuseppe Garibaldi ha dovuto sorbirsi più di vent'anni di regime comunista. Ed è tutta colpa sua, lo sa? Lei sa che io potrei ucciderla per questo? Lei ha creato un sogno e poi lo ha stritolato, come io posso stritolare la sua mano…".

La stretta tornò a farsi dolorosa. Marco si guardò intorno. Nessuno degli avventori aveva capito cosa stava succedendo. Nessuna meraviglia, faceva fatica lui stesso anche solo a ricordare quella diretta televisiva. I tedeschi a Roma, la città bombardata, gli abitanti che si riversavano in piazza Venezia e lui, Marco, che raccontava in televisione la fine di Ciano e del fascismo. La morte di Maria De Carli. Il sorgere di una nuova Italia. Davvero quel pazzo – perché doveva essere pazzo – credeva che fosse stato lui, un giornalista, ad avere cambiato il corso della storia? Perché no, gli diceva una voce dentro di sé. Raccontare ciò che accade concorre a determinare ciò che sarà. *Chi lo aveva detto? Silvia. Quanto tempo è passato…*

Il ricordo di colei che era stata la sua donna, anche se per pochi mesi, lo rese stranamente furibondo. "Non sarà venuto fin qui solo per massacrarmi una mano, vero? E nemmeno per uccidermi, penso…" azzardò infine con il coraggio della disperazione, liberandosi dalla presa del suo interlocutore.

"No, infatti" disse Varchi mollando Marco all'improvviso, e facendolo vacillare sulla sua sedia. "Lei può essere ancora utile. A patto che ripeschi quella cartellina verde e faccia quello che le dirò. Vede, a qualcuno interessa ancora che lei viva. Anche se, devo dire, non riesco proprio a capirne il perché. Lei è un vigliacco, Diletti. Lo è sempre stato. Ma è anche fortunato. Un vigliacco con un gran culo, sa?".

L'espressione di Varchi, il largo sorriso che spingeva di lato le due cicatrici purpuree, contrastava in modo agghiacciante con il pozzo di oscurità degli occhi. *Quest'uomo è un folle,* pensò Marco. *Ma deve esserci dell'altro. Cosa?*

"Gnik, gnik, Diletti, sento gli ingranaggi cigolare in quella sua inutile testina. Ma certo!" Varchi poggiò la nuca contro lo schienale della sedia e cominciò a ridere di cuore. Poi si drizzò di colpo, l'espressione di nuovo impassibile, gli occhi sfavillanti di eccitazione. "Lasci che le racconti quest'ultimo anno, poi forse capirà".

Marco si appoggiò rassegnato allo schienale della sedia. L'ex miliziano rise ancora divertito, e poi riprese.

"Dopo quanto era successo a Roma nel 1976 riuscii a passare le linee dei tedeschi prima e dei banditi comunisti poi. Quando la situazione si calmò tornai nella mia città, a Firenze. La casa dei miei genitori era stata incendiata dopo l'invasione, sa? Mia madre e mio padre… Ma a lei non interessa e la sto facendo lunga. Le basti sapere che il traditore monarchico che indicò la casa dei miei genitori rimpianse a lungo il giorno che venne al mondo. Mi vendicai, Diletti e alla fine me ne feci una ragione. Eravamo stati sconfitti. Traditi e sconfitti. Però non capivo perché la stessa sorte non dovesse toccare anche a quei bastardi rossi. Ma ormai era troppo tardi".

Lo sguardo di Varchi si perse per un attimo dietro ai ricordi, poi l'ex miliziano riprese a parlare. "Così sono passati gli anni. I decenni. Mi rimanevano solo i ricordi. Poi, un anno fa, una telefonata. Un vecchio camerata mi dice di andare a un raduno. Era la prima volta, sa? Credevo che non ne fossero più rimasti, di fascisti, e per di più a Predappio, terra natale di Mussolini, adesso amministrata dai rossi. Una sfida, insomma… Per fargliela breve, decido di fare il viaggio, da Firenze non dista molto. Varchiamo il confine della Cisalpina, ci mettiamo tutti in fila davanti a quel comunista di merda che ci controlla passaporti e visti. Dopo due ore di coda, rintronati dai latrati dei loro cani lupo, ci scortano tutti verso una decina di pullmann. Lo capisce, Diletti? Come a una partita di calcio! In centinaia, tutti diretti al cimitero del Duce! Mi aspetto un mausoleo in rovine, e invece trovo tutto pulito e in ordine, e almeno un migliaio di camerati in camicia nera, vecchi e giovani, che stanno aspettando sotto un palco…".

Una pausa, di nuovo la luce febbrile negli occhi di Varchi, Marco sentiva i brividi scorrergli dalla nuca in giù lungo la colonna vertebrale. L'ex miliziano riprese il suo racconto, sempre fissando la statua di Giuseppe Garibaldi.

"...Poi sento due squilli di tromba e le note di *Giovinezza*. Ho appena il tempo di constatare con meraviglia che non c'è nemmeno un rosso a sorvegliarci. Tutti fanno silenzio, e...

"Io devo andare!" Esclamò Marco, ormai completamente terrorizzato. Si alzò in piedi, ignorando completamente la minaccia costituita da Ettore Varchi. L'ex miliziano lo richiamò bruscamente alla realtà, afferrandolo stavolta per un polso.

"Aspetta qui, pezzo di merda...".

Marco si immobilizzò.

"Ecco, bravo, stai fermo e pensa alla tua Bianca, d'accordo? Non vogliamo che le succeda nulla, vero? Così adesso ascoltami bene. Ripesca quella cartellina verde, e portala, esattamente tra ventiquattr'ore, a chi troverai a Palazzo Ducale".

"C'è la mostra di Rubens, ci saranno migliaia di persone!" si lamentò Marco cercando di divincolarsi dalla presa ferrea di Varchi.

Varchi rise ancora e strinse ancora di più le dita tozze intorno al polso di Marco, che avvertì con allarme le proprie sottili ossa flettersi fino al limite.

"Te l'ho detto, sei fortunato. Tu non andare alla mostra. Vai più in là, entra nella sala del Maggior Consiglio. E ricorda, fino a domani: pensa a tua figlia...".

La stretta si allargò di colpo, lasciando sul polso quattro segni bianchi, che subito divennero rosso porpora e cominciarono a gonfiarsi. Il tempo di massaggiarsi premuroso le lesioni e Marco si accorse che Ettore Varchi si era dileguato nel nulla. Contemporaneamente, nel taschino della giacca, una vibrazione improvvisa e insistente lo fece sobbalzare. Con il cuore in tumulto, Marco cedette all'automatismo e portò all'orecchio il telefono cellulare.

"Papà?".

"Eh? Bianca! Come stai? Va tutto bene?".

"Ma certo che va bene, perché? Tu piuttosto! La Gina dice che ancora non sei rientrato a casa, dove sei?".

La Gina era la donna che veniva tutti i giorni a fare le pulizie e a preparare da mangiare. Necessaria per gente come Marco e Bianca, assolutamente negati per le faccende domestiche. E un vero segugio da tartufi, almeno per quanto riguardava la comunicazione a Bianca di tutti gli spostamenti del padre.

"So… sono ancora in centro, ho fatto tardi!" rispose macchinalmente Marco.

"Sarà. Papà, mi sembri un po' agitato. Lo sai che hai pressione e colesterolo alti, no? Non avrai mica preso un altro caffè?".

"No… io… ho solo perso tempo… Bianca?".

"Cosa c'è? Lo sai che non posso stare tanto al telefono, no?".

"C'è che… Tesoro, hai notato niente di strano ultimamente? Dico, in redazione, girano voci?".

"Papà, basta". Tagliò corto Bianca, la voce improvvisamente più acuta all'altro capo del telefonino. *"Non è più come ai tuoi tempi, ok? Qui si corre e si bada poco ai pettegolezzi. E poi cosa ci dovrebbe essere di strano? Secondo me ti agiti per niente, come al solito. Cristo, non puoi fare come tutti gli altri pensionati e darti pace? La Repubblica Democratica è un'oasi di tranquillità, non lo diciamo tutti i giorni forse?".*

"Ma va', in fondo sei tu la prima a non crederci! Ascoltami, Bianca. Guardati bene in giro... Potrebbe succedere qualcosa di grosso!" Senza accorgersene, Marco stava scivolando in un tono concitato che a Bianca faceva salire l'ansia. "…E poi, Bianca, non dirmi che lì da te non ci sono voci, sei alla RadioTelevisione, cazzo, i tuoi colleghi non parlano di nulla? Ai miei tempi io…".

"Papà, falla finita. Hai chiuso con questo posto due anni fa, lo ricordi? Io no, invece. Ho un servizio da fare e dovrei averlo già chiuso. Adesso torna a casa e mangia quello che ti ha lasciato la Gina. Poi, se ho tempo, parliamo stasera. Ciao".

Marco rimase in ascolto per qualche secondo. Poi si accorse che dall'altra parte si udiva solo il segnale ripetitivo della linea staccata. Chiuse a sua volta e si voltò sospirando verso la piazza, per scorgere, in lontananza, la sagoma massiccia di Ettore Varchi che lo salutava con un gesto sardonico.

Tre

"E *belìn*, che cazzo!" sibilò Bianca sbattendo il ricevitore sul telefono. Poi sbuffò verso l'alto, facendo muovere una ciocca dei capelli ramati che le era caduta penzolando davanti al naso. La schermata dell'editor di testo del computer era ancora, desolatamente vuota, e il lavoro andava finito al massimo entro un paio d'ore.

"Guarda che tanto non ti riesce di suonare genovese".

La battuta, pronunciata con la caratteristica cantilena, veniva dalla scrivania di Ezio Assereto, il caposervizio di quella mattina. Bianca fu richiamata bruscamente alla realtà di un rapporto di lavoro difficile. Assereto non era quel che si diceva un collega operoso, e per di piu' la corteggiava, con un estenuante atteggiamento di provocazione continua.

"Parlassi come te me verrebbe er latte a' le gginocchia..." rispose infine d'impulso, girandosi a mezzo verso Assereto ed esasperando la parlata che le veniva dal padre. Non che Bianca avesse un marcato accento romano, ma qualsiasi genovese capiva in meno di un minuto di dove fosse la sua famiglia, e nonostante avesse passato a Genova ventitré dei suoi ventinove anni.

Bianca si godette lo spettacolo di Assereto che arrossiva fino ai capelli. Era il tipo dell'intellettuale, magro e segaligno, e solo di recente aveva tagliato la barba con cui l'aveva conosciuto, un arruffato cimelio dei tempi della contestazione studentesca contro il vecchio Ciano. Bianca non aveva mai capito perché Assereto lo avesse fatto. Un vezzo, chissà, per eliminare qualche pelo bianco di troppo, ma del resto in redazione ce n'era di più giovani che avevano fatto ricorso a trattamenti ancora più radicali.

Curioso, pensò distrattamente Bianca, *come il culto del look, come dicono gli americani, stia prendendo piede anche nella moralistissima nonché già comunista Genova*. Uomini e donne, nessuno sfuggiva al lavacro capitalista, che si consumava a colpi di *meches* e tinture assortite. *Magari si è sbarbato per sembrare più attraente,* pensò per alcuni terribili istanti. L'idea di una corte più seria di quattro chiacchiere da redazione era però troppo imbarazzante e Bianca la scacciò come un insetto molesto. Ripensò così a suo padre e si arrabbiò di nuovo. *Quel vecchio scemo! Non la vuole proprio capire che se non gli si sta addosso, poi finisce in ospedale come un anno fa!* Avvertì un freddo e malsano sudore al ricordo della corsa di dodici mesi prima, Marco con la pressione a duecentocinquanta, la tachicardia e un attacco di panico, e lei costretta a guidare a cento all'ora per corso Fulvio Cerofolini, da Nervi all'Ospedale del Popolo, quello che i vecchi chiamavano ancora *il San Martino*. Povero papà, pensò ancora Bianca. Prende tutto sempre troppo sul serio, ed ecco i risultati… Chiamerò il medico per fargli prescrivere qualche ansiolitico.

"Bianca?".

Ancora Assereto, il rossore si stava pian piano spegnendo, lasciando solo due chiazze accese sugli zigomi.

"Che cosa c'è? Mi incombi alle spalle, mi osservi da un'ora, lo avrai capito che ho da fare e sono inversa. Ho fretta, parla!".

"Veramente è una cosa di lavoro", fece Assereto in tono casuale. "Sai, ci sarebbe da… da… da andare dal sindaco e chiedergli se… se… cioè cosa pensa della costruzione della nuova sinagoga…e…".

"…E tu non ci puoi andare, vero? Come al solito, no?".

"No, cioè, sì, cioè, ma insomma, è il tuo lavoro, no?".

"Vuoi dire che il mio lavoro è lavorare al tuo posto?" chiese Bianca, gelida come un pugnale di ghiaccio.

"A... a… a me serve il pezzo, e … e…".

Bianca lo odiava quando faceva così. Assereto balbettava sempre quando tentava di svolgere le sue mansioni di capo. Un balbettio che degenerava nell'incomprensibilità quando Bianca gli teneva testa.

"Il tuo sindaco, caro Assereto, ieri è comparso tre volte nello stesso telegiornale. Se hai bisogno del suo parere, vai tu a raccoglierlo. Oggi c'è Bernardi di conduzione, no? Lo hai lasciato da solo mille volte quando ti faceva comodo. Puoi farlo per la volta numero mille e uno. Io non ci vado".

"Ma... ma ... bah, parlerò con il capo, e...".

"Ci parliamo insieme, Assereto, sempre che tu finisca una frase prima della fine del tuo turno. Ma sono sicura che la motivazione renderà il tuo eloquio ancora più fluente di quello di Bernardi".

Assereto tacque di botto, le chiazze rosse sugli zigomi erano diventate purpuree, segno che l'imbarazzo si era trasformato in ira. *L'ho portato troppo in là*, pensò Bianca mordendosi la lingua. La mancanza totale di diplomazia, coltivata per dispetto a un padre troppo prono all'autorità. Una caratteristica che le aveva più volte nuociuto. *Ma ormai sono così, inutile cercar di cambiare. Orgogliosa e scema. Anzi, fessa, come direbbe papà. Riuscissi almeno una volta a essere accomodante, come Bernardi!* Sorrise tra sé mentre ripensava ad Alberto Bernardi, il collega conduttore che sembrava leggere il gobbo anche quando parlava normalmente. Una volta lo aveva sorpreso mentre si guardava, felice e beato, in una registrazione del telegiornale. Il Bernardi elettronico leggeva e scuoteva leggermente la testa in quel vezzo caratteristico di alcuni conduttori, inquietantemente simile ai sintomi del morbo di Parkinson. A un certo punto, però, Bianca si era accorta di qualcosa di ancora più inquietante: il Bernardi reale non solo non si perdeva una parola del suo alias; anzi, ripeteva sottovoce, come in una litania, le sue stesse parole.

Quattro

Il bus numero 17 impiegò circa tre quarti d'ora per riportarlo a Nervi, ma Marco non se ne diede urto. Bianca gli avrebbe sicuramente detto che alla sua età poteva, anzi, doveva permettersi un taxi, ma tutto sommato non gli dispiaceva sfogarsi con un po' di modesto esercizio fisico. Soprattutto, aveva bisogno di un po' di tempo per riflettere. Sembrava tutto così assurdo… Anzi, sembrava che le ultime due ore fossero state tolte di peso da un incubo. *Un incubo così simile ai miei…* Marco abbassò lo sguardo alla mano offesa, rossa e gonfia, e tornò bruscamente alla realtà. Una realtà vecchia di ventinove anni. Quando Bianca ancora non esisteva.

Fece macchinalmente gli ultimi cinquanta metri che separavano la fermata del bus dalla piccola villetta bifamiliare con giardino dove abitava con sua figlia. Le *piccole dacie*, così le avevano chiamate, quando a Genova avevano cominciato a costruirle per i papaveri della nomenklatura comunista e per i giornalisti di regime. Diede un'occhiata distratta alla prateria di parietaria che ormai prosperava, alta fin quasi a mezzo metro. Nonostante la morale esigente della Repubblica Democratica e i suoi vigorosi trent'anni, Gina si rifiutava per principio di fare lavori che definiva *da uomo* e a Marco pesava fare giardinaggio. Così le erbacce si moltiplicavano, a scorno delle ortensie e delle rose che, nei momenti di esaltazione casalinga, lui stesso aveva piantato un po' ovunque nel giardino, trasformandolo in una selva colorata e spinosa.

Sempre macchinalmente, Marco si trovò dentro casa, in camera da letto, accosciato di fronte a uno stipetto che aveva comprato anni prima da un antiquario. La mano sana gli corse d'istinto al collo. Appesa a una catenina, portava una piccola chiave. Aprì lo stipetto ed estrasse una cassetta di sicurezza grande la metà di una borsa da lavoro. Nonostante gli anni passati, la chiave girò agevolmente nella serratura. Marco sollevò il coperchio e subito avvertì un profumo conosciuto. *Patchouli*. Subito con la mente tornò indietro nel tempo... Ragazze con le gonne larghe e gli zoccoli, ragazzi coi capelli lunghi... Poi vide la cravatta, avvolta in un cellophane ingiallito dagli anni. La tirò fuori. Era ancora di un vivo color rosso, i piccoli pois bianchi le davano un tocco di eleganza. Un po' all'antica, forse, ma quando Silvia gliel'aveva regalata, lui ne era stato felice. L'aveva portata per la prima e unica volta quel giorno bello e terribile, quando l'Italia era cambiata per sempre. E lui l'aveva raccontato in diretta televisiva. Più in basso, nella cassetta, delle carte... Perché le aveva tenute? Erano solo vecchie *camicie*, schede di produzione di servizi ancor più vecchi. *Ma certo.* All'epoca non c'erano computer, tenere la carta era l'unico modo per archiviare e... *Eccola lì!* Nascosta sul fondo della cassetta, tanto logora quanto inquietante. Quel colore verdino marcio. Quella scritta, *Estremamente Confidenziale*. La aprì, con lo stesso movimento secco di ventinove anni prima. Cominciò a leggere.

Rapporto riservato personale di Arturo Bocchini, Organizzazione per la Vigilanza e la Repressione dell'Antifascismo. Oggetto: Murgita Antonio...

Marco ebbe la stessa reazione di ventinove anni prima. Richiuse di colpo il fascicolo. Ma non lo riaprì come aveva fatto allora, leggendo grafie adunche e nervose, compulsando nomi e date e componendo, nella mente, il pezzo che avrebbe registrato per l'Immagine Italiana. Strinse la cartellina al petto in un gesto curiosamente femminile, e rimase lì, accosciato davanti alla cassetta di sicurezza aperta, abbandonandosi ancora una volta all'onda dei ricordi.

Primavera 1976. Un pulmino con i contrassegni dell'Immagine Italiana è lanciato a tutta velocità per le strade deserte di una Roma spettrale. La vettura arriva in via Teulada, sede del Telegiornale Due. Ne scendono di corsa tre giornalisti, che entrano di corsa nel palazzo. Uno di loro, il più anziano, corre su al secondo piano e va dritto verso la grande porta alla fine del corridoio...

"Diletti me lo vuoi spiegare che cazzo succede adesso? Non ti bastano i tedeschi a Roma?".

"Direttore, guarda qui! Zennaro e Agostini stanno già facendo le prime verifiche!".

Antonio Forti, direttore del Telegiornale Due strappa la cartellina verde dalle mani di Marco Diletti e la sfoglia. Tira dal suo pezzo di sigaro e sbuffa fumo biancastro, il volto apparentemente impassibile diventa esangue.

"Questa è roba esplosiva, Diletti. Chi te l'ha data?".

"Ah ah, direttore. Le mie fonti sono cosa mia! Ma ascolta. Qui ci vuole un'altra diretta, con me e Murgita in studio, come abbiamo fatto con la De Carli, le diapo con le informative a tutto schermo, le date sovraimpresse...".

"Frena".

"...E poi, e poi, beh capirai che adesso non posso piu' fare il redattore ordinario, ecco, posso essere il tuo vice. Tu fai lo scoop e poi proponi la mia nomina...".

"Frena, Diletti, cazzo! Tu non sai cosa sta succedendo!".

"Cosa succede, perchè?".

"Murgita".

"Murgita, cosa? Murgita è...".

"Il Re ha appena incaricato il segretario nazionale del PCI, Antonio Murgita di formare un governo di emergenza nazionale. Leggiti la Stefani".

"Ma... Non può farlo! Leggi tu stesso!".

"Diletti...".

"...Lo capisci che è nostro dovere giornalistico?".

"Marco...".

"Cosa, maledizione?".

"Marco, Murgita è il nuovo presidente del Consiglio!".

"E noi il Telegiornale Due!".

"Diletti... Tu non sei più al Telegiornale Due".

"Sta... Stai scherzando!".

"Non potrei essere più serio. Pochi minuti fa. Subito dopo la diretta da piazza Venezia. Il nuovo presidente della RadioTelevisione Italiana...".

"E che cos'è adesso la RadioTelevisione Italiana?".

"Marco, abbiamo cambiato nome. Leggi tu stesso il lancio Stefani di venti minuti fa. La Presidenza del Consiglio ti reputa ora persona non grata. Ci comunicano che tu e i due ragazzi siete stati sorpresi insieme a un criminale fascista. C'è la legge marziale, Marco. Comincerà un'epurazione. Ringrazia di essere ancora vivo e libero. E adesso riprenditi questa merda. Vuoi un consiglio da un vecchio amico? Bruciala. E cercati, finché puoi, un altro posto di lavoro".

I ricordi bruciavano come il fuoco. Marco si riscosse a fatica, disturbato da un dolore sordo che si era impadronito della sua mano destra. Se la guardò, e scoprì di essersela ferita, stringendo convulsamente la chiave che portava appesa al collo. *Eccola lì la fine della mia carriera*, pensò. Erano ormai decenni che non riapriva quel capitolo nero della sua vita. Il volto contrito di Antonio Forti, in singolare contrasto con quelle mani grassocce che lo spingevano decise fuori dalla porta dello studio del direttore. Giorni dopo, le imprecazioni di Zennaro e Agostini, nel trovare la lettera di licenziamento dentro il cassetto e le scrivanie occupate da due sconosciuti. Non li aveva più visti da allora, i due ragazzi. Solo qualche mese dopo, a una settimana di distanza, aveva letto le due brevi di cronaca sul "Popolo d'Italia". L'ex giornale di Mussolini, ora prudentemente schierato al centro, senza fare nemmeno il tentativo di sottolineare la bizzarria del caso, riportava quasi con le stesse parole la storia dei mortali incidenti incorsi a due cronisti locali. Entrambi fuori strada sulla via Ostiense, arteria nota per la sua pericolosità, probabilmente *a causa dell'asfalto reso viscido dalla pioggia*. Entrambi vittime due volte, aveva pensato Marco, prima di chi li aveva tolti di mezzo, e poi del micidiale gergo giornalistico.

Ma perché li avevano uccisi? Marco non aveva dubbi. Se lo sentiva nel più profondo. Zennaro e Agostini avevano, curiosamente, trovato quasi subito un nuovo lavoro, entrambi all'"Osservatore Romano". Entrambi cattolici, si era detto Marco, non c'era da meravigliarsi, visto che molti giornalisti già compromessi col fascismo venivano recuperati da testate legate direttamente o indirettamente alla Chiesa. Ma i due erano stati assunti contemporaneamente dall'organo stesso della Santa Sede, ed erano stati subito passati alla cronaca di Roma. Poiché erano anche bravi, si erano subito distinti in un'inchiesta sulle epurazioni, e avevano scritto dei molti e disinvolti cambi di casacca, dal nero più buio al rosso più acceso. Ma non bastava a spiegare quelle due morti così strane. Soprattutto perché lui, Marco, era ancora vivo, e ancora a spasso dopo un anno dall'invasione tedesca. Così aveva deciso di mettere al sicuro quella cartellina verde, e aveva cercato di dimenticarsela. Senza grande successo.

Più successo aveva avuto, adesso poteva ammetterlo, nel dimenticarsi Silvia. Quasi non ricordava più che faccia avesse. Da quella mattina di ventotto anni prima non l'aveva più rivista. Come era sparito il fratello di lei, Valerio Fortunato. Lui, lo aveva cercato, nelle settimane successive al licenziamento. Se non altro per capire cosa stava succedendo in mezzo alla sinistra. Chi meglio di lui, il leader del Movimento Studentesco, avrebbe potuto spiegarglielo? A distanza di tanti anni poteva ammettere con se stesso che il vero motivo per cui aveva tentato quella strada era arrivare ad Antonio Murgita, l'ormai onnipotente capo dei comunisti italiani, di cui Valerio era diventato segretario personale. Così Marco sperava di riprendersi il suo lavoro. Poi, era successo tutto. A un anno dal licenziamento, la telefonata anonima. Era andato al "Messaggero" per sondare l'ambiente. La segretaria del direttore, un uomo che lui conosceva bene e che in quel momento stava addolcendogli l'ennesima pillola amara, a un certo punto gli aveva porto il ricevitore. "È per lei", aveva detto allibita. Altrettanto allibito che qualcuno sapesse dove trovarlo in quel momento, Marco aveva risposto quasi balbettando.

"C'è un pacco per te in portineria", aveva detto una voce sbrigativa e sconosciuta di donna. Marco era sceso di corsa al piano terra, e si era trovato di fronte una schiera di fotografi, commessi ed ex colleghi che facevano a gara per intrattenere una magnifica bambina bionda di poco più di un anno. Mentre, istupidito, tentava invano di ricordarsi quale vecchio film americano gli ricordasse quella scena, si era chiesto, andando indietro nel tempo, chi potesse essere la madre. Invano. Poi si era fatto coraggio e aveva preso in braccio Bianca per la prima volta. La bambina gli somigliava, incontestabilmente, come una goccia d'acqua, se non fosse stato per quegli inquietanti occhi color del ghiaccio... Dove li aveva visti prima? Poco prima che il ghiaccio di quegli occhi congelasse del tutto il suo cuore, parlandogli di nuovo dei suoi sogni, la piccola però gli aveva sorriso, illuminando l'intero volto. Marco ne fu conquistato, per sempre. Uscì dal "Messaggero" con la bambina in braccio, trionfante come se gli avessero appena offerto il posto del direttore.

Abbandonò il filo dei ricordi e portò istintivamente la mano al taschino interno della giacca, dove custodiva il cellulare. Se, ventinove anni prima, gli avessero detto che quell'affarino minuscolo e sorridente sarebbe stato la sua tiranna negli anni a venire, non ci avrebbe mai creduto. E sì che Bianca il suo caratterino lo aveva dimostrato fin da subito. Quando aveva fame, strillava come un'aquila. Marco era, letteralmente, ai suoi piedi. Aveva cercato anche di imparare a cucinare per lei, ma le reazioni isteriche della bambina lo avevano costretto ben presto a ricorrere a delle cameriere a pagamento. Ne passarono in tante: Bianca era molto difficile. Marco si era presto reso conto che i suoi risparmi non gli avrebbero consentito di mantenere una famiglia. Così aveva trovato un modesto impiego da correttore di bozze in una casa editrice cattolica.

Nello stesso tempo, con ritmo quasi rallentato, in Italia cominciavano a cambiare le cose. Alla fine degli anni '70, la Chiesa di Roma si era generosamente lanciata a coprire il vuoto lasciato dalla liquefazione del fascismo. Due papi, l'enigmatico Montini prima, il dinamicissimo tedesco Ratzinger poi, si erano entrambi dati da fare. La cultura cattolica era passata all'offensiva. Obiettivo, sovrapporsi a quella comunista, e invaderne il campo. Non a caso il nuovo Papa, primo pontefice straniero dai tempi del rinascimentale Adriano VI, non appena eletto si era dato il nome di Leone XIV. La sua missione dichiarata era combattere senza esclusione di colpi contro il comunismo che dilagava. Joseph Ratzinger aveva combattuto, e vinto. Col passare degli anni, però, la criniera del leone di Roma si era fatta più rada e meno impressionante. A Marco, tuttavia, neoredattore di "Frontiere della Fede" il profilo severo di Leone XIV faceva ancora effetto. La verità era che si vergognava di essere un ragazzo padre in un paese, l'Italia postfascista, che stava cominciando a mettere all'indice tutte le "irregolarità", così le chiamava il Sant'Uffizio.

"Come sta la bambina?" si sentiva sempre chiedere dall'informatissimo direttore di "Frontiere". "Certo, che se avesse una mamma, eh..." La frase era diventata un regolare tormentone e, regolarmente, Marco ne arrossiva. Tutto sommato, però, aveva avuto poco tempo per iniziare davvero a vergognarsi. Di lì a pochi mesi era scoppiata infatti l'interminabile vicenda Moro. Il presidente del consiglio incaricato, l'esponente più lucido del Partito Popolare, aveva rotto una tradizione di governi social-comunisti che si era ripetuta ininterrotta dal 1976. Sotto gli occhi impotenti di Umberto II, sia pure nel rispetto formale della monarchia, i proconsoli di Antonio Murgita avevano demolito, pezzo a pezzo, l'economia. Il programma di nazionalizzazioni del 1977 era stato un disastro e aveva portato l'inflazione ben sopra il 20 per cento annuo. Banche e aziende venivano smontate e ricomposte mentre i governi di sinistra accettavano di buon grado l'avanzare di una morale cattolica sempre più rigida e, tutto sommato, non sgradita alla loro stessa formazione culturale.

Moro cambiò tutto. Era convinto che il Paese potesse uscire da questa situazione con una svolta a destra. Spinse con decisione sui vecchi liberali e sul nuovo Partito Repubblicano, andò a cercare tra le pieghe meno socialisteggianti degli eredi del fascismo. Quando l'inflazione al 28 per cento fece cadere il quinto bicolore socialcomunista, e Antonio Murgita cominciò ad agitare lo spettro di una nuova rivoluzione, Moro propose al Re un programma di governo e una lista di ministri che all'ormai vecchio Savoia apparve l'unica salvezza. Umberto II tentò di scongiurare le elezioni anticipate e conferì a Moro un incarico esplorativo. Il tempo di andare a riferire alla Camera dei Deputati e Moro venne rapito dai terroristi di Lotta Socialista. Gli stessi che avevano ucciso, tre anni prima, il generale Alfonso Paoloni, ministro della Guerra sotto il regime di Ciano. Sembrava passato un secolo.

Era stato allora, ricordò Marco asciugandosi il sudore che aveva cominciato di nuovo a scorrere copioso, che lui aveva cercato di nuovo Valerio Fortunato. La prima volta gli si era negato, ma stavolta? Il vecchio istinto di cronista gli faceva intravedere il fantasma dello *scoop*, ma "Frontiere della Fede" non volle saperne. La rivista non aveva spazio per parlare di sovversione, disse il direttore. La vera ragione, Marco lo sapeva, era che nessuno, negli ambienti cattolici, aveva gradito la riscoperta della destra operata da Aldo Moro.

Cinque mesi era durata l'agonia di Moro, con lettere e messaggi diffusi dalla stampa della nuova destra e ignorati dal mondo cattolico e comunista. Lettere di fuoco, denunce, chiamate di correo. Non servì a nulla. Lotta Socialista fece trovare il corpo raggomitolato in una cabina telefonica di largo Argentina. I cattolici e la sinistra accusarono apertamente la monarchia: i Savoia, proclamarono, avevano portato di nuovo l'Italia sull'orlo della guerra civile. Umberto II ebbe un grave malore, e il principe Vittorio Emanuele, subentrato come reggente, non ebbe altra scelta che convocare un referendum istituzionale che si risolse in una burla: il 2 giugno 1978 l'Italia scelse per il 54 per cento di diventare una Repubblica. La stampa indipendente denunciò pesanti brogli in sette regioni su dieci. Ad aggravare la situazione, re Umberto morì. A Vittorio Emanuele IV non rimase tuttavia che radunare la famiglia, la moglie Marina Doria, il piccolo principe di Napoli Emanuele Filiberto e fuggire in Svizzera. Nell'Italia sull'orlo del collasso, le successive elezioni politiche incoronarono a sorpresa una maggioranza, guidata dal Partito Repubblicano di Ugo La Malfa, dai liberali e dai cattolici del dissenso.

Per i comunisti e i loro satelliti fu uno schiaffo, per l'Italia l'anticamera della spaccatura. I consigli operai nei capoluoghi di Liguria, Parma e Piacenza, Piemonte-Aosta e Lucchesia divennero la base per una struttura statuale autonoma, mentre la Repubblica di San Marino si ritrovò a far fronte a un afflusso di profughi senza precedenti, tutti diretti a sud verso i territori controllati dai governativi.

Bianca intanto cresceva, insieme all'inquietudine di Marco. Strano, si diceva, proprio adesso che la bambina ha qualche possibilità di vivere in un paese finalmente moderno. Ma l'Italia dei repubblicani languiva, priva com'era dei suoi territori più economicamente avanzati, in parte sottratti dai tedeschi nel 1976, in parte ora sotto diretto dominio dei comunisti. A Roma nulla era cambiato, del resto, nel moralismo di "Frontiere della Fede", e a Marco mancava l'atmosfera del cambiamento, la passione di raccontare. A nord, lo dicevano tutti, i comunisti stavano facendo faville, forti dei rubli sovietici e dell'ingegno italiano. Stavano costruendo un paese libero. Così il moderato Marco Diletti scelse la via dell'emigrazione.

La nebbia dei ricordi svanì lentamente, mentre Marco udiva in sottofondo il suono della falciatrice del suo vicino di casa. Attraverso le gelosie socchiuse gli arrivava anche il profumo dell'erba tagliata. Come si era meravigliato del verde, appena messo piede a Genova! E quanto aveva ringraziato la sua buona sorte, dopo una settimana di viaggio a piedi, l'esperienza allucinante delle migliaia di profughi alloggiati in sterminate tendopoli da San Marino a Pesaro. Tutti che guardavano allibiti quel giovane uomo che faceva la strada contraria portando con sé una bambina piccola. Ma lui era sicuro: aveva scelto per il meglio.

A Genova, gli anni erano passati in un attimo: quando si hanno bambini, spesso accade così. A Marco pareva che un vortice avesse inghiottito il periodo tra il 1980 e il 2000. Vent'anni bruciati, tra speranze frustrate e aspirazioni man mano ridotte di spettro. Genova era ormai la capitale della nuova Repubblica Democratica Cisalpina, riconosciuta dai maggiori paesi del mondo. L'isolamento politico era durato una decina d'anni. Il tempo di far cadere il regimi agonizzanti di Russia ed Est europeo, e i comunisti italiani cambiarono casacca a loro volta. Marco mise sul piatto da subito la sua esperienza professionale, e la neonata televisione di Stato gli offrì un posto da caporedattore. Lo stipendio era ottimo, nessuno, prima e dopo il fatidico 1989, gli chiese mai nulla del suo passato. L'unica condizione, peraltro prontamente accettata, era stata quella di evitare di comparire di persona. Nessuno aveva voglia di resuscitare il fenomeno-Diletti. Ben presto Marco realizzò che nessuno gli avrebbe mai offerto un *reportage* di quelli che avrebbe gradito: furono altri a raccontare, a loro modo, i cambiamenti epocali dall''89 al '91. Lui, Marco, rimaneva in sala macchine e metteva i soldi da parte.

A fare la protagonista, ne era sicuro, avrebbe pensato Bianca. Già da adolescente si era appassionata al giornalismo e nel 1994, appena compiuti i diciotto anni, Marco l'aveva mandata oltre l'ex cortina di ferro. A Perugia, alla nuova scuola superiore. Ne era tornata ancora più dura e determinata, pronta a prendere il posto del padre. Bianca aveva esordito brillantemente cinque anni prima, in mezzo a mille polemiche, ma con il sostegno determinante del direttore, un ex caposervizio dell'Immagine Italiana. Dal canto suo, la ragazza aveva messo a tacere le chiacchiere con un atteggiamento aggressivo e tagliente, *Beh, forse troppo tagliente,* pensò Marco sorridendo, *ma i modi diretti sono proprio quello che le malelingue di redazione temono di più.* In breve tempo smisero di spettegolare e cominciarono a evitarla. Marco lo aveva sempre saputo in cuor suo: non sarebbe stato facile, ma prima o poi Bianca sarebbe diventata una colonna del nuovo telegiornale.

Cinque

Proprio mentre col pensiero tornava, ridacchiando, alla prima volta che Bianca aveva affrontato il suo collega più temibile, Ezio Assereto, smontandone pezzo per pezzo il *presumin* da commissario politico, Marco sobbalzò. Aveva sentito la chiave girare nella serratura e un paio di familiari tacchi alti fare il consueto, irruento ingresso in casa.

“Papà? Sei tornato? Ouh..? Dove sei?”.

Marco si alzò di colpo, totalmente preso alla sprovvista. La cassetta di sicurezza cadde fragorosamente sul pavimento di cotto, e il contenuto si sparse per ogni dove.

“Papà? Chi c’è in casa?”.

La voce di Bianca lasciava appena trasparire una nota di allarme. Poi, sua figlia si affacciò di colpo alla soglia della camera del padre. Il casco di capelli color rame sobbalzò, mentre Bianca, ormai lanciata verso il giardino, afferrava lo stipite della porta per fermarsi. *Se fa così anche in redazione,* pensò Marco, *avrà già fatto una strage di cuori.*

“Eccoti qua, finalmente!” Disse Bianca. “Ti costava tanto rispondermi? Lo sai che non sarebbe la prima volta che qualcuno ci entra in casa?” Macchinalmente, Bianca scalciò via le scarpe, si tolse gli orecchini e finalmente guardò in terra.

“E che è ’sta rumenta?” chiese nello slang familiare, il misto di genovese e romano che era solita parlare col padre. “Ah, ma sono le tue reliquie… Si può sapere perché le hai riesumate? Giochi allo stregone? Uh, ecco il vecchio Diletti il Grigio!” Da quando aveva visto al cinema il kolossal tratto dal *Signore degli Anelli,* Bianca trovava ovunque dei riferimenti tolkieniani. E suo padre si era naturalmente ritrovato a vestire i panni di un Gandalf decisamente nevrotico.

"Bia... Bianca...".

"Che fai, papà? Farfugli come Assereto quando è nervoso?" rise Bianca mettendo le due mani sulle spalle del padre. Marco si accorse che, anche senza scarpe, sua figlia gli dava almeno cinque centimetri di altezza. Coi tacchi era più di uno e ottanta. *Per forza mette soggezione ai colleghi...*

"Tesoro, dobbiamo parlare, ne hai voglia?" disse Marco tutto d'un fiato, per evitare di ricadere nella balbuzie.

"Adesso fammi andare in bagno, ok?" fece Bianca tirando un sospiro d'urgenza. "È da ora di pranzo che me la sto tenendo..." La porta del bagno si chiuse con un tonfo quasi sul naso di Marco che, nel frattempo, abituato ai ritmi frenetici di sua figlia, aveva già cominciato a parlare.

"Ti ricordi tre anni fa, quando uscì fuori quella storia sugli antifascisti spariti durante il regime di Ciano?".

"Papà, ancora? Ciano è morto e sepolto da più di vent'anni! E il fascismo da ancora prima! Non interessa a nessuno!".

"...E infatti nessuno indagò a fondo", aggiunse Marco puntiglioso. "In realtà, secondo il 'Popolo d'Italia' si trattava di parecchie decine di persone che non erano d'accordo con la linea di Antonio Murgita...".

"...Ed è morto e sepolto anche lui, te lo sei dimenticato?" replicò Bianca dando una botta secca sul pulsante dello sciacquone. "Senza contare che la credibilità di quel giornaletto è notoriamente vicina allo zero...".

Marco capì che la scarsa pazienza della figlia si stava rapidamente esaurendo. "Come se non bastasse", aggiunse Bianca aprendo di scatto la porta del bagno e trovandosi così col naso contro la fronte del padre, "adesso nemmeno il PCI esiste più. C'è *Democrazia e Progresso*, e il segretario, Giorgio Musso, ha già criticato gli eccessi staliniani di Murgita. Due anni fa, per la precisione".

Bianca rimase ferma a fissare il padre con sguardo canzonatorio. Messo a disagio dai due bottoni di ghiaccio che erano diventati i suoi occhi, Marco si voltò e mise le mani in tasca per riordinare i suoi pensieri. Poi prese coraggio e, sempre con le mani in tasca, si voltò ad affrontare la smorfia ironica di Bianca.

"E se... e se io ti dicessi che c'è ancora tantissimo da scoprire sul conto del PCI di Murgita e soprattutto sul neofascismo?".

Il sorriso si spense all'istante sul volto della ragazza.

"Anche tu, adesso, col neofascismo?".

"Come anche io?".

"Ma sì, papà. Sarei dovuta tornare prima oggi, ma Assereto mi ha mandata da Bovo...".

"Ecco perché non mi hai chiamato nemmeno una volta, oggi pomeriggio", sorrise Marco dando un'affettuosa pacca al cellulare dentro il taschino. "Ma cosa ti ha detto il sindaco di Genova?".

"Accendi la televisione e guarda il notiziario. Adesso".

Cedendo a un riflesso antico, la cassetta di sicurezza con i documenti ancora sotto il braccio, Marco si precipitò in sala e, afferrato il telecomando, in un unico movimento accese la televisione e si abbandonò sul divano. Ebbe appena il tempo di ascoltare la chiusa della prima domanda di Bianca.

"...e le profanazioni di cimiteri ebraici negli ultimi tempi. Lei cosa ne pensa?".

"Mah", esordì Bovo muovendosi nervoso come al solito, le occhiaie marcate. "In qualità di sindaco della capitale sono preoccupato. Queste cose stanno succedendo anche a Genova, sempre più spesso e scegliendo obiettivi sempre più simbolici, lo sa anche lei, ieri notte, la tomba di Murgita a Staglieno, e...".

"Sindaco", incalzò Bianca, "lei è anche magistrato. Se qualcuno ipotizzasse una regia unica, lei che direbbe?".

"Lasciamo parlare i magistrati veri..." tentò di scherzare Bovo, che però si fece subito serio. "Se, però, lei vuole che io lasci parlare sia il politico che il magistrato, beh... Abbiamo dei segnali, inquietanti. Sa meglio di me come l'epurazione di quasi trent'anni fa non sia stata del tutto... efficace... Vede, il nostro paese va avanti, ci sono dei cambiamenti...".

"Intende dire che c'è un terrorismo strisciante?".

"Rischiamo di averlo, sì. Invito tutti alla vigilanza democratica e antifascista. Ci sono dei vecchi nostalgici e dei giovani esaltati. L'incontro c'è già stato, a Predappio, qualche mese fa... Una manifestazione dai toni insolitamente infervorati. I nostri servizi stanno indagando".

"Ma non possiamo dare del terrorista alla gente che dimostra!".

"No, signorina, per ora Rinascita Nazionale è solo un movimento politico sotto l'attenzione. Ma Avanguardia di Popolo no. Sono stati loro a firmare gli attentati degli ultimi due mesi...".

"Non ci sono prove che siano le stesse persone..." disse Bianca.

"Guardi, io mi limito a guardare i tempi", disse il sindaco Bovo cominciando a contare sulle dita tozze. "Due mesi fa, la manifestazione di Predappio. Nessuno l'ha ripresa, ma chi c'è stato dice che erano migliaia. Capisce? Migliaia. Una settimana dopo Predappio cominciano gli attentati. Prima a Bologna, poi a Torino, infine anche a Genova. E il simbolo di Rinascita Nazionale, la ruota dentata con dentro la croce celtica...".

"...È molto simile alla croce celtica uncinata di Avanguardia di Popolo, è vero..." aggiunse Bianca pensosa mente la telecamera inquadrava i due disegni a confronto su un foglio di carta che Bovo aveva cavato di tasca.

"...Un magistrato", riprese Bovo, "è molto cauto su materiale come questo, che può essere anche il frutto di una provocazione. Ma le indagini, le ripeto, sono in corso e mostrano... riscontri. C'è un neofascismo estremista, signorina. E dovere della Repubblica Democratica è difendersene".

"Lei cosa farà adesso?".

"Il procuratore antiterrorismo Accardi mi ha convocato per domattina in Piccapietra. Vedremo domani in tribunale, dunque".

"Bel servizio, lungo...".

"Papà, non è il momento, adesso..." tagliò decisa Bianca. "Prima Assereto, poi Bovo e infine tu che parlate di neofascismo nello stesso giorno. Tu che ne sai di questa storia?".

"Era quello che volevo dirti oggi prima di pranzo. Ho incontrato una persona, stamattina...".

"Chi?".

"Un vecchio conoscente".

"Ci risiamo col giornalista... Vai avanti...".

"È stato lui a dirmi che, tempo fa, c'era stato questo raduno a Predappio, e che lui c'era stato".

"Conosci un fascista? Allora è vero che c'è una cellula a Genova! Devo andare al giornale!".

"Aspetta. Frena tu, adesso. Tu non vai da nessuna parte".

"Papà sei scemo? Mi stai appena dicendo di avere incontrato un neofascista. A Genova! Cos'altro ti ha detto? Avete un nuovo appuntamento?".

"Tesoro, è così difficile...".

"C'entrano mica le tue reliquie?".

"No. Sì. Aspetta. Andiamo per ordine...".

"Ho ragione, vero?" Disse Bianca trionfante "Ma se lo sanno tutti che Antonio Murgita era uno stalinista perso! Te l'ho già detto che gli ex comunisti stanno cominciando a scaricarlo!".

"Insomma ragazzina! Stai zitta due minuti e guardati questa cartella!".

"Credi che non l'abbia mai letta?" rispose Bianca con uno sguardo di sfida. "Ti sei mai chiesto come mai la serratura funzioni ancora così bene? E poi dormi ancora troppo profondamente per accorgerti se qualcuno ti mette le mani intorno al collo...".

"Ti prego, Bianca!" esclamò Marco toccandosi istintivamente la chiave. "Qualsiasi giornalista di mezza tacca sa che Bocchini teneva fascicoli su tutti gli antifascisti. Apri, ti prego, alla sezione dei rapporti degli informatori".

"Lì non ci ero mai arrivata, infatti... Troppo noioso e troppo vecchio".

"I giovani d'oggi. Così frettolosi e così superficiali".

"Uffa, papà, sempre a criticare... Vuoi dire questa busta chiusa?".

"Non è chiusa... Guarda!".

"Ecco... sono questi cinque fogli, vero?".

"Leggi. Con pazienza. Adesso".

Fin dall'età giovanile ho cullato nell'animo il pensiero socialista: era però un'idea vaga, che si riassumeva in una smisurata passione per tutto ciò che parlava di fratellanza e di umanità. Nell'ottobre 1937 venni arrestato a Torino [...]. Il mio stato d'animo è apparso subito al funzionario che ebbe a interrogarmi. Offrii la mia modesta opera per combattere le teorie comuniste e da quel giorno sono al servizio del mio benefattore.

"Vuoi dire che... Antonio Murgita è stato informatore dell'OVRA dalla... dall'inizio della seconda guerra mondiale? Ma doveva essere giovanissimo!".

"Non poi così tanto, Bianca. Quando l'ho conosciuto io aveva quasi la mia età di adesso, 68 anni. Bocchini lo conobbe nel 1937 e stese il rapporto che stai leggendo in tre anni. Come sai, Bocchini morì nel 1940. E questo è solo l'antefatto".

"Ma non posso crederci!".

"Come pensi che si sia retto il regime del vecchio Ciano? Visto che gli antifascisti non marxisti avevano un peso pari a zero, attraverso un accordo con la fazione politica più antagonista... opportunamente oliato da una collaborazione importante".

"Ma perché? Ammesso che lo abbia davvero fatto, Murgita non era certo un venale!".

"Leggi oltre...".

La gestione del partito comunista clandestino in Sardegna è brutale. Mio padre Francesco, in disaccordo con l'ipotesi di azioni violente contro lo Stato, fu via via emarginato. Nel 1935, in procinto di denunciare alla polizia gli ideatori di un attentato contro una

Casa del Fascio, viene picchiato a sangue. Ne morirà. Mia madre, Gesuina, lo seguirà due anni dopo.

"Informatore per vendetta?" chiese Bianca guardando il padre.

"Ha agito per impulso. Non ha mai perdonato i comunisti di avergli fatto morire i genitori".

"Ma perché diventare un leader comunista, allora?".

"Per bloccare qualcun altro. D'intesa con Bocchini e il Duce".

"Togliatti?".

"Già".

"Non ne ricordo bene la storia...".

"Come sicuramente invece ricordi, Mussolini morì...".

"Nel 1944, d'infarto, e gli succedette Ciano".

"Esatto. E al fianco di Ciano, a quel punto, a parte i gerarchi della prima ora come Casamassima, che fu ministro dell'Interno dagli anni '60, fino alla sua uccisione nel '76, si ritrovò gente come Grandi, Bottai e Pavolini. E anche un certo Guido Leto...".

"E chi è?".

"Il successore di Bocchini all'OVRA prima e all'intera polizia politica poi. Leto ha gestito migliaia e migliaia di cartelle come questa e quasi un migliaio di informatori".

"Ma erano molto meno! Bocchini ne ha lasciati... circa 600 all'OVRA!".

"626 è la cifra esatta. Ma in realtà erano molti di più. Quei circa trecento che mancano all'appello sono in gran parte anche quelli che hanno garantito il passaggio di regime nel '76".

"Mi parlavi di Togliatti...".

"Sai che Togliatti era nato a Genova... Ebbene, nel 1944 lui sbarca in clandestinità proprio a Genova, proveniente dalla Russia, per proseguire per Roma e negoziare una svolta politica con il Re. Leto e l'OVRA sanno bene che questo piano, unito a quanto sta accadendo in Europa, e nonostante l'Italia sia neutrale nella guerra, possa far crollare un regime ancora fragile dopo la morte del Duce. Togliatti è un uomo forte, l'unico vero uomo forte del momento, e Leto...".

“...Si rivolge a Murgita...”.

“Brava bambina. Murgita, leggi, era stato spinto prima da Bocchini, e poi dallo stesso Leto, a scalare il PCI Va detto che aveva già fatto per conto suo una bella autocritica... Leggi, dai!”.

Sgomberai il campo da ogni sospetto sulla mia fedeltà, ammettendo di fronte al segretario della sezione clandestina di Cagliari che mio padre era un traditore e che la sua morte aveva giovato alla causa comunista...

“Siamo nella primavera del 1938, capisci?” riprese Marco con fervore, “e adesso lui è pronto. Comincerà con discrezione, seguendo la prassi di Bocchini. Prima informazioni piccole, apparentemente irrilevanti, poi, poco a poco, più essenziali. Un vero castello di carte...” Marco si accese una sigaretta, ignorando l’espressione costernata di Bianca. Aspirò una densa boccata e riprese a parlare. “In tre anni di lavoro silenzioso, Bocchini scopre l’indirizzo segreto di Togliatti in Russia. Pensarono di ucciderlo lì, come fece Stalin con Trotzky in Messico, ma l’impresa era troppo rischiosa. Decisero di aspettare il momento”.

“E il momento arrivò nel 1944...” disse Bianca fissando il padre.

“Sì, vedi qui? Appunti di Leto. In agosto. Hitler e Mussolini morti da poche settimane, Togliatti pensa che sia arrivata la grande occasione. Arriva a Genova e, prima di ripartire in auto per Roma, si addentra nei vicoli dietro la stazione Principe per andare a trovare una donna...”.

“E chi è questa donna?”.

“Fammi finire... Negli appunti di Leto c’è tutto... Lui esce da quella casa per scendere in via Balbi, dove lo aspetta un auto. Non sa che a bordo non c’è la gente che lui pensa. Bene... Lui si avvia giù per la salita di Santa Brigida...”.

...Insieme con i due funzionari di scorta Giancarlo Pajetta e Luigi Longo, riprese Bianca a leggere nel dossier *Palmiro Togliatti viene avvicinato a metà scalinata da una pattuglia di agenti dell’OVRA. Lo invitano, chiamandolo per nome, ad alzare le mani e ad arrendersi. Togliatti fa per fuggire, Longo e Pajetta spianano le pistole*

per coprirne la fuga. Gli agenti fanno ricorso a loro volta alle armi e inizia la sparatoria. Rimangono uccisi i tre capi del PCI e due agenti della pubblica sicurezza. Gravemente ferito un terzo agente.

"Ciano ha fatto dunque uccidere Togliatti?" Chiese Bianca alzando gli occhi dalla cartellina.

"Ciano non ne sapeva nulla. Ma Casamassima, Bottai, Grandi, Pavolini e soprattutto Murgita sì. Leggi oltre, la prossima nota autografa di Leto".

Ho fatto personalmente ricoverare nella massima discrezione dell'ospedale di Genova-Pontedecimo il giovane Antonio Murgita, rimasto gravemente ferito nel conflitto a fuoco di salita di Santa Brigida. Ha voluto personalmente partecipare all'operazione ed è stato il suo revolver a uccidere il capo dei comunisti italiani. Telefono il risultato ad Adolfo Casamassima. Dopo un momento di esitazione, sospira e mi risponde testualmente: 'Spazzati via Togliatti e la vecchia guardia, adesso la chiave è Murgita... Nelle sue mani il PCI diventerà un docile strumento per il regime…".

Bianca scosse il capo incredula e si posò la cartellina verde sulle ginocchia. Mentre leggeva l'ultima parte della nota di Guido Leto si era macchinalmente messa a sedere sul tappeto della sala, davanti al padre. Lo guardò.

"E ti meravigli per come sei stato trattato dopo che ti hanno dato questa cartellina? Volevi anche mandarne in onda il contenuto!".

"Tu cosa avresti fatto?" sorrise sornione Marco. "Sta di fatto che sono l'unico scampato a questa storia, se contiamo anche i poveri Zennaro e Agostini!".

"E come mai ti hanno lasciato vivere?" chiese Bianca d'impulso. Poi tacque, colpevole.

"Forse perché ero… sono innocuo? Forse perché, conoscendomi, sapevano che non avrei avuto il coraggio di battermi sino in fondo contro l'omertà di Stato. Fatto sta che hanno scommesso sulla mia resa e hanno vinto!" Marco batté con ira un pugno sul ginocchio.

“Aspetta prima di parlare di resa”, riprese dolcemente Bianca, considerando con affetto l’amarezza del padre. “Fammi capire bene, perché non si spiega ancora il dopo della tua storia. Murgita che torna da uomo forte, che cerca di dare la spallata definitiva a Ciano. Il discorso di piazza Venezia, la fine del fascismo, la Repubblica e il regime comunista qui al Nord”.

“Il resto si spiega con l’ambizione. Murgita ha fatto il doppio gioco dall’inizio. Ha venduto Togliatti ai fascisti per quello che al regime pareva un tozzo di pane. In realtà la sua era una scalata lucida e determinata almeno quanto quella di Maria De Carli”.

“Di nuovo lei, eh? Non puoi proprio dimenticarla, papà?” Gli occhi color ghiaccio di Bianca presero un’ulteriore sfumatura di tenerezza.

“Come potrei? Io... io sono responsabile di tutto quanto è successo nel ’76. Io l’ho creata quella donna, capisci?”.

“Io capisco solo che lei ti ha usato e che tu hai usato lei. Il conto è in pari. Ora basta pensarci”.

“Difficile, tesoro mio. Si dà il caso che il mio misterioso conoscente voglia il materiale che hai appena finito di leggere. Domani al Ducale”.

“Ma non puoi andarci da solo!”.

“Devo. Devo scoprire chi c’è dietro questa storia. Chi vuole questa cartella, e perché. E soprattutto...”.

“Ti hanno minacciato?”.

“Sì e no. Diciamo che devo saldare un debito con il passato. E poi non avranno il coraggio di fare del male a un vecchio giornalista in pensione, non credi?”.

“Papà...”.

“Lo so. Vorresti usare questa roba in televisione, vero?”.

“Sì. No. Voglio dire che...”.

“Anche se lo facessi, Bianca, credo proprio che non ci arriverebbe mai sul telegiornale. Almeno per ora. Fidati di me, ok? Almeno per questa volta. Terrò il telefono acceso, lo prometto”.

Bianca impallidì, le labbra tirate in una smorfia di furia. Gli occhi erano diventati pozze color del piombo.

"Ok, vaffanculo, fatti ammazzare, tanto fai sempre come vuoi tu. Solo una cosa. Come si chiamava quella donna che Togliatti era andato a trovare prima di morire? E dove abita? Hai mai fatto una ricerca in proposito?".

"È la prima cosa che ho fatto quando ci siamo stabiliti a Genova. Si chiamava Luisa Forte. È stata trovata uccisa nel suo appartamento di vico delle Monachette due settimane dopo la morte di Togliatti...".

"Hanno fatto piazza pulita, a quanto pare...".

"Non del tutto. La sorella Liliana abita ancora a Savona. In via Paleocapa. Ma non riceve nessuno. Quasi nessuno..." Marco sorrise enigmatico.

"Forse darà più ascolto a un'altra donna", disse Bianca alzando le sopracciglia. La smorfia di rabbia andava lentamente scomparendo dal suo volto. "Tu fa' attenzione al Ducale. Io uso un giorno di riposo e vado a trovare la signora Liliana Forte. Ma adesso mangiamoci un piatto di gnocchi al pesto, e non pensiamoci più fino a domani!".

Sei

Palazzo Ducale era lì da secoli, sempre uguale a se stesso, se non fosse stato per la fresca e non propriamente filologica mano di vernice bianca che ne aveva rischiarato l'ampia retrofacciata, quella che dava sulla centralissima piazza della Repubblica Operaia. Trattandosi del fiore all'occhiello della nuova Genova postcomunista, i lavori di recupero urbano qui avevano colpito duro. Di meno, e più svogliatamente, invece, erano stati condotti sul retro, o meglio, sull'ingresso principale del palazzo, quello che dava sulla piazza della curia che i comunisti avevano intitolato a Giacomo Matteotti nel 1982. Qui le colonne erano ancora nerastre a causa degli scarichi delle auto, e fu da qui che Marco entrò la mattina dopo, aggirando le lunghe file di turisti che da tutte e due le repubbliche italiane e dall'estero sciamavano a Genova per vedersi la grande mostra dedicata a Peter Paul Rubens.

Appena varcata la soglia del Ducale, Marco credette di trovarsi in un altro mondo. Indicazioni lucenti, hostess gentili e sorridenti. Quando esibì la sua vecchia tessera stampa, una vistosa ragazza caraibica in tailleur, targhetta col nome e minigonna vertiginosa, gli cacciò in mano un voluminoso involto contenente comunicati, cataloghi e CD-ROM. Sorrise tra sé al pensiero del cittadino della Repubblica Democratica che volesse vedersi le immagini della mostra su un computer: i *personal* in uso comune erano scarti, assemblati a Cuba e in ritardo di quattro o cinque anni sulla più avanzata tecnologia americana o giapponese. Nessuno di quei CD-ROM avrebbe girato su trappole del genere. Per comprare sulla GlobalNet il fiammante elaboratore – così si intestardiva a chiamarlo con un vecchio vocabolo che ormai nessuno più utilizzava – Marco aveva dovuto spendere ottomila nuove lire democratiche, l'equivalente di un quarto della sua liquidazione. Per fortuna che il giornale aveva poi pensato a offrirgli gratis un collegamento veloce alla rete basato sulla nuova tecnologia a fibra ottica. Sospirò tra sé. *Ai pensionati i soldi non bastano mai!*

Infilò nel fascicolo anche la consunta cartellina verde, e salì in ascensore insieme a una guida, a sua volta di evidente origine centroamericana. La creola – Mari Sol, stava scritto sulla sua targhetta – spinse il tasto contrassegnato col 2 e in pochi secondi Marco si ritrovò a guardare il loggiato. Una fila serpentina lunga fin sotto la scalinata, e che probabilmente proseguiva fino alla grande fontana della piazza, si parò davanti ai suoi occhi. Uomini e donne in attesa paziente, da ore, davanti a un minuscolo ingresso ricavato in un pannello rosso. Poi Marco si accorse che il pannello era in realtà la parte frontale di un rivestimento che abbracciava tutto il loggiato e che probabilmente costituiva la superficie dove erano stati appesi i grandi quadri.

"Se vuole, *señor*, può usare l'ingresso di destra, quello riservato alla stampa..." disse fredda Mari Sol con una chiara smorfia di disapprovazione sul volto, indicandogli un altro varco, vicino a quello turistico, ma rigorosamente deserto. *È più forte di loro,* pensò Marco. *I comunisti ti fanno la morale su qualsiasi cosa...* Stava quasi per scandalizzare la creola seguendone lo svogliato consiglio, quando una voce alle sue spalle lo richiamò con fermezza.

"Si faccia consigliare da chi se ne intende: i quadri migliori sono esposti nella Sala del Maggior Consiglio...".

Marco si voltò di colpo, solo per vedere un'ombra muoversi silenziosamente verso la fila dei turisti in attesa di entrare alla mostra del Rubens. *Mi tengono d'occhio,* pensò. *Bisogna che vada.*

Si avvicinò cautamente al grande portale, quasi sperando che un custode, insospettito dalla sua andatura incerta, lo fermasse per instradarlo verso il percorso dell'esposizione. Nessuno tuttavia gli si fece innanzi, e il battente cedette docile alla sua timida pressione. Entrò. Con suo sollievo non si trovò dentro l'anticamera dell'inferno, ma in un'ampia e ariosa sala, completamente deserta. Il sole entrava dai finestroni vicini al soffitto e animava di luce diretta e di riflessi gli affreschi sopra l'architrave d'entrata e sulla volta. Ancora una volta Marco si perse nella contemplazione, ancora una volta ne fu richiamato da una voce.

"Diletti? Sei proprio tu?".

Marco aguzzò lo sguardo verso il fondo della sala. Da dietro una delle grandi statue di stucco, si fece avanti un uomo sulla cinquantina. Era brizzolato, i capelli uniti dietro la nuca in una coda di cavallo, il fisico ancora asciutto e possente sotto un leggero strato di adipe. Non gli fu difficile riconoscerlo.

"Virgilio... Non mi dire che lavori per i fascisti, adesso!".

"Fascisti, comunisti... Rivoluzionari? Chi può dire cosa siamo? Io sono votato all'azione, da sempre", disse l'uomo avanzando silenziosamente fin sotto il naso del suo interlocutore.

Marco ricordò con disagio la stretta di quelle mani che adesso erano negligentemente appoggiate sui fianchi. Virgilio Dente, il terrorista. L'uomo che aveva ucciso il ministro della Guerra, il generale Alfonso Paoloni, in quella che era passata alla storia come la prima azione della lotta armata nell'Italia fascista. Virgilio aveva incastrato Silvia. La giovane era stata coinvolta nell'attentato, e da quel momento si era dovuta dare alla clandestinità. Poi la cattura, e il processo. Diventò un capro espiatorio. *Tutto per colpa di Virgilio. E anche colpa mia.* Marco non trattenne una smorfia di sdegno. Ne fu ricambiato. Come Ettore Varchi, Virgilio era un uomo che disprezzava Marco. Si fissarono, per lunghi istanti.

"Cosa c'entri con la morte di Moro, amico mio?" chiese Marco all'improvviso, preso da un'ispirazione irrefrenabile.

Per bloccare sul nascere nuove domande, Virgilio fece a sorpresa due passi indietro e alzò le mani. "Stai zitto, cretino. Vuoi farci ammazzare tutti? Che c'entra Moro, adesso?".

"Volevo solo sapere cosa avevi fatto negli ultimi ventinove anni. Mi pare che tu sia ancora in ottima forma. O no?".

"Non ti riguarda. Dov'è la cartellina?".

"Non so di cosa stai parlando".

"Certo che lo sai!".

"Anche se lo sapessi, dimostrami che sei la persona giusta. Un tempo eri comunista, no?".

"Lotta Socialista è finita nel 1980, lo sai o no?" ribatté Virgilio guardandosi intorno.

"Sì, all'epoca del grande processo che vi ha condannati tutti, salvo te. Curiosa coincidenza, vero? Dov'è che eri andato? In Russia? O in Croazia? Scommetto che eri proprio tu il Grande Vecchio pentito e mai arrestato".

Virgilio esibì un sorriso tirato e sghembo e ignorò la provocazione.

"Sono sempre rimasto in Italia, invece. Al Viminale, dopo il 1980 cercavano gente determinata nell'antiterrorismo. La nostra causa era finita per sempre, le spie di Murgita non si staccavano di dosso dai compagni rivoluzionari, e mi servivano soldi. Non c'è voluto molto. Poi la scissione della Repubblica Democratica. Sono rimasto a Roma e ho fatto qualche operazione coperta. Finché...".

"Fammi indovinare, Virgilio. Predappio?".

"C'erano anche tanti compagni, sai? Gente di tutte le età, delusa e incazzata. Eravamo stati presi tutti in giro, capisci? Chi scelse la rivoluzione negli anni '20 con Mussolini si è ritrovato con il regime in pantofole di Ciano, chi scelse i comunisti si è ritrovato con un venduto trasformato in eroe nazionale. Un delatore!".

"Se lo sapete già, Virgilio, allora a cosa vi servono queste carte?" Marco sventolò in aria la cartellina verde. "Arrivate un po' tardi per scandalizzarvi, non credi?".

"Noi non siamo scandalizzati. Vogliamo solo che sia resa giustizia a più di ottant'anni di storia. Fascismo e comunismo nascono da una radice comune, e sono stati entrambi traditi. Da Ciano, che pur di non rischiare la sua miserabile vita ha chiamato i tedeschi a occupare l'Italia, e...".

"Dimentichi che c'eri anche tu quel giorno, Virgilio".

"Allora le cose non erano così chiare!" sbottò l'uomo. "Ma fammi finire. Siamo stati traditi anche da Murgita, che pur di realizzare il suo sogno di potere assoluto non ha esitato a vendersi all'OVRA". Virgilio si accostò al battente della sala del Maggior Consiglio e lo richiuse di colpo, girando nella toppa una lunga e antica chiave. Marco trasalì.

"Così potremo parlare più tranquilli" disse sollevato l'ex terrorista.

"Non capisci che occasione che ci si presenta adesso?" Creare un nuovo soggetto politico e storico, a partire dall'avanguardia del nostro popolo, fondendo il meglio di fascismo e comunismo. E solo così la nostra Patria potrà risorgere e riunificarsi!".

Il volto di Virgilio era acceso e ispirato. A Marco quel fanatismo rievocava brividi ben precisi. *I sogni, mio Dio, i sogni…* Si riscosse.

"Proprio tu, adesso, parli di Patria!" esclamò. "Chi c'era a Predappio, Virgilio? Lo devo sapere. Chi è stato capace di mettere d'accordo un plotoncino di vecchi reduci fascisti, pochi attempati ex terroristi di sinistra e così tanti giovani? Non certo Ettore Varchi!".

L'ex leader di Lotta Socialista rovesciò la testa indietro e rise, a lungo. Poi si ricompose, con il gesto solenne che Marco gli ricordava si riavviò la coda di cavallo. "Arrivaci da solo. Sei stato un giornalista, no? Non senti un brivido alla base del cranio, Diletti?".

"Tu sei pazzo...".

Virgilio rise di nuovo. "Pazzo, sì. Come tanti altri. Pazzi e visionari. Ma la visione diventerà realtà. E come tutti i pazzi che si rispettino, saluteremo la nostra vittoria ridendo. E la nostra risata vi seppellirà tutti. Adesso dammi la cartellina, Diletti".

Sobbalzando al caotico mix di slogan di estrema destra ed estrema sinistra, Marco allungò macchinalmente il braccio. Virgilio gli strappò la cartellina verde di mano. "Mi raccomando. So bene che prima di portare questo materiale ne hai fatto copia. Guardati bene dal farne uso. Solo chi riceverà questa cartellina dalle mie mani sa esattamente cosa farne. E tu hai famiglia, giusto?".

"Bastardo. Sei e rimani un bastardo".

"Le tue gentilezze mi commuovono, Diletti. Ma lascia che ti dica ancora una cosa. È vero, man mano che arrivano i rubli della nuova mafia russa, adesso anche gli ex comunisti stanno demolendo pezzo a pezzo il mito di Murgita. Scoprire dopo quasi trent'anni che è stato informatore fascista, beh, mi dirai, a chi interessa?".

"Dimmelo tu. A chi interessa?".

"Interessa alla Causa. In quelle note che tu hai tenuto per tanto tempo senza riuscire a interpretarne che una piccola parte, ci sono delle informazioni di vitale importanza. Solo chi guida la nostra causa sa come impiegarle, è chiaro? Perciò bada bene a come si muove tua figlia… È giovane, intelligente, e… molto arrogante. Potrebbe fare casino, quindi non lasciare che interferisca con questa storia. Per il tuo bene e soprattutto il suo. A qualcuno che sta molto in alto dispiacerebbe molto doverla fermare".

"Non permetterti di minacciarla, bastardo! Chi è che ha a cuore la sua sorte?".

"Dimmi, tu saresti in grado di proteggerla?" Virgilio spalancò gli occhi e poi chiese di nuovo, a bruciapelo. "La proteggeresti come hai protetto Silvia?".

"Tu sai dov'è ora? Devi dirmelo!".

"Cos'è, uno scrupolo familiare a ventinove anni di distanza? Silvia non desidera rivederti, Diletti. Le hai fatto troppo male.

"È lei la madre di Bianca, vero? Devo parlare con lei!".

"Diletti, Diletti..." Virgilio scoppiò a ridere, stavolta fragorosamente, poi si guardò intorno, consultò l'orologio e fissò Marco asciugandosi le lacrime con il dorso di una mano. "Non sei cambiato... Sei sempre il solito scemo. E va bene, Silvia vive ancora a Roma. Fra il 1978 e il 1980 ne ha passate tante, anche perché la polizia italiana non ha perdonato i componenti del commando che uccise alla fine del '75 il ministro fascista della Guerra".

"Non ha perdonato nessuno, salvo te, giusto? E poi Silvia odiava le armi. Sei stato tu a convincerla, bastardo...".

"No, no. No. Silvia decise da sola. E non fu lei a uccidere Paoloni. Fui io. Peccato che sia stata proprio lei, invece, a freddare la guardia che stava per ammazzare me. Un testimone l'ha vista e l'ha riconosciuta. Si è fatta ventidue anni di galera. È uscita due anni fa".

"Un testimone, dici. Hai venduto anche lei, allora!".

"Importava a qualcuno? Forse a te? Era solo una pedina, la povera Silvia. E poi mi pare strano che un giornalista famoso come te non sia venuto a saperlo. Quel processo durò sei mesi e aprì la strada allo smantellamento di Lotta Socialista. Non leggevi i giornali? Non guardavi la tua televisione?".

"Io..." Marco fu travolto ancora una volta dai ricordi. In quei lontani giorni del 1979 aveva appena incominciato a lavorare per "Frontiere della Fede". Ancora troppo scottato dal licenziamento, si teneva inconsciamente lontano da ogni altro giornale. Aveva sentito, sì, del maxiprocesso di Roma. Una volta, a casa, aveva anche visto di sfuggita la diretta della testimonianza della vedova Paoloni, un'anziana signora che puntava il dito contro una gabbia in cui sedevano, a capo chino, otto giovani, sette uomini e una donna. Non appena aveva distinto i riccioli biondi di quest'ultima, Marco aveva cambiato canale. Non senza chiedersi prima perché in quella gabbia non sedesse anche un altro giovane con la coda di cavallo. Quell'uomo che adesso stava in piedi davanti a lui.

"Chi l'ha perduta, Diletti?" incalzò Virgilio puntando a sua volta il dito. "Io che l'ho denunciata o tu che l'hai ignorata? Io al posto tuo la lascerei in pace. È molto cambiata. Lavora in una cooperativa cattolica e ha sempre alle costole un agente. Sai, la buona condotta...".

"Dove vive, Virgilio? Almeno questo me lo devi".

L'ex terrorista lo fissò rassegnato. "San Lorenzo… Ricordi

l'appartamento in cui alle volte ci si vedeva? Ci bazzicava anche Valerio".

"L'appartamento della prima intervista con i leader studenteschi, certo! C'era anche Settimo Fornari!".

Virgilio sussultò al nome dell'antico maestro, l'ideologo operaista trovato sepolto in una fossa comune. Fornari, ispiratore di Lotta Socialista, era stato arrestato subito dopo l'attentato al ministro Paoloni, e si era prestato a una confessione-farsa in diretta televisiva. Aveva dato la colpa al Movimento Studentesco, definendolo una sua creazione.

"Fornari..." mormorò l'ex terrorista "Non meritava di morire così...".

"Quel vigliacco si è meritato ogni cosa che gli è successa!". replicò stizzito Marco.

"Non osare parlare così di un eroe!" sibilò Virgilio afferrandogli il collo. Marco rivisse, quasi tre decenni dopo, la stessa paura di essere strangolato da uno psicopatico. Ma l'ex terrorista stavolta lo lasciò subito. "Anche se..." riprese a dire con voce assente "...Anche se il sacrificio di Fornari, a suo modo, si è dimostrato utile alla Causa. Non vuoi sapere di Valerio, invece?".

"C... cosa gli è successo?" ansimò Marco massaggiandosi il collo.

"Paga l'affitto dell'appartamento di sua sorella Silvia. Ma vive proprio qui, a Genova. Si è trasferito anche lui nella Repubblica Democratica, al seguito di Murgita. Valerio è sempre stato un idealista. Ha conosciuto Murgita in via Tasso, quando erano entrambi prigionieri della Milizia. Poi sono scappati insieme e da allora sono stati inseparabili. Valerio non ha mai creduto alle voci sul suo capo e ne è diventato il segretario particolare. Curava l'organizzazione giovanile comunista. Quando Murgita è morto, nel...".

"Nel 1987".

"Sì, nell' ′87... Beh, doveva essere proprio Fortunato a succedergli, ma è stato messo da parte dal gruppo di Bovo e Musso.

Poi c'è stato l' '89, la fine della Russia comunista, e Valerio è stato emarginato definitivamente dal partito. Per la sua esperienza, tuttavia, e anche un po' per scaricarsi la coscienza, sai, Bovo lo ha voluto come collaboratore a Tursi. Sotto falso nome, ovviamente. Marcello Romani. Adesso però basta parlare. Devo andare. E scordati di questa storia".

"Aspetta un momento. Prima parlavi di Avanguardia di Popolo. Ci sei anche tu dietro gli attentati firmati da questa sigla?".

"Ah, ah. Ti ho detto basta parlare. Ti sarà tutto chiaro a suo tempo!" mettendosi sotto braccio la consunta cartellina verde, Virgilio sparì di nuovo dietro la statua da cui era spuntato prima. Marco udì il richiudersi soffocato di una porta di servizio, poi più nulla.

Sette

Via Paleocapa era ancora più trafficata del solito. In quella calda mattina di giugno, fervevano anche a Savona i lavori di restauro alle facciate dei palazzi gentilizi. Il corso principale della città si presentava totalmente intasato, la circolazione resa ancora più problematica dai sensi unici. Da più di mezz'ora, dopo essere arrivata in orario con il treno delle nove, Bianca condivideva l'angusto e puzzolente abitacolo di una vettura pubblica insieme con un tassista cupo, nervoso, e più mugugnone dei già famigerati genovesi. Da vero villano, l'uomo la scaricò almeno a duecento metri dalla sua destinazione, pretendendo ben otto nuove lire per la corsa. A Genova, il prezzo di un pranzo di medio livello.

Sola, nel frastuono di martelli pneumatici e frese, infastidita dalla polvere che la calda brezza depositava ovunque, dopo qualche minuto di passeggiata, Bianca si ritrovò, a destinazione, stanca e appiccicaticcia di caldo. Sì, corrispondeva all'interno che il padre le aveva annotato su un biglietto. Liliana Forte, via Paleocapa 26, interno 5. Corrispondeva con il nome stampato su un vecchio citofono. Bianca sperò con tutte le forze che la signora non fosse uscita per fare la spesa.

"Sì?" Fece una voce sospettosa di giovane donna dal citofono.

"Cerco la signora Liliana Forte...".

"*Ahora la señora está* riposando..." disse ancora la voce con un forte accento sudamericano.

"Può dirle che sono Bianca Diletti. Mi manda mio padre, Marco Diletti, il giornalista, e...".

"Venga su", tagliò corto un'altra voce, molto sbrigativa, di donna anziana. "Abito al terzo piano".

Bianca fece quasi di corsa le sei alte rampe di scale che la separavano dall'appartamento, e si ritrovò, ansimante, davanti a uno spioncino. Dopo qualche secondo la porta, di uno scadente legno dal quale la vernice verde stava finendo di staccarsi, si aprì lentamente.

" *'A figgetta...*" fece in genovese una donna sorridente. Poteva avere settanta-settantacinque anni. "Mi perdoni la familiarità, ma Marco mi ha parlato molto di lei. Siamo stati al telefono un paio d'ore stamattina, in ricordo dei tempi passati. Sa, suo padre è l'uomo più insistente che mi sia mai capitato di incontrare. La storia di mia sorella Luisa fece scalpore. L'amante di Togliatti. Quella meno nota, voglio dire. Se ne parlò poco in Italia, ma moltissimo all'estero e negli ambienti dei profughi politici italiani. Sa, allora c'era il fascismo, e... Togliatti fu eliminato poco dopo la successione di Ciano a Mussolini... Ma mi scusi, non l'ho fatta neanche entrare. Si accomodi e mi dica cosa posso fare per lei dopo tutto questo tempo. Veronica, preparaci un buon caffè!".

Scortata in un minuscolo soggiorno, il frastuono dei lavori urbani finalmente attutito in sottofondo, Bianca prese posto in una poltroncina consunta, ma soffice. La signora Forte si accomodò a sua volta su una sedia.

"Alla mia età, sa", sorrise l'anziana, "è facile sedersi su una poltrona bassa, ma molto più difficile rialzarsi...".

"Se non sono troppo indiscreta...?".

"Quanti anni ho? Quasi ottanta, mia cara. Sono nata nel 1925. I miei genitori avevano tanto desiderato un maschietto, dopo la nascita di Luisa, nel 1917. Ma poi sono arrivata solo io... Sto divagando, mi scusi".

"Ci mancherebbe, signora!" Sorrise Bianca. Le era simpatica quella faccia magra dal naso un po' adunco, molto genovese, gli occhi, grigi come i suoi, e straordinariamente vivi. Se solo assomigliava un po' a sua sorella, si capiva perché il *Migliore* avesse voluto fare tappa a Genova in quel giorno fatale.

"Mia sorella Luisa e Palmiro, cioè, Togliatti, si erano conosciuti a Mosca, intorno al 1934. Lei aveva aderito clandestinamente al PCI nel 1930 e poiché era dotata nell'apprendimento delle lingue, era stata mandata subito nell'URSS, a fare da sostegno ai militanti e ai funzionari in esilio e da segretaria ai quadri che andavano a conferire coi grandi capi... Sa, Beria, Stalin...".

"Sì, sì, conosco questi nomi, signora..." disse Bianca cercando di non far trasparire l'impazienza nella voce.

"Eh, lo so che voi giornalisti andate sempre di fretta", sorrise Liliana Forte "ma vede, noi vecchi ricordiamo meglio le cose essenziali se ricorriamo ai particolari. E soprattutto se non ci si interrompe. Mi faccia finire".

Bianca richiuse il taccuino e si appoggiò con quanta più naturalezza possibile allo schienale della poltrona. Si faceva tardi, ma non poteva evitare di seguire il ritmo della signora Forte.

"Dicevamo, le lingue straniere..." Liliana Forte si interruppe di nuovo per prendere la sua tazzina di caffè dal vassoio che Veronica era venuta a porle. "Dovresti servire prima la signorina, è nostra ospite!" la rimproverò la padrona di casa. Alla fine, sporgendo le labbra tumide in una smorfia di sdegno, la cubana porse con malagrazia il vassoio anche a Bianca.

"Sì, Luisa imparò il russo in fretta", riprese Liliana Forte dopo un lungo sorso di caffè "e collaborò nel 1935 alla stesura delle *Lezioni sul Fascismo* tenute a Mosca. Fu lei ad aiutare Togliatti nella traduzione, sa? E ha collaborato con lui fin quando, due anni dopo, divenne segretario della Terza Internazionale. Furono quelli gli anni in cui nacque la bambina...".

"Quale bambina?".

"La bambina che Palmiro era venuto a trovare nel 1944. Luisa era tornata a Genova nel 1940, in tempo per scoprire che a suo carico il solerte capo dell'OVRA. Bocchini aveva aperto l'ennesimo fascicolo. Un libro, direi, visto che Luisa vi figurava come *l'amante segreta di Togliatti in Russia*. Come se il *Migliore* avesse avuto solo lei!".

"Ma ha avuto solo due figli!".

"La vita ci riserva sempre qualche sorpresa, vero?" Liliana Forte sorrise sorniona.

"E adesso spunta la terza..." mormorò Bianca quasi tra sé. "Cioè, l'unica figlia naturale?".

"In realtà in molti sapevano che ne esisteva un'altra. Soprattutto i fascisti. E l'agguato di salita Santa Brigida...".

"L'OVRA voleva la bambina...".

"Guido Leto voleva fare piazza pulita dei Togliatti in Italia. Era convinto che sotto la guida del *Migliore* il PCI sarebbe stato una minaccia mortale per il fascismo. C'era pronto il giovane Murgita, invece. Un elemento molto più affidabile, preparato, intelligente, ambizioso ma...anticomunista. Un vero paradosso, non crede? Il grande segretario, il più amato... Era invece l'infiltrato ideale. Ma Togliatti doveva morire, così come i suoi collaboratori più fidati... Pajetta, Longo, Secchia...".

"Anche Secchia è stato ucciso dai fascisti?".

"Non lo sa? L'incidente di Minsk, nel 1970. Pietro era lì esule da anni ormai, e stava tentando di riorganizzare il partito su base neotogliattiana. Fu trovato avvelenato in casa. L'OVRA di Casamassima, ovviamente...".

"Mi dica della bambina...".

"L'avevano chiamata Aurora... Vabbè, lasciamo perdere il perché, credo che il nome l'avesse scelto proprio Palmiro. Insomma, Aurora era stata affidata alla mamma dalla sua nascita. E il padre, a parte qualche rara occasione nei primi anni, non l'aveva più vista dal 1938. Poi mia sorella tornò a Genova, e con l'aiuto economico del PCI ce la fece a crescerla. Sennonché, nel '44, a pochi giorni di distanza l'uno dall'altro morirono prima Hitler e poi Mussolini. Sembrava arrivato il momento, e Togliatti...".

"Viene a Genova a conoscere la sua figlioletta di otto anni...".

"Sì. Con Pajetta e Longo vanno nell'appartamento di vico delle Monachette e Palmiro si trattiene poco meno di mezz'ora. In realtà doveva rimanerci di più, e questo si rivelerà di importanza essenziale per quanto accadrà di lì a pochissimo. Palmiro prese solo il tempo necessario per stare un po' con Aurora, e dare del denaro e dei documenti nuovi a mia sorella. Dovevano raggiungerlo a Roma, e occorrevano dei lasciapassare falsi. Mia sorella e Aurora si sarebbero dovute muovere non appena Togliatti avesse fatto sapere che il Re avrebbe accettato di formare un nuovo governo con dentro i comunisti...".

"...E lui presidente del Consiglio...".

"Già. Ma non sarebbe mai successo. *Ben*, Togliatti lascia l'appartamento di Luisa e a piedi, scortato da Pajetta e Longo, viene giù per salita Santa Brigida. Incontrano il commando dell'OVRA. I miliziani erano diretti in realtà verso vico delle Monachette, dove avrebbero sorpreso sia i capi del PCI, sia i congiunti di Togliatti. Ma Palmiro era in anticipo. Non gli chiedono nemmeno di arrendersi, a questo punto sono convinti di essere stati scoperti e vogliono la sua pelle e basta. Comincia la sparatoria, poi i fascisti fuggono. E Luisa...".

Liliana Forte cominciò a tremare, gli occhi chiari le si velarono di pianto. Bianca pose una mano sulle sue ginocchia.

"Non deve dirmi proprio tutto, sa?".

"No, no. Adesso devo finirla, liberarmi di questa storia. Insomma, Luisa vede i tre per terra. Si precipita verso Togliatti, lo gira, e si accorge che non c'è più tempo. Palmiro non ha nemmeno più la forza di parlare. Prima di morire, le ficca in mano delle altre carte. Queste".

Bianca afferrò i logori foglietti, Uno ancora recava, sui bordi, tracce di sangue del *Migliore*.

"Un certificato di nascita sovietico...".

"Questo prova che la bambina è la figlia di Togliatti. Legga questo, adesso. È in italiano, e forse è ancora più importante del primo...".

Bianca spiegò con cura il secondo foglio, autografato e autenticato da un ufficiale civile italiano.

Io, Togliatti Palmiro, in possesso delle mie piene facoltà mentali, dichiaro di essere il padre naturale di Forte Aurora, nata a Mosca nel

1936 e figlia di Forte Luisa, nata nel 1917 a Genova. Con questa autorizzo la predetta Forte Aurora ad aggiungere o a sostituire al suo cognome quello di Togliatti. Dichiarazione stesa in Genova presso il notaio Nogaro Stefano, addì 10 settembre 1944, XXII E.F. In fede...

"Mi faccia indovinare, signora..." disse Bianca alzando gli occhi dal foglio. "Palmiro Togliatti è finito nell'imboscata a causa di questa dichiarazione?".

"Molto probabilmente sì. Credeva di fare in tempo a rivedere la figlia, moriva dalla voglia di farlo. E ha sottovalutato il pericolo".

"Che ne è stato del notaio Nogaro?".

"Ucciso dai comunisti tre giorni dopo la morte di Togliatti".

"Lo denunciò sua sorella?".

"Sì, Luisa. Ma non sopravvisse a lungo. Due settimane dopo quei fatti – io vivevo con mia mamma su in Albaro – mi arrivò la telefonata di una sua vicina di casa in Vico delle Monachette. Né Luisa, né la bambina si vedevano in giro da giorni, e si sentiva cattivo odore venire dall'appartamento. Sono andata insieme alla polizia e a quattro miliziani che, dopo avere sfondato la porta, fecero finta di non vedere. Luisa era distesa per terra, accanto a lei il telefono. Era morta da almeno dieci giorni. Un unico colpo di revolver, all'addome. Deve avere impiegato ore a morire... A tentare di avvertirmi... Ma io ero fuori a far compere insieme alla mamma... *Oh, Segnür!* Non me lo perdonerò mai".

La voce di Liliana Forte si incrinò, comparvero le lacrime e i singhiozzi.

"Signora Liliana... Cosa ne è stato di Aurora?".

Con un curioso gesto brusco della mano, più adatto a una giovane donna, l'anziana si asciugò le lacrime e riprese il suo racconto. "Non l'ho mai più saputo. Ho sofferto tutta una vita, per non essere stata in grado di proteggere mia sorella prima e mia nipote dopo. Chi ha ucciso mia sorella, ha rapito anche Aurora. Tutte le sue cose, vestiti, libri di scuola, giocattoli... Era sparito tutto. Doveva sparire ogni traccia dei Togliatti, capisce?".

"È stata dunque l'OVRA?".

"E chi altri? Togliendo di mezzo Luisa e sua figlia, Guido Leto chiudeva per sempre il capitolo Togliatti".

"E gli altri figli?".

"Mai sentiti. Ho tentato di rintracciarli, ma inutilmente. Leto deve avere pensato anche a loro".

"E come mai nessuno se l'è presa con lei, signora Forte? Quelle che ho letto sono prove scottanti, e...".

"Nessuno sapeva di me come sorella di Luisa. Ad appena diciotto anni, per ragioni di sicurezza, mia sorella mi procurò tramite la rete comunista dei documenti falsi. Non le somigliavo molto, e così potevo passare per una servetta. Nessuno confiderebbe a una servetta dei segreti di Stato, non crede?".

"Ma il nome sul citofono...".

"Sono cambiate tante cose. E almeno finora nessuno, a parte suo padre quasi trent'anni fa, si era fatto sotto per sapere chi fosse Liliana Forte. Lo sa, Marco andò a scartabellare nei registri dell'anagrafe, prima a Roma, e poi a Genova. Ci mise quattro anni, ma alla fine riuscì ad arrivare a me".

"Gli ha mostrato queste prove?".

"Può giurarci".

"Non le ha volute avere per il giornale?".

"No".

"Così nessuno ne ha mai saputo nulla...".

"Suo padre era convinto che non fosse il momento giusto. Mi disse che nessuno gli avrebbe creduto. E credo intendesse proteggere lei, signorina".

"Ma adesso io sono qui".

"Lo vedo. Prenda questo materiale", disse Liliana Forte porgendole i due vecchi documenti, quello russo e quello italiano "e ne faccia ciò che deve. Permette però che adesso sia una vecchia e sconosciuta signora a raccomandarle di fare attenzione?".

"Perché si preoccupa anche lei, adesso?" chiese Bianca disorientata.

"Lei... è la figlia di un caro amico. Marco mi ha parlato di lei. Potrei essere sua... nonna, lo sa? No, anzi. Mi consideri una sua zia. Una zia molto vecchia e stanca".

Improvvisamente si udì un click metallico. Bianca arrossì. Si era completamente dimenticata di avere lasciato accesso nella tasca dei pantaloni il costoso registratore digitale ultrapiatto di fabbricazione tedesca che il telegiornale le aveva procurato.

"Mi scusi, sono una deficiente", iniziò a dire Bianca, vergognandosi come una ladra. Tuttavia, il sorriso materno di Liliana Forte non s'incrinò. Anzi, si arricchì di una punta di divertimento.

"Me lo ha detto, sa, suo padre, che lei non si tira mai indietro. Beh, non credo che nessuno se la prenderà mai con una brutta vecchiaccia come me. E io le ho veramente detto tutto ciò che so. Adesso è lei la custode del segreto di Palmiro Togliatti e Luisa Forte. Ne faccia buon uso, e... non se ne faccia travolgere".

"Che intende dire?".

"Adesso basta con le chiacchiere, signorina Bianca Diletti", disse Liliana Forte alzandosi con fatica dalla sedia. "È quasi l'una e io devo ancora mangiare. Per non parlare dei massaggi alla schiena. Veronica sarà furiosa. Lo sa che faceva la fisioterapista a Varadero, per i ricchi funzionari comunisti russi che passavano le vacanze al mare a Cuba? Ha un tocco... È solo un po' diffidente con gli sconosciuti. Se dovesse ripassare per Savona venga pure e ne approfitti anche lei. Ne avrà a ringraziarmi. E ora, se mi vuole scusare...".

Otto

Marco si allontanò interdetto da Palazzo Ducale. Non faceva che pensare e ripensare alla ridda di informazioni che aveva strappato a Virgilio in cambio della cartellina verde. Silvia in galera per vent'anni con l'accusa di omicidio e banda armata e ora viva e vegeta a Roma. Valerio collaboratore stretto di Murgita prima e di Bovo poi. Doveva cominciare da Tursi. Non era molto lontano, ma i sessantotto anni si facevano sentire, e a ogni passo la schiena gli doleva sempre più.

Percorse faticosamente strade e carruggi fra via Roma e piazza Fontane Marose, per imboccare poi deciso l'ex via Garibaldi, da qualche mese ribattezzata *Strada Nuova*. Lungo il cammino gli era venuta fame, e aveva scoccato uno sguardo verso la stretta porticina che, in vico Testadoro, portava da *Ezio*, una delle migliori e meno care trattorie di Genova. In molti lo consideravano un vero avvelenatore, ma a lui piaceva mangiarci. Ci avrebbe fatto un salto dopo essere passato per Tursi. Alla faccia di sua figlia, secondo la quale quella cucina era un attentato alle coronarie.

Ma adesso doveva pensare ad altro. La *Strada Nuova* gli si parò davanti rifulgente di restauri accuratissimi, ben diversi e meno invasivi rispetto a quelli che avevano sfregiato il Ducale. Grazie al presidente Martone, al sindaco Bovo e ai suoi consiglieri... *Grazie anche a Valerio Fortunato?* Si chiese Marco varcando infine il portone di Palazzo Tursi, ormai il terzo dei musei dell'ex via Garibaldi, dopo i Palazzi Rosso e Bianco. A Tursi il sindaco teneva ancora il suo studio principale, dopo avere trasferito l'intera giunta nei nuovi edifici ricavati tra la popolosa delegazione di

San Pier d'Arena e la zona ex-Ansaldo della vicina Fiumara. Marco si rivolse al primo usciere che vide.

"Mi sa indicare dove lavora Marcello Romani?".

"Il segretario personale del sindaco è impegnato in riunione, mi dispiace. Può lasciare detto di sopra. Primo piano, a destra".

Sugli alti gradini di Palazzo Tursi Marco si rese conto di essere davvero stanco. Raggiunse subito la porta e si trovò di fronte a un ufficio stretto e lungo, con almeno dieci tra funzionari e impiegati, tutti intenti a conversare con allegria, ma mantenendo il tono della voce rispettosamente basso.

"Cerco Marcello Romani, qualcuno sa dirmi dov'è?".

Il sommesso cicaleccio cessò. Tutti tacquero per qualche istante. Infine, il funzionario che appariva di livello più elevato si decise a rispondere.

"Il dottore è impegnato con il sindaco".

A Marco parve quasi di vedere le maiuscole di rispetto. "Potete fargli sapere che è venuto a trovarlo un… amico?" chiese con una smorfia divertita. "Ditegli solo il mio nome, Marco Diletti. Vedrete che capirà".

Il funzionario scambiò una smorfia di sopportazione con gli altri e si diresse verso la porta dello studio del sindaco. Prima di entrare, bussò discretamente, si strinse il nodo alla cravatta e si lisciò la giacca di sartoria. *Sicuramente comprata in via Roma,* pensò Marco. I dipendenti del più stretto entourage del sindaco di Genova erano notoriamente discreti, fidati e soprattutto ben pagati. Una tradizione che risaliva al regime comunista di Murgita. Infine il funzionario entrò e si richiuse silenziosamente la porta dietro. Passò meno di un minuto, e il battente si riaprì di colpo. Uscì, agitato, un cinquantenne di media statura, i capelli corti e brizzolati tagliati a spazzola. Solo i mobilissimi occhi castani e il naso pronunciato ne tradivano la vecchia identità.

"Come mi hai trovato? E che cosa vuoi?" lo aggredì subito l'ex capo del Movimento Studentesco, guardandosi intorno come un cospiratore. Valerio Fortunato prese Diletti per un braccio e lo trascinò in un andito riservato.

“Aspetta solo un momento”, ansimò Marco. “Sono anni che cerco di mettermi in contatto con te, e tu...”.

“Finiscila lì, Diletti. Ah, ma qualcuno dovrà ben dirmi chi ti ha detto che io...”.

“Valerio...”.

“Non-usare-quel-nome!” scandì Fortunato parola per parola, sollevando l’indice verso Marco.

“Dottor Romani?”.

“Così va meglio. Dimmi cosa vuoi e poi sparisci”.

“Silvia”.

“Lasciala in pace! Non ti è bastato ferirla in quel modo? Che dico, sparisci per decenni e adesso ricompari pretendendo di…”.

“Stai alzando la voce...”.

“Nun me ne frega ’n cazzo!” urlò Valerio Fortunato in romanesco. “Vòi che te faccio butta’ fori da ’na guardia, è questo che vòi?”.

Si udì uno scricchiolio. Fortunato si sporse dal nascondiglio, e intravide la porta dello studio del sindaco, socchiusa di qualche centimetro. La sagoma massiccia di Bovo fece capolino per qualche istante, una luce interrogativa negli occhi. Era il momento di lasciare spazio a Marcello Romani. Fortunato si passò una mano sui capelli, si aggiustò il costoso vestito sulle spalle e riprese, con apparente tranquillità.

“Diletti, che cosa vuoi da Silvia? Ha impiegato quasi trent’anni per dimenticarti. Adesso è tranquilla”.

“So che vive dove abitavate un tempo...”.

“Ti hanno detto anche questo...”.

“Non voglio farle del male”.

“Ci mancherebbe ancora. Cosa vuoi da lei?”.

“Ha mai avuto dei figli?”.

Fortunato tacque per un attimo, fissando Marco accigliato.

“Ascolta, queste non sono vicende che mi riguardino… Lei…

Si è trovata molti amici mentre era in prigione, e a me non ne ha mai parlato. Del resto… Ma perché ti interessa?".

"Non sono affari tuoi".

"Non se ne parla".

"Valerio!".

"Basta con questo nome! E va bene. Le dirò che sei rispuntato fuori. Sarà lei a decidere se vorrà incontrarti. E, attento. Mia sorella è sempre stata molto sensibile, e questa dote l'ha affinata nel tempo. Non si fiderà di te".

"L'indirizzo, Valerio...".

"Non te lo ricordi? Via dei Volsci 19".

"Come mai fai il segretario di Bovo, Valerio? Credevo ti piacesse da morire Antonio Murgita".

Fortunato si sporse di nuovo oltre l'andito e tornò a sbirciare verso lo studio del sindaco. La porta si era richiusa. "Vuoi venire a fare un giro con me per la *Strada Nuova*?" chiese improvvisamente. Senza aspettare la risposta, prese energicamente Marco sotto braccio e lo guidò verso l'uscita di Palazzo Tursi. "Guarda qui, Diletti..." disse indicando a Marco gli stucchi rilucenti dei palazzi dell'ex via Garibaldi. "Te lo ricordi che di qui, nemmeno vent'anni fa, ci passavano gli autobus? E adesso guarda che splendore!".

"Grazie ai rubli della mafia russa, dice qualcuno...".

"Pettegolezzi. Non c'è niente di vero. Si tratta solo di industriali della nuova generazione, pieni di soldi e desiderosi di continuare la tradizione di buoni rapporti tra Russia e Genova". Fortunato continuava ossessivamente, a passarsi una mano sulla spazzola corta e brizzolata che aveva in testa. Marco non poté fare a meno di rimpiangere il casco di capelli castani di quasi tre decenni prima. Cosa ne era stato dell'affascinante idealista dell'università?

"Non avresti detto così un tempo...".

"No, se non avessi sperimentato Antonio Murgita..." sibilò iroso Valerio.

"Credevo lo amassi alla follia!".

"All'inizio era tutto diverso... C'era stata via Tasso..."

Ancora via Tasso. Ancora quel tetro palazzotto, affittato dalla Milizia alla fine del '73. Lì erano stati tradotti gli studenti fatti prigionieri dopo le stragi di piazza del marzo '76. Un luogo silenzioso e discreto, dove poter interrogare in tutta calma i potenziali sospetti di terrorismo. Lì, ancora, erano stati prigionieri, insieme, Fortunato e Murgita. Si diceva fosse stata proprio Maria De Carli a scegliere quel posto. Marco sentì la fronte inumidirsi di sudore. Una strana nebbia si addensava davanti ai suoi occhi. Si appoggiò a un muro.

"Ehi, va tutto bene?" chiese Fortunato.

I sogni. Ancora quei maledetti sogni... Marco scosse la testa e drizzò la schiena.

"Come vanno le mani, Valerio?".

Con gesto meccanico, Fortunato levò le palme davanti agli occhi, le girò, guardandosi le cicatrici sulle dita. Le unghie non erano mai più ricresciute bene dopo che i miliziani dei reparti speciali gliele avevano strappate in quella cella a due passi dal Laterano.

"Che rapporto c'era fra te e Murgita?" insistette Marco, intuendo una falla aprirsi nel muro.

"Fra il 1978 e il 1980, quando nacque la Repubblica Democratica, lui concentrò di fatto in sé ogni potere". Valerio sbuffò al ricordo. "Da una parte non mi piaceva. Puzzava di stalinismo. D'altro canto, tuttavia, non potevo fare a meno di considerare Murgita come una specie di simbolo da difendere a ogni costo. Lavorai per anni, organizzando la gioventù in tutto il Nordovest. Era il nostro sogno che si realizzava, capisci?".

"Già, tu hai sempre avuto il pallino dell'organizzazione. E chissà che teste che hai fatto a quei ragazzi con i tuoi comizi da esaltato! Ma ancora non capisco come hai fatto a disamorarti in quel modo del tuo idolo".

Marco sorrise all'indirizzo del vecchio rivoluzionario senza macchia e senza paura, adorato incondizionatamente da tutte le ragazze dei collettivi universitari. Se Valerio Fortunato avesse solo schioccato le dita, avrebbe posseduto un harem degno di un sultano. Ma lui, all'epoca, pensava solo alla causa.

"Murgita" riprese con fatica Fortunato "cominciò a un certo punto a fare dei discorsi strani. Cominciò con una mia domanda su Togliatti. Che rapporti aveva avuto con quel mitico capo comunista, che nessuno di noi giovani aveva mai potuto conoscere, se non attraverso pellicole sfuocate e documenti frammentari. Per fartela breve, Murgita saltò su tutte le furie. Altro che il *Migliore*, mi disse. Togliatti era solo un misero *apparatcik* della Terza Internazionale, che aveva avuto successo solo nel far internare nei lager staliniani centinaia di comunisti dissidenti, e che in fondo la Milizia aveva fatto bene a ucciderlo nel '44 a Genova.

Marco sussultò al ricordo del suo incontro con Liliana Forte. "E tu che cosa hai pensato?" chiese con voce appena incrinata.

"All'inizio che Murgita fosse solo contrariato. Sai che non aveva un carattere facile. Poi, però, quando gli chiesi se aveva conosciuto anche Pietro Secchia e gli altri capi storici del PCI come Luigi Longo, ad esempio, non ci vide proprio più dalla rabbia. Ragazzino, mi disse, lascia perdere quella gente. Tu non sai il male che hanno causato all'ideale socialista. Tu non sai quanti lutti hanno provocato!".

"E non ne avete più parlato?".

"No. Io ho continuato a fare il mio lavoro, ma parallelamente, tramite un paio di ragazzi fidati, ho cominciato a svolgere qualche ricerca per conto mio, finché non ho scoperto...".

"Che cosa?".

"Che il padre di Murgita fu ucciso a botte in Sardegna da alcuni attivisti del PCI , nel '35... E che lo stesso Murgita era stato arrestato dai fascisti due anni dopo, per esserne rilasciato quasi subito. Molto strano per uno che a soli 31 anni era già nel Comitato Centrale clandestino del partito. Così ho indagato ancora...".

Marco annuì. "E hai scoperto che Murgita era diventato dal '37 un informatore dell'OVRA...".

"Non solo. Che, a cominciare dagli assassini del padre, aveva fatto ammazzare prima tutti coloro che riteneva gli avessero fatto del male, e quelli che gli si frapponevano sulla strada del potere poi...".

"Sai anche che aveva personalmente partecipato a Genova all'agguato a Togliatti del 1944?".

Fortunato si portò entrambe le mani al volto, e poi si strofinò, sconvolto, la zazzera brizzolata.

"Mio Dio, questo no, non lo sapevo! Murgita fra i miliziani dell'OVRA? Adesso si spiegano molte cose".

"Già. Proprio come il vecchio Stalin, Murgita si è costruito un PCI a sua misura esclusiva, facendo eliminare praticamente tutta la vecchia guardia. Compreso il vecchio Pietro Secchia in Bielorussia. E poi ha costruito un regime da cortina di ferro a Genova e in tutto il Nord-ovest".

"Come sai queste cose, Diletti?" chiese infine Fortunato, di nuovo sospettoso.

"Qualcuno, tanti anni fa, mi consegnò un dossier dell'OVRA su Murgita. Ma non feci in tempo a divulgarlo. Mi licenziarono. Adesso, però, la stessa gente ha voluto indietro quelle carte".

"E tu gliele hai ridate?".

"Non avevo alternative. Hanno minacciato mia figlia".

"Tua f... Ecco perché adesso cerchi Silvia...".

"Ti stupisce davvero? Cosa avresti fatto al mio posto?".

"Anzitutto avrei cercato ben prima di dare una famiglia a... come si chiama?".

"Bianca".

"Beh, a questo punto credo che Silvia non possa più ignorare di avere una figlia. Sentimi bene..." disse Fortunato stringendosi nella giacca, nonostante la calura estiva. "Ho giusto qualche giorno di tempo, questo fine settimana, fino a lunedì. Posso accompagnarti a Roma...".

"Credo che dovrei andare solo con Bianca..."

"No, Marco. Penso proprio che a questo punto sia opportuno utilizzare un po' dell'influenza del dottor Marcello Romani e farci arrivare con discrezione in aereo fino a Roma. Intanto parlerò con Silvia e le spiegherò quello che posso".

"Levami solo una curiosità, Valerio..." chiese Marco sorridendo. "Come hai fatto a trasformarti nel dottor Romani, segretario personale del sindaco Libero Bovo?".

"Non te lo ha già spiegato chi ti ha mandato da me?".

"Sì, ma mi piacerebbe sentirlo dal diretto protagonista della storia", ribatté Marco divertito.

"Ti hanno detto magari che ero il delfino di Murgita, non è vero?".

"Certo che sì, ma da quanto mi hai detto la definizione più appropriata sembra quella di ostaggio. O sbaglio?".

"Non sbagli. Da quella discussione sui capi storici del PCI, Murgita cominciò a guardarmi con sospetto. Credevo fosse per senilità, ma quando i due ragazzi che mi avevano aiutato morirono in uno strano incidente stradale".

"Proprio come Zennaro e Agostini".

"Come chi?".

"Due miei giovani colleghi. Quando mi diedero il dossier nel '76 feci ricerche insieme a loro. E loro ci hanno rimesso la pelle proprio come i tuoi due collaboratori: incidente stradale".

"Sembra proprio un bel complotto". mormorò Valerio.

"Già..." disse Marco pensoso. "Anche tu, come me, insomma, hai compreso che dovevi darci un taglio con le ricerche. E che il vecchio, Murgita, voglio dire, ti permetteva di vivere finché gli facevi comodo".

"Esatto. Aveva criticato a morte Stalin e la vecchia URSS come un paese fascista, e disprezzato Togliatti e i suoi come poco più che scherani mascherati della destra, e poi? Murgita stesso si è trasformato in un dittatore sanguinario. Non che i suoi delitti siano stati facili da scoprire, ma chiunque nel PCI sapeva che al vecchio piacevano ormai solo il gusto del sangue e del potere, e che non lo avrebbe mai mollato, se non alla persona giusta. Ma di persone così giuste nel PCI non ce n'erano, e grazie a Dio Murgita ci ha lasciati nell' '87".

"Di sua spontanea volontà?".

"Conta qualcosa, Marco? In ogni modo, sì, si è trattato di morte naturale. L'ictus di cui si lesse".

"E il giovane di belle speranze, Valerio Fortunato, come mai non si inserì nella lotta per la successione? Avevi poco più di trent'anni, era il tuo momento, no?".

"Te l'ho detto. Troppo vicino al vecchio capo e troppo lontano nel momento decisivo. Io non c'ero quando Bovo, Musso e gli altri complottarono nel massimo segreto. Altrimenti Murgita l'avrebbe saputo. E loro avrebbero fatto la fine di Togliatti, lasciando alla Repubblica Democratica un PCI ancora più scheletrico del partito che oggi ne porta l'eredità. In più, loro sapevano che, nonostante tutto, io non avrei mai tradito Murgita. E infine ero troppo giovane. Li avrei emarginati per sempre".

"Così hai perso la guerra...".

"Veramente l'ho vinta. La nuova identità me la dovevano e, sai?".

"Cosa?".

"Adesso ho una moglie e due figli. Hanno il più grande sedici anni e la piccina quattordici".

"I figli crescono...".

"Quanti anni ha Bianca?".

"Ventinove".

"E fa il tuo lavoro".

"Centro".

"Che aspettiamo a presentarla a sua mamma?".

NOVE

"Mia madre viva? Ma è un'assurdità!" Bianca si alzò di scatto dalla poltrona del soggiorno e si stagliò furiosa nella luce del sole che filtrava dalle gelosie socchiuse. Valerio Fortunato, che sedeva vicino a Marco sull'ampio divano dell'appartamento dei Diletti a Nervi, non poté impedirsi uno sguardo furtivo sul corpo della ragazza.

"Bianca, ti prego. Se non credi a un vecchio pazzo come me credi almeno a Valerio!".

"È... è così", disse Fortunato, in imbarazzo sotto lo sguardo indagatore dei grandi occhi grigi di Bianca. "Silvia è tua madre. Devi venire a Roma con noi".

"Io... io..." balbettò Bianca. "Papà, è tutto così assurdo! Ho sempre pensato di essere solo figlia tua, e...".

"E tuttavia hai sempre cercato una madre", disse Marco. "La tua irrequietezza... Tutta quell'aggressività...".

"Hai finito con lo psicologismo, papà? Mi fa incazzare più dei tuoi deliri paragiornalistici!".

"Ma adesso hai incontrato Liliana Forte...".

"Te lo concedo, mi hai stupito".

"E ha stupito anche me", aggiunse Valerio Fortunato, sempre più a disagio.

"E lui da dove spunta fuori?" chiese Bianca tornando ad allungarsi sulla sua poltrona. Era la prima volta che abbassava le difese da quando aveva trovato suo padre a casa con quello sconosciuto dallo sguardo spiritato. Uno sguardo che, sempre più di frequente, si era posato, indiscreto, sul suo corpo. *Questo vecchio porco sarebbe mio... zio?* Bianca fremeva dall'indignazione.

"È... una lunga storia, Bianca..." abbozzò Marco "Ma è una storia vera, e tu lo sai. Tua madre è stata dentro per anni...".

"Decenni..." corresse Fortunato

"...Sì, per ventidue lunghi anni, scontando l'errore di una notte. E io, due giorni fa, al Ducale, ho incontrato uno che l'ha conosciuta bene, ai tempi del Movimento Studentesco. E quell'uomo adesso è passato dall'altra parte. Silvia deve saperne qualcosa. Deve, per forza, avere annusato qualcosa nell'aria!".

"Diletti, non ricominciare!" intimò Fortunato, sollevando un indice ammonitore. "Mia sorella è in libertà vigilata da due anni e non ha mai più avvicinato nessuno dei vecchi compagni. Ha fatto cinque anni di isolamento, ricordalo. E dopo si è dissociata".

"Aveva aderito fino a quel punto a Lotta Socialista? E tu perché non l'hai impedito?" chiese Marco aggressivo.

"Le rimaneva altro? Ti ricordo che tu l'avevi mollata come una roba vecchia!".

"Papà?" fece Bianca con tono pericolosamente calmo. "Perché non mi hai mai raccontato questa storia?".

"Perché... perché non sapevo chi potesse essere tua madre!".

"Non lo... sapevi?".

"Ero incerto... Cioè... Ma adesso quello che mi ha detto Valerio supera ogni cosa!".

Fortunato e Bianca fissarono Marco con aria interrogativa. Chi altri era entrato, così profondamente, nella vita di Marco Diletti, promettente giornalista radiotelevisivo all'Immagine Italiana di Galeazzo Ciano? A un tratto, Valerio impallidì. Si passò di nuovo la mano sulla testa, sfregandosi i capelli a spazzola, poi il volto, richiamando sulle gote un po' di sangue. "Non è tempo di complicare troppo le cose", disse fissando Marco. "Per adesso dobbiamo organizzare il viaggio a Roma. Silvia deve comunque sapere. E tu, Bianca, cos'altro hai scoperto a Savona?".

"Le rivelazioni di Murgita all'OVRA", iniziò Bianca, guardinga "consentirono a Guido Leto di far uccidere Togliatti".

"A Genova..." aggiunse Marco.

"Sì, a Genova", annuì Bianca, "dove viveva la sua amante, Luisa Forte, e la sua bambina di otto anni, Aurora".

"Non ci posso credere..." mormorò Valerio. "Che fine ha fatto la bambina?".

"Nessuno lo sa. Probabilmente è morta. L'OVRA non faceva complimenti. Prima di morire, nel '40, Arturo Bocchini si era raccomandato: lo stesso ricordo di Togliatti doveva essere cancellato in ogni modo possibile, eliminando lui e i suoi congiunti. Era la priorità assoluta del regime, fin dai tempi di Mussolini e della guerra. E la direttiva è passata a tutti i successivi capi e responsabili dell'OVRA: Almirante, Pavolini, Casamassima e...".

"...Maria De Carli". aggiunse Marco, quasi soprappensiero.

"Già, proprio lei. Ma credo che la pratica della piccola Aurora Togliatti sia stata chiusa ben prima del 1976!" esclamò Valerio.

"Sicuramente", rispose Marco. "A meno che...".

"A meno che... cosa?" chiese Bianca impaziente.

"A meno che qualcuno non possa avere pensato che educare e plagiare da piccola l'unica figlia naturale di Palmiro Togliatti potesse tornare utile in futuro. Nell'OVRA c'erano anche dei criminali incalliti, ma nessuno, credo, avrebbe trucidato con animo leggero una bambina di otto anni".

"Riguardo sua madre, però, non si sono fatti alcuno scrupolo!" esclamò Bianca, scandalizzata. "Dieci giorni a marcire in casa, da sola e senza aiuto! Assassini... Mostri!".

"Aspetta un po', Bianca..." interruppe Valerio. "Cosa vuoi dire, Marco? Pensi davvero che quella bambina...?"

"Possa essere ancora viva? Non mi sento di escluderlo. Presentare, più in là negli anni, una Togliatti, che so io, convertita al fascismo? Poteva essere una mossa a sensazione. Di quelle che piacevano al vecchio Ciano. Pensate al colpo di teatro! Pensate alle televisioni!".

"Tu e le tue dirette, eh?" sbottò Bianca, ancora ostile.

"Quanti anni avrebbe adesso Aurora?".

"Vediamo... Sessantotto o sessantanove, Valerio... La mia età".

"Hmmm... Come mai allora chi la sequestrò tanto tempo fa non se ne è mai servito finora?".

"E chi dice che non l'abbia fatto? Magari all'estero. Magari in Russia, per spionaggio! Nella famiglia Forte si parlava correntemente il russo". Marco socchiuse gli occhi, pensoso.

"Non mi convince", chiuse Bianca, definitiva. "Sentite, qui ci stiamo infilando in un circolo vizioso. Che ci interessa sapere di quella bambina, sempre ammesso sia sopravvissuta, quando la situazione si evolve proprio intorno a noi? Avete sentito dei disordini di piazza Rubattino? Ci sono stati degli scontri fra portuali e neonazisti.

"Neonazisti a Genova?" Chiese Marco esterrefatto.

"Sì, e tre morti a Campetto, uccisi, pare, da una squadra della morte".

"Aspettate che chiedo a Tursi", fece Fortunato, sfoderando il telefono cellulare e andando ad appartarsi in cucina.

"Due delle vittime", riprese Bianca, erano del servizio d'ordine della *Solidale*".

"La compagnia unica dei camalli?" chiese Marco.

"Sì", rispose Fortunato richiudendo il telefono. "Gente dura, abituata a menare le mani. Finiti in pochi secondi. Killer professionisti, secondo Bovo. Oppure mercenari. La polizia ha recuperato un coltello seghettato di tipo reperibile solo sul mercato clandestino delle armi. Ma a parte questo, nessuna traccia. La cosa più strana è che non è stato operato nessun fermo. Neonazisti e portuali, tutti spariti. Come inghiottiti dal cantiere della metropolitana! Bovo non se lo spiega!" Fortunato allargò le braccia, sconfortato.

"Valerio, ti ricorda nulla?" chiese Marco all'improvviso.

La memoria dell'ex leader del Movimento Studentesco andò a quasi trent'anni prima. Il grande corteo che era arrivato in piazza Venezia per chiamare Ciano a rendere conto di mezzo secolo di regime. I canti, gli slogan, poi, l'aggressione, gli uomini in mimetica paramilitare, i passamontagna neri calati sul volto... E ancora, gli scoppi, gli spari e il sangue...

"Non ti rammentano nulla gli incappucciati?" insisté Marco.

"No. Non può essere. Non di nuovo. Non qui". Fortunato si prese la testa tra le mani.

"Papà, frena un secondo". Stavolta fu Bianca a sollevare un indice. "Vuoi dire che i fantomatici incappucciati che fecero strage di giovani di sinistra nel centro di Roma nel 1976 sono ricomparsi ventinove anni dopo a Genova, liberi di agire, proprio sotto il naso della polizia comunista?".

"Della polizia post-comunista", precisò Marco. "Quella che per tua norma è regola è stata rivestita e riarmata coi soldi della mafia russa! Dagli cento e si gireranno dall'altra parte, dagli mille e faranno il lavoro sporco al posto tuo!".

"Queste poi sono le tue solite fisse da cronista deluso!" Sentenziò Bianca scrollando una mano. "Papà tu appartieni a quella categoria di giornalisti per i quali ogni stronzata è una notizia!".

"E tu rischi di cadere in quella opposta, quella che vede in ogni notizia niente altro che una stronzata!" replicò immediatamente Marco, le labbra che gli si aprivano in un sorriso.

"E adesso cos'hai da ridere, me lo spieghi?" gli chiese Bianca, brusca.

"C'è che per la prima volta, da anni, mi tratti come un collega... Grazie, figliola, hai messo fine al mio *apartheid*!

Stavolta fu Bianca a sorridere. Gli occhi grigio ghiaccio si accesero di pagliuzze dorate. Si alzò dalla poltrona, e, torreggiando sul padre, gli stampò un bacio sulla fronte. "Magari tra un po' ti faccio vedere i miei appunti", disse. "Avevo giusto bisogno di un confronto di idee e di qualche ragguaglio da una... vediamo... memoria storica?".

"Ouh, bimba!" protestò allegramente Marco, mollando alla figlia un sonoro sculaccione. "Così vecchio ancora non lo sono. E sono perfettamente in grado di darti una mano...".

"Allora scriverai sul computer!" sentenziò Bianca, massaggiandosi la natica offesa e indicando con l'altra mano il portatile acceso sulla scrivania.

"Non quella diavoleria! Non puoi costringermi!".

"Io le tue reliquie le ho consultate...".

"Vabbè. Ma facciamo alla svelta, bisogna partire domani mattina presto!".

"Dai, papà... Aspetta solo che metta qualcosa sotto i denti! Sono due giorni che vado avanti a tramezzini! Te lo prometto, ho tutto in testa. Ci metteremo venti minuti al massimo!" E scomparve in cucina, la chioma ramata che ondeggiava a ogni passo.

"È uno spettacolo..." fece Valerio godendosi l'uscita di scena di Bianca.

"Ueh, Fortunato... Bada come parli, eh? Si tratta di mia figlia, non scordartelo!".

"Già, è solo che...".

"È solo che... cosa?".

"È che... È una forza della natura, così diversa da te... E da...".

"Da Silvia?".

"Già. Silvia si è sempre fatta trascinare, in fin dei conti, mentre Bianca mi pare così...".

"Sicura di sé? Non credere. In redazione soffre. C'è un collega che la perseguita. Credimi, Bianca è tutta difese. Proprio come sua madre. Ricordi come mi apostrofò quando la conobbi?".

"Aspetta, fu una bella frase a effetto. Com'era? Ah sì. *Lo sai, penna di regime, che se volessimo ti potremmo fare la festa qui, e nessuno interverrebbe?*".

"Come scordarselo?" Marco si picchiò un palmo sulla fronte. "Il mio primo servizio sugli studenti romani in lotta... Era a Giurisprudenza, vero?".

"Sì. Io ero dietro di lei".

"Era incazzata nera. Come quella volta che ha tenuto testa a Settimo Fornari".

"Quel lurido terrorista antisemita!" sibilò Fortunato. "Avremmo dovuto capirlo tutti, subito, che ci avrebbe persi!" Valerio strinse i pugni al ricordo dell'ideologo della lotta armata.

"Silvia lo aveva capito subito". Marco esitò ancora, in preda ai ricordi. "Portava la coda di cavallo allora...".

"In clandestinità ha cambiato acconciatura" mormorò Valerio, con tristezza.

"Già, i riccioli".

"Allora tu l'hai vista al processo!" si riscosse Fortunato, una nota d'ira.

"Ho visto... ho visto un breve estratto in televisione, e...".

"Vabbè, basta".

"Come sta, Valerio?".

"Vedrai tu stesso. L'ho sentita oggi pomeriggio. Sta bene, adesso. Ma sarà lei stessa a dirtelo. Ti porterò a casa sua. Te e Bianca. Voi tre da soli".

"Ragazzi?" fece improvvisa una voce impastata.

Marco e Valerio alzarono gli occhi all'istante. La bocca piena, Bianca si era materializzata davanti a loro con un monumentale hamburger in una mano e un piatto nell'altra.

"Euh, e poi mi fai la predica su colesterolo e infarto!" sbottò Marco di fronte alla provocazione alimentare. Valerio si limitò ad aprire la bocca, sbalordito.

"Ma tu hai quasi settant'anni... Mentre io ne ho solo ventinove..." con una luce sadica negli occhi, Bianca diede un altro grosso morso all'hamburger. In pochi secondi, e con l'aggiunta di un bicchiere di birra, lo spuntino fu divorato. Reprimendo a stento un singulto di digestione, Bianca si nettò le mani e si sedette di nuovo sulla poltrona. Valerio non poté fare a meno di sbirciarle le lunghe gambe e le ginocchia che, in quella posizione, le risalivano oltre la curva dei seni.

"Adesso, zietto, o presunto tale..." cominciò Bianca inarcando un sopracciglio. "Vuoi aiutarci a mettere insieme i nostri indizi o vuoi continuare a guardarmi le gambe?" Valerio abbassò gli occhi all'istante, mortificato.

"Tu, vecchio sozzone..." si indignò Marco.

"Uffa, ragazzi, basta!" intimò Bianca, seccata. "Papà, prendi il portatile. Apri quel programma con la doppia W, sì, quello lì. Pigia due volte di seguito. Bravo, vedi che ci riesci? E adesso scrivi quello che io ti detterò. Tu, Fortunato, o Romani che dir si voglia, occupa il tempo a guardarti queste carte. E prova a verificare se ti ricordano qualcosa. Diamoci da fare! *Organisémuse!*

Dieci

La notizia dei tre morti di Campetto e dei gravi disordini di piazza Rubattino si era abbattuta come un tornado nella redazione del telegiornale. Ezio Assereto imprecò tra sé alla malasorte che lo costringeva a sedere sulla sedia di coordinatore dell'edizione più importante proprio in quel momento, e con il solo sostegno di Bernardi in video. Maledetta la penuria di fondi della televisione della Repubblica Democratica, che costringeva una testata a tutti gli effetti nazionale a mandare in onda l'edizione principale, quella della sera, con soli due giornalisti a curarla.

Quel cretino di Bernardi, pensò Assereto. *Il genio del computer che non sa un cazzo di cronaca... Vedrai che finisce che mi tocca lavorare… A meno che… Dove sarà mai Bianca?* Aveva chiesto un giorno di permesso, voleva andare a cercare indizi a Savona per un suo prossimo servizio. Possibile che, in un giorno come quello, la cronista più brillante della redazione non sentisse almeno lo scrupolo di telefonare? Riprovò a digitare il numero del cellulare di Bianca. Inutilmente. *L'utente da lei chiamato non è al momento disponibile, riprovi più tardi,* ripeteva la voce fessa di un disco. E lui, Assereto, la fronte poggiata sul dorso della mano destra nella sua consueta posa sconfortata, stava scoprendo cosa voleva dire il panico da prestazione. Si riscosse e scacciò dalla mente i pensieri negativi. Era o non era il giornalista preferito dal sindaco Bovo? E allora, anche se avesse fallito, cosa gli sarebbe successo? *Niente,* pensò, l'abituale sorriso che provava ad affacciarsi di nuovo sul volto.

Tutto, suggerì invece maligna una vocetta dal profondo. Assereto la conosceva bene. Era quella voce che, più di vent'anni prima, al tramonto del fascismo, gli aveva suggerito di lasciar perdere i pericoli della sinistra extraparlamentare e schierarsi, discretamente, per il PCI di Murgita. Passato miracolosamente indenne l'uragano De Carli, Assereto aveva cominciato una lenta, ma inarrestabile carriera. Sempre in linea con la maggioranza della redazione, all'epoca ancora sede regionale ligure della nuova RadioTelevisione Italiana. Poi, dopo la scissione della Repubblica Democratica, si era ritrovato di colpo in un telegiornale nazionale.

Niente panico, gli avevano detto i suoi amici politici. Bastava poco per salvarsi la vita. Una ventina di servizi ad hoc, qualche sapiente presa di posizione presso ordine e associazione della stampa, Assereto mostrò di essere davvero affidabile. Arrivarono quindi due cariche strategiche come quella di tesoriere prima e segretario dell'Ordine Nazionale Cisalpino. Niente di vistoso, intendiamoci. Il necessario però per risalire la china in fretta. Da *negro*, come si diceva, buono solo a essere caricato di impegni, si era trasformato subito in giornalista da scrivania. Cominciarono a lasciargli fare solo quello che voleva, poi arrivò la promozione a caposervizio, e infine la parificazione economica a vicecaporedattore. Poi, fermi tutti. In fondo non poteva mica tirargli una schioppettata, a Galbiati e a Schiaffino, rispettivamente direttore del Telegiornale Cisalpino e caporedattore della cronaca. Si trattava solo di aspettare e spremere ben bene i colleghi più giovani. *Come Bianca.*

Maledetta troia, pensò, pentendosi all'istante del termine volgare, retaggio dell'irruenza della gioventù. Quella ragazzina impudente lo faceva impazzire. Quelle gambe lunghe, il casco di capelli ramati. *E quegli occhi freddi come la morte*, riprese la vocetta di prima.

Un colpo di tosse, educato e composto. Assereto fu richiamato brutalmente alla realtà dalla sagoma allampanata di Bernardi. "Cosa c'è, adesso?" Sbottò levando in alto le mani, esasperato.

"C'è che dovresti guardare il computer, Ezio...".

L'affermazione era venuta con la consueta e irritante voce impostata, la testa un po' ciondolante nel vezzo tipico da conduttore, che ricordava, assurdamente, i tremori di un malato di Parkinson. Gli occhi di Bernardi, però, erano ben vigili. A casa, Assereto lo sapeva, quel pagliaccio da dirette si trasformava in un assiduo frequentatore della GlobalNet. Un vero *smanettatore*, come dicevano i giovani. Conosceva tutto della Grande Rete, insomma, anche se, secondo qualcuno, in realtà Bernardi era solo un gran pasticcione. Ma a quel punto, Assereto aveva bisogno di una buona notizia.

"Cosa hai trovato?" chiese a Bernardi con tono speranzoso. Forse riusciva ancora a trasformare una serata da incubo in un trionfo. Magari utilizzando, una volta di più, il lavoro altrui... Sentiva già le labbra stirarsi nel consueto sorriso.

"Se ti vai a vedere la pagina di Rinascita Nazionale e *clicchi* sul secondo *link*...".

"Aspetta, aspetta. Con tutte queste parole strane non ci capisco niente. Guarda, adesso apro la GlobalNet. Fammi vedere un po' tu che capisci tutto...".

Una volta di più l'adulazione funzionò e Bernardi sostituì in pochi secondi Assereto davanti alla tastiera. "Vedi?" cominciò ad animarsi. "È come pensavo io. Non era possibile pensare che i neofascisti tentassero di tirare fuori il naso solo con un piccolo comizio!".

"Che intendi dire?" chiese Assereto, sbirciando con un occhio l'orologio sopra la scrivania. La trasmissione era tra meno di un'ora e sulla notizia del giorno rischiavano il buco più totale. *La madre di tutti i buchi*, pensò. Non sarebbe bastata, infatti, solo la cronaca. Il sindaco Bovo e soprattutto il presidente Martone avrebbero voluto di più. Erano già arrivate in segreteria imbarazzanti telefonate che chiedevano un *approfondimento coi controcoglioni*. La prosa post-comunista sapeva alle volte evocare alla perfezione i toni da olio di ricino del peggior fascismo mussoliniano.

Bernardi si schiarì la profonda voce e riprese a parlare. “Ecco, guarda. Rinascita Nazionale è *linkata*, collegata voglio dire, con *Azione Ora*! E poi, ancora: *Rinascita di Popolo*, *Avanguardia Giovanile*, *Patrioti Ardenti*, *Giubbe Verdi*, *La Ruota Dentata... Avanguardia di Popolo*! Devo andare avanti?”.

“Che universo frammentato...” commentò desolato Assereto, stentando a vedere il nesso.

“Esiste un comando, vedi?” disse Bernardi “per stabilire qual è l’indirizzo GNN di ogni sito”.

“Indirizzo GNN? Ma che dici?”.

“Ma certo! L’indirizzo che ti assegna la GlobalNet! È la carta d’identità del tuo computer su rete”.

“E?”.

“E guarda tu stesso!”.

Bernardi schiacciò un tasto, e in una finestrella nera il programma diagnostico riportò, per ciascuno dei siti, il medesimo GNN. Esaminate dal software, anche le tre uniche eccezioni mostrarono ben presto le stesse credenziali.

“Non vuol dire niente”.

“Come, non vuol dire niente?”.

Assereto si volse verso la porta, dove si era materializzato Parodi, il giovane segretario di redazione. Anche lui, un frequentatore abituale della GlobalNet. Parodi era anche quello che diceva in giro che Bernardi, sul computer, era buono a combinare solo *paciughi*, cioè, in genovese, dei pasticci tremendi.

“State per prendere un granchio grosso come una casa”, insisté Parodi.

“Ehi, amico, chi ti ha detto di parlare?” insorse Bernardi, che si vedeva usurpare il ruolo da protagonista.

“Come, un granchio?” fiottò disperato Assereto, desiderando con tutte le sue forze di fermare il tempo che scorreva.

“Ascoltatemi, tutti e due”, disse Parodi mettendo avanti le mani. “Che più siti abbiano un unico numero GNN è irrilevante. Se il server centrale dei neofascisti è a Roma, piuttosto che a Genova o che so io, a Karthum, nessuno gli impedisce di ospitare pagine GlobalNet che possano essere ricollegate a stati diversi".

"Non ti capisco, Parodi, non ho tempo di capirti!" esclamò Assereto scuotendo il capo.

"Voglio dire che chi ha concepito tutto questo può anche avere pensato che qualcuno potesse fare ricerche come le state facendo voi, e cercare di depistarlo, facendo pensare a un'unica grande centrale. Che potrebbe non esistere, o essere ben lontano da dove pensate. Cercate meglio! Potreste…"

"Ti fidi di un impiegato, adesso, Ezio?".

Bernardi aveva colto l'interesse negli occhi di Assereto, e adesso faceva appello all'omertosa solidarietà di casta.

"No, è che Parodi, però, potrebbe avere ragione… Mi sembra tutto un po' troppo semplice, e…"

"Ezio, ti prego. So quel che faccio!" insisté Bernardi voltando ostentatamente le spalle a Parodi. "Siamo a un passo dallo scoprire la centrale eversiva neofascista! Sapremo chi sono, dove complottano. Tutto, ti rendi conto, parte da qui, da un unico punto!" Tornò a indicare la stringa di dati che aveva richiamato sullo schermo del computer. "E questo ci può probabilmente portare anche a un unico luogo fisico. Abbiamo gli elementi per poterci fare il pezzo coi controcoglioni che ci chiedono! Te lo immagini? Il Telegiornale scopre in esclusiva la centrale degli eversori neofascisti! Io devo assolutamente fare questo pezzo!".

A chi credere, maledizione? Assereto sospirò. Bernardi, in fondo, gli ispirava poca fiducia, ma grazie alla sua opera, molti colleghi in redazione erano riusciti a risolvere più di un problema coi computer e la GlobalNet. D'altra parte Parodi non aveva mai fiatato in precedenza, e la sua macchina era l'unica, negli ultimi anni, a non avere mai subito un guasto. *Però,* rifletté ancora Assereto, *Bernardi è un giornalista!* Sbirciò ancora l'orologio. Doveva agire. Mormorò tra sé una preghiera laica. *Buona stella, buona stella...* La sua fortuna lo avrebbe di sicuro ancora baciato teneramente.

"Allora che dici, Ezio?" Chiese ansiosamente Bernardi, gli occhi lucidi per l'eccitazione.

"Ti dico che vai e fai il pezzo".

"Assereto, per favore!" implorò Parodi. "State prendendo un abbaglio. E c'è di più. Stiamo rischiando...".

Bernardi zittì il segretario con un gesto. Parodi allargò le braccia e sé tornò sconsolato alla sua postazione. Assereto lo guardò per qualche secondo. Poi tornò a fissare Bernardi. "Tu sai che se hai torto siamo nella merda, vero?".

"Non ho torto, Ezio. Vedrai".

"Allora vai e lavora al tuo pezzo. Per stasera posso condurre anche io. Ne abbiamo d'avanzo".

"No".

"Come no? Che vuoi fare?" chiese stupito Assereto, anche se aveva già capito dove Bernardi volesse andare a parare. Sul volto cominciò a disegnarglisi, netto, il suo smagliante sorriso.

"Faccio... Facciamo il Telegiornale in diretta da qui. Via dallo studio. Da questa stanza, dove io ho... noi abbiamo scoperto la centrale informatica del neofascismo clandestino!".

Il sorriso di Assereto si allargò ancora. Ma non si stancava proprio mai la sua buona stella? Adesso quel fanatico spilungone gli voleva risparmiare perfino la fatica di leggere il telegiornale. Se lo cucinava e se lo cantava lui da solo! *Certo*, sospirò tra sé, *non posso evitare di rimanere qui ad aspettare la telefonata di Bovo... E del presidente!* Chissà cosa gli avrebbe detto Martone? Si dimenticò completamente dei dubbi sulla storia di Bernardi e si abbandonò ai suoi sogni.

Il tempo volò. Bernardi, gli parve, aveva preparato un lavoro eccellente. Per una volta più spiritato del solito, ma decisamente meno affettato, spiegò concisamente come lui e Assereto avevano scoperto la notizia. In un intarsio laterale scorsero alla velocità giusta le schermate della GlobalNet e, sotto, quella più scura e ormai familiare del programmino diagnostico che ne rivelava la comune origine. L'unica nota esagerata, considerò pigramente

Assereto, era la scelta del microfono anziché una più sobria *applique* a collarino. Ma Bernardi non avrebbe mollato il suo *cono gelato* per nessuna ragione al mondo. *Poco male, anche per un fesso come lui, se la sta cavando egregiamente*, pensò Assereto sorridendo alla propria malizia.

"...Secondo l'ultima rilevazione che abbiamo fatto", aggiunse a un certo punto Bernardi con voce eccitata, "ci risulta che il server principale si trovi a Roma. Con diramazioni secondarie a Firenze, Bologna ... e perfino a Milano, in territorio del protettorato germanico del Nord, e ovviamente anche a Genova! A Genova, addirittura, possono essere ricondotte ben quattro delle sigle che ricorrono nei siti che abbiamo scoperto. Ci troviamo dunque di fronte a una struttura diramata su tutto il territorio dell'ex Italia, e...".

La diretta si dipanò senza intoppi. Bernardi si dimostrò un vero professionista, a un tempo abile e appassionato. *E pensare che c'è chi dice che l'intelligenza del conduttore è inversamente proporzionale alla sua bravura*, rise tra sé Assereto. A Bernardi era tornato addirittura un po' del rozzo accento natale spezzino, ma non guastava, in una situazione così tesa.

Subito dopo la fine della trasmissione, intorno alle 20 e 30 arrivò la prima telefonata. Era Francesco Martone, il Presidente della Repubblica Cisalpina, già ultimo e potentissimo segretario generale del Partito Comunista Italiano subito dopo la morte di Antonio Murgita. Nel frattempo erano rientrati in redazione sia il Direttore Galbiati che il caporedattore Schiaffino. Ora erano entrambi nella stanza di Galbiati, e avevano chiuso la porta a chiave.

"Assereto?".

"Presidente...".

"Complimenti vivissimi".

"È... È sta... stato un prodotto complessivo, presidente, no... noi..." Assereto si accorse di stare ricadendo nella sua balbuzie da nervosismo e tacque.

"Non faccia il modesto", replicò la voce soffice del presidente. "Conosco bene il suo valore. È tempo che la sua carriera faccia il balzo che merita. Vedrà che ci saranno belle notizie. E ancora felicitazioni!".

Assereto ebbe appena il tempo di mettere giù il ricevitore, che la segretaria gli passò, esausta, la chiamata di Libero Bovo.

"Sindaco!".

"Ezio...".

"Ha chiamato il presidente...".

"Lo so. Poco prima ha chiamato me, e credo ora stia parlando coi tuoi superiori...".

"Evviva, allora, di nuovo come ai vecchi tempi!".

"Potevi almeno riproporre la mia intervista con la Diletti, no?".

Che stupido, pensò Assereto battendosi un palmo sulla fronte. *L'avevo completamente dimenticata. Avrei fatto un favore enorme a Bovo, far vedere la sua faccia e sentire le sue perplessità alla luce...*

"...Alla luce dei nuovi e drammatici sviluppi che riguardano anche la nostra città", fece eco ai suoi pensieri il sindaco Bovo, "potevi anche ricordare che a Genova c'è un Comune che qualche sospetto lo aveva avuto. E in buon anticipo sui tempi! Sarai anche un genio per Martone, Ezio, ma a me pari un po' fulminato!".

"E no, Libero, qui ti contesto", si indispettì Assereto, che ormai si sentiva abbastanza forte per contrastare il suo originario mentore. "Se vogliamo dirla tutta, come mai sindaco e questore non si sono parlati prima della manifestazione in piazza Rubattino? Come mai la polizia si è ritirata lasciando spazio ai centri sociali? Come mai non c'era un solo vigile urbano?".

"Abbiamo deciso di comune accordo, per telefono, di mantenere un profilo basso. Guai se i neofascisti, o quegli altri esaltati, avessero potuto speculare su quanto poi è accaduto. Almeno adesso si sa di chi è la colpa. Posso dire questa cosa in studio in un'edizione straordinaria del telegiornale?".

Assereto sussultò. La richiesta, Bovo l'aveva fatta direttamente a lui. Cosa stava succedendo dietro la porta chiusa della stanza di Galbiati? La verità si fece largo nei suoi pensieri come un bulldozer. Preso da un'ispirazione pari a quella che aveva posseduto Bernardi, Assereto raddrizzò la schiena e sputò le parole una dietro l'altra.

"No, Libero. Non ci saranno straordinarie con te stasera. Sindaco e questore si sono dimostrati al di sotto delle aspettative della cittadinanza, oggi. Vi difenderete domani davanti alle telecamere, e non certo con il vantaggio dello studio. A fine serata torneremo sulla centrale informatica del neofascismo clandestino. Bernardi ci sta già lavorando".

"E la Diletti, dove l'hai mandata a ramazzare?".

"È tutto il giorno che la cerco. Non lo so".

"Hai provato dal padre?".

Se avesse potuto, Assereto avrebbe staccato la testa di Bovo con un morso. Ma non poteva. Non ancora.

"Proverò. E se la trovo, domani te la mando".

"Bene. Sai che conto ancora qualcosa in questa città. Mi dispiacerebbe che proprio tu dovessi accorgertene nel modo peggiore. Saluti, Ezio".

Assereto poggiò il ricevitore, ormai rovente, sulla fronte sudata. *Forse è andata anche questa. E ora cerchiamo la stronza...* Compose velocemente un numero che non faceva da anni. Strano che se lo ricordasse ancora a memoria.

"Marco? Ezio Assereto. Quanto tempo. Come te la passi? Bene, grazie. Pieni di lavoro come sai. C'è Bianca? Sì? Passamela, per favore".

"Che vuoi?" sbottò la voce profonda di Bianca.

"Come cosa voglio? Lavori ancora qui o no?".

"Cos'è questa storia della centrale informatica neofascista?".

"Allora l'hai vista anche tu. Come mai non sei venuta in redazione? Ti ho cercata sul telefonino tutto il giorno!".

"Ero in permesso, ero stanca ed ero dietro a un'altra pista.

Ascolta, Assereto, io domani prendo un altro giorno e vado a Roma!".

"A Roma? Ma sei impazzita? Io..." Assereto si morse la lingua a sangue, impedendosi di continuare. *Forse non tutti i mali vengono per nuocere*, pensò. Seguì la sua ispirazione. "Beh, tutto sommato non è una cattiva idea. Qui continua Bernardi con la sua storia, abbiamo cronisti a sufficienza per sentire le varie voci. Peccato che il sindaco Bovo abbia chiesto proprio di te per un'intervista...".

"Non posso. Digli che lo chiamo io per spiegare. Ho un problema personale, che però potrebbe avere un... legame con tutto questo. Ti spiegherò al ritorno. Ciao".

La bagascia. Mai che si mettesse in riga, come tutti gli altri, masticò amaro Assereto, mentre la dentatura gli attentava alla lingua ferita. *Ma almeno sarà fuori dai coglioni per qualche giorno, giusto il tempo per...*

"Ezio?".

Era Renzo Schiaffino. Il caporedattore della cronaca era pallido in viso e sudava copiosamente.

"Ha... telefonato l'amministratore delegato Giuffré...".

Al nome del mitico altissimo funzionario televisivo, anzi, del Signor RadioTelevisione, Assereto spalancò gli occhi.

"Ha parlato col dir... con Galbiati. Ha detto che grazie al magnifico *scoop* del telegiornale adesso la Repubblica è più sicura. E... e ha anche detto che da stasera sei tu a dirigere la baracca. Volevo essere il primo a congratularmi...".

Assereto osservò gli altri colleghi. Loro gli rimandarono il tipico sguardo indiretto e vergognoso che i redattori potenzialmente in colpa restituiscono ai capi più importanti. *Ma allora è vero*, pensò. Si schiarì la voce, si proibì mentalmente di balbettare e guardò il suo ex superiore.

"Dov'è Galbiati, adesso?".

"Ha avuto un leggero malore. Sai, Giuffré è stato duro con lui. Lo ha cercato per tutta la sera e lo ha trovato solo adesso. Era furioso. Credo che il vecchio tornerà a Torino stasera stessa. Si mette in congedo".

"E tu?".

"Io? Io rimango qui, se tu vuoi".

"Certo che lo voglio, Alberto. Avvisami quando Galbiati è andato via. Voglio trasferirmi stasera stessa nel suo ufficio. E...".

"E, cosa?".

"Bernardi".

"Inviato?".

"No. Vicedirettore. Faccio fare domani la segnalazione all'ufficio di Giuffré".

Schiaffino masticò amaro il sorpasso a suo danno. "E la Diletti?" riprese faticosamente cercando un capro espiatorio. "Certo che ha mancato di brutto...".

"Cuocerà nel suo brodo. Adesso facciamola rodere un po'...".

Schiaffino si allontanò con discrezione dalla scrivania di Assereto, quasi calpestando delle uova, Il nuovo direttore del Telegiornale Cisalpino si godette un intenso minuto di assoluto silenzio. Promosso sul campo. E senza muovere una foglia di suo. Chissà come sarebbe stato felice papà... E la mamma! Gli avrebbe preparato la cassata siciliana. Sì, dovevano levarsi lo sfizio e fare un bel viaggio di celebrazione a Catania, e...

"Direttore?" Era la segretaria di Schiaffino. Non sprezzantemente come Bianca, ma ostentatamente, dall'alto del suo rango di collaboratrice fidata del caporedattore, finora lo aveva sempre ignorato. Adesso le cose stavano cambiando. Velocemente.

"Cosa c'è, Giovanna?".

La donna sussultò alla familiarità. Fino a quel momento, per Assereto lei era stata la *Signora* Musumeci. Vent'anni prima, per tutti, solo la *compagna* Rosa, ma erano tempi passati.

"Un altro signore in linea. Chiede di parlare con il nuovo direttore del telegiornale...".

"E come fa a saperlo già?" si preoccupò Assereto.

"È quello che mi chiedo anch'io" replicò la donna porgendo un telefono portatile.

Assereto lo afferrò di malagrazia. "Pronto?" disse svogliato.

"Congratulazioni, verme...".

"Come? Cosa? Chi è lei?".

La comunicazione si chiuse con un secco clic. Assereto si ritrovò in un attimo nella consueta postura da frustrato, seduto curvo e con la testa abbandonata sul dorso della mano destra. Un nuovo tremito lo prese, incontrollabile. Decise di essere troppo stanco per trasferirsi subito nella stanza di Galbiati. La sua parte siciliana gli diceva inoltre di non affrettarsi a entrarci, per evitare di attaccarsi la cattiva sorte che aveva colpito l'ex-direttore. *Ora me ne vado a casa*, pensò. *È ora e adesso veglia Schiaffino. L'uomo-macchina in persona.*

Mentre scendeva in ascensore, Assereto si concesse un sorriso. *Direttore del telegiornale, promosso sul campo*, si ripeté. *Vuol dire avere tutta Genova, che dico, tutta la Repubblica ai miei piedi... Vuol dire andare ai salotti che contano... Conoscere gente importante... Magari iniziare una carriera politica... E tutto senza fatica... Buona stella, buona stella... Non mi abbandonare mai...* Senza accorgersene, al ritmo di un passo deciso ed energico, cominciò a zufolare una versione sincopata di *Bandiera Rossa.*

Stava ancora fischiettando quando inserì la chiave di avviamento nell'auto, la vecchia FIAT Operaia modello 1984 che teneva ormai da vent'anni. *Adesso dovrò proprio comprarmi quella Lancia Scorpion da ottantamila nuove lire,* ebbe appena il tempo di pensare, quando l'esplosione lo investì, disintegrandolo.

Undici

"Stavolta ci sei andato vicino, eh, vecchio?" Seduto comodamente in un divano di pelle all'ultimo piano di un ufficio in via di ristrutturazione nel centro di piazza Dante, un locale trasformato in un attico, Virgilio ammiccò verso la giacca lacerata che Ettore Varchi teneva ancora in mano. Il vecchio era tornato alla base con un sorriso selvaggio sul volto e gli occhi spiritati.

"Sei stato tu, a Campetto, vero?".

"Già. Da solo contro tre rossi. Non male per uno della mia età, eh?".

"Te lo sei disinfettato quel taglio?".

"Non è niente..." sibilò Varchi, andando macchinalmente con la mano alla ferita al ginocchio. Ormai non sanguinava più. "Dimmi, piuttosto, come sta andando con l'attacco informatico?".

"Benissimo, direi. I ragazzi sono stati abili. Hanno sfruttato i goffi tentativi di quel giornalista della RadioTelevisione, come si chiama, Bernardi? Adesso, grazie a una *backdoor*, abbiamo messo le mani sull'intero database di quella redazione e sui dati sensibili. Indirizzi, stipendi… Hai idea della busta paga di uno di quei porci? Ma non ha importanza… Li abbiamo tutti in mano. Vita, morte, miracoli e soldi... Vuoi sapere quanto avrebbe guadagnato Assereto da direttore?".

"Se ci sentisse Guido Leto..." sogghignò Varchi.

"Sarebbe al settimo cielo!" Esclamò Virgilio. "Abbiamo materiale per migliaia di dossier. Ah, i fascicoli personali della RadioTelevisione! Oro puro! Possiamo tenere sotto controllo almeno duecento giornalisti e le loro famiglie. Abbiamo superato le difese informatiche di cinque istituti di credito del Nord-ovest e possiamo modificare, a nostro piacere, i conti in banca della maggior parte di quei pennivendoli. Possiamo scegliere se fare pressione o se proprio ricorrere anche al denaro per quello che ci servirà. A proposito, cosa ci occorre ora?".

Varchi si avvicinò alla grande vetrata della finestra, che offriva uno struggente panorama dei tetti di Genova al tramonto. "Abbiamo praticamente le mani su questa città", mormorò. "I giornalisti radiotelevisivi sono tra i più sensibili ai condizionamenti, e controllarli così da vicino li renderà preda del panico. Dobbiamo procedere per gradi e infiltrarci anche negli altri organi di stampa. Poi c'è la lobby di Martone e Bovo, i nuovi petrolieri loro amici".

"Quelli li lisceremo in breve tempo. Isola il tuo nemico, asciuga l'acqua in cui nuota il pesce capitalista".

"Belle parole, amico!" Rise Varchi. "Peccato che tu stia parlando di ex-comunisti!".

"Già, e dei loro alleati mafiosi russi!".

"Ehi, ehi... Vai piano. Lo sai che la nostra organizzazione non ha ancora la forza per potersi mettere contro quella gente! Non penserai mica di fare scherzi informatici ai russi? So che...".

"Lo so anch'io. Sono anche più bravi dei nostri con quelle diavolerie dell'*hacking*, e in più non hanno scrupoli di nessun genere. I ragazzi lo sanno benissimo e, anche se sono tentati, si tengono ben a distanza da tutti i siti anche lontanamente collegabili a quella gente".

"E che continuino a farlo. Se dovessero interferire in questa fase, rischiamo la guerra per bande, e quei bastardi sono più numerosi e meglio armati di noi... E ben più spietati".

"Suppongo dunque ci si muova verso un accordo?".

"Mettiamola così", disse Varchi riflettendo. "La cosa più importante è come sta evolvendo la situazione politica. La Repubblica Democratica è ancora stabile, ma i suoi quadri dirigenti stanno per piombare nel panico a causa della nostra campagna. I giornalisti diranno quel che vogliamo noi, se non vogliono fare la fine di quel verme di Assereto. Curioso, vero? Abbiamo fatto un martire di un opportunista!".

"Già". Disse Virgilio noncurante. "Ma devo dire che mi ha fatto lo stesso piacere confezionargli quel servizio all'automobile...".

"Parola di vecchio bombarolo? Ma volevo finire il discorso". Varchi si staccò dal finestrino panoramico, si strappò via la camicia lacerata e i pantaloni e si diresse verso la doccia. "Allora, dicevo. Se la stampa dice quello che vogliamo noi, possiamo montare un *casus belli*".

"Cioè?".

"Al meridione, l'altra Repubblica è in difficoltà ancora maggiori. Dipende praticamente da Genova per il sessanta per cento e per il restante quaranta dal Fondo Monetario Internazionale. Sono strozzati dal debito e dalla recessione. La produzione industriale è ai minimi continentali, non ci sono quasi più i servizi e la manutenzione. Ma rimane una forte struttura militare, che in gran parte è ancora quella del vecchio Esercito Reale Italiano. È il settore che ingoia quasi tutto il denaro pubblico che si stanzia a Roma. Tanta gente, e armata fino ai denti, ma povera in canna e piena di risentimento verso chi vive appena a nord di Pisa. Sai invece che nel Nord-ovest si è puntato negli ultimi anni sulla ferma volontaria e la specializzazione".

"E allora? Vuoi fare una guerra?".

"Diciamo che alla Causa interessa solo minacciarla. Pensaci: il Sud affamato di soldi attacca il Nord-ovest ricco, e può invaderlo grazie alla sua superiorità numerica. Un'azione veloce, s'intende, che non metta in gioco un apparato logistico ormai alle corde. Il problema è se rimarrà fermo il Nord-est sotto protettorato tedesco. L'Italia ancora dilaniata dai conflitti? La Causa ritiene che si punterà invece sull'accordo, dando fiducia a forze che facciano rinascere, in Italia e altrove, il senso della Patria. Andremo, insomma, verso la riunificazione, con la nostra fazione in vantaggio nella rincorsa al potere!".

"Come puoi essere così sicuro di questo?".

"Guarda la situazione internazionale. La Germania non è più il mostro trionfante del 1976. Mangiarsi il Nord-est italiano non le ha portato fortuna. In Lombardia e Veneto monta un nuovo Risorgimento che punta alla secessione. Francia e Gran Bretagna vogliono evitare nuove guerre in Europa e sono ormai vicine all'Unione politico-economica, insieme con la Federazione del Benelux e con la Spagna. La Scandinavia e la Svizzera rimangono neutrali. Il problema sono gli Stati Uniti: sempre lì, alla finestra, tengono legati francesi e inglesi grazie alle clausole di mutua difesa del Patto Democratico. Insomma, come un tempo, gli Americani tengono l'Europa per i coglioni. Tuttavia, a Oriente e nel Nord Africa, i paesi della Nuova Mezzaluna sono sempre più ricchi e motivati. Ricordi il 1997, Virgilio?".

"La quinta conferenza di Sharm-el-Sheik? E chi se la può scordare! La nascita della Nuova Mezzaluna!".

"Bravo. Ricorderai allora che si associarono anche l'Iran sciita, l'Arabia Saudita wahabita, la stessa Turchia e gli altri paesi del Nordafrica, dalla Libia al Marocco. Fu formato un direttorio ristretto dei capi di Stato più importanti, il cui compito sarebbe stato quello di prendere le decisioni vitali per la collettività degli stati aderenti".

"Ricordo gli articoli sui giornali. Nasce la nuova Società delle Nazioni, quella dei paesi poveri, scrissero".

"E sbagliando due volte", precisò Varchi. "Perché se poteva essere vero che la struttura del direttorio della Nuova Mezzaluna ricorda quella del Consiglio di Sicurezza dell'ormai vetusta Società, è molto più importante ricordare che dal '97 nessuno ha mai bloccato una decisione comune ricorrendo al veto. E, soprattutto…".

"…Che sono tutti ricchi marci", completò Virgilio sogghignando cupo.

"Io preferisco dire che la Nuova Mezzaluna controlla quasi totalmente il mercato del petrolio. Quasi, perché le mancano ovviamente le riserve del Nord e del Sudamerica e quelle russe, oltre a quelle del Mare del Nord. Ma si tengono stretto tutto il resto. E questo consente loro molto altro…”.

“Il riarmo, no?”.

“E che riarmo. Dopo la nascita e il consolidamento della Nuova Mezzaluna, il direttorio composto da Tayyip Erdogan, presieduto da Tareq Aziz, Muammar Gheddafi, dal giovane Bashar al-Assad, e dall’ayatollah Montazeri ha potenziato l’ulteriore sbocco sul Mediterraneo così ottenuto dalla comunità araba. Damasco ospita la flotta musulmana più potente di sempre. Portaerei, aerei radar, armi nucleari. Si favoleggia anche di armamenti strategici finora sconosciuti. Gli stessi paesi islamici moderati come Indonesia e Pakistan stanno negoziando la loro futura partecipazione alla Nuova Mezzaluna. E Israele teme che presto il patto di non aggressione del 1990 sarà carta straccia. Gli ebrei possono anche fare finta di ignorare la sconfitta storica del materialismo capitalista e sionista! Noi, però, abbiamo il dovere di tendere la mano verso i nostri veri fratelli!”.

“Stiamo già collaborando con loro, vero?”.

“Chi credi ci abbia fornito i software per gli attacchi informatici? Sono passati i tempi degli arabi ignoranti. C’è un’intera divisione del loro governo che si occupa della sicurezza elettronica. E i loro programmi sono all’avanguardia, specie dopo l’accordo tecnico-scientifico con l’India. L’elettronica è l’arma più sofisticata della Nuova Mezzaluna!”.

Virgilio ricordò i campi di addestramento di Lotta Socialista in Palestina. La violenza estrema di quei giovani, il loro culto del sangue. Sentì un brivido lungo la schiena. Il quadro delineato da Ettore Varchi si andava facendo minacciosamente chiaro.

“Ascoltami, vecchio. È vero, i nostri ragazzi sono molto più vicini ai nostri fratelli islamici che non alla decadente cultura occidentale. Ma tu ti fidi ad aprire la porta a gente come Tareq Aziz? O al suo amico, il ragazzo Assad? Ricordi come hanno tolto di mezzo, insieme, il vecchio Saddam Hussein? Per non parlare di quella volpe di Gheddafi! Un'Italia, anche unificata, che cadesse sotto il controllo della Nuova Mezzaluna...".

"Sei tu che non capisci. Questa gente ha una visione politica e soprattutto un *Geist*. Non hanno dubbi. Sanno chi sono. Lo stesso *Führer* lo ammise, tanti anni fa. La bandiera verde dell'Islam poteva essere un tutt'uno con quella della croce uncinata. Non a caso uno dei nostri gruppi d'azione clandestina si chiama Giubbe Verdi. Abbiamo bisogno di disciplina, di una morale al di sopra di tutte le altre. Che poi lo si chiami Islam o Ideologia...".

"È quello che ti dice la tua Causa?" chiese inquieto Virgilio "È quello che ti suggerisce all'orecchio chiunque tenga le fila di questo gioco? Perché le cose non mi sembrano così semplici".

"E non lo sono. Ma l'appoggio dei nostri fratelli musulmani è vitale nel processo di riunificazione della nostra Patria".

"Tanto per cominciare Tareq Aziz non è musulmano. E comunque la religione è proprio l'ultima cosa che gli interessa. Come al vecchio Saddam, del resto. E come lui, Aziz vuole solo il potere. Cosa avete promesso agli arabi, vecchio?".

"Ehi, non te la prendere con me, capito? E poi, guarda bene: sono già in tanti i musulmani in Italia. Al Nord come al Sud, un po' meno, è vero, nel Nord-ovest. Ma ciò che conta è la loro preparazione, il loro spirito. Quando verrà il momento le cellule in sonno si attiveranno, e...".

"Un'insurrezione islamica per riunificare l'Italia? Ma è la negazione stessa del patriottismo e della nostra cultura!".

"Ah, ah, ah. Attento. Ti ha insegnato niente Lenin? E ancora prima Machiavelli? Cosa conta in fondo, se non il risultato?".
"Ma se riuscirà saremo schiavi di quei...".

"Barbari, Virgilio?" Era la prima volta che Varchi chiamava l'ex terrorista per nome. "E cosa sei stato tu per tutta la tua vita, in fondo, se non un barbaro? E io?" Varchi fece una pausa, fissando il terrorista con occhi febbrili. "Cerca di capire... Abbiamo bisogno di una forte pressione militare esterna sulla situazione italiana per sperare di arrivare al nostro risultato. E la Nuova Mezzaluna è l'unica potenza che possa garantirla. Un tempo ci saremmo rivolti ai russi. Ma ci tradirono coi rubli dei mafiosi. Vorresti forse un'Italia unificata dalla corruzione della criminalità organizzata? Il Duce non esitò a usare il pugno di ferro contro la mafia, e la storia ci ha risparmiato un'invasione americana come quella che hanno patito i francesi. Te li immagini i boss di Little Italy negoziare con quelli di Corleone, che so, uno sbarco in Sicilia? Adesso saremmo schiavi della sottocultura a stelle e strisce!".

"Non lo siamo forse ugualmente?" Virgilio sogghignò ancora. "Ricordi il lavaggio del cervello televisivo a cui ci sottopose il tuo Ciano? Gli piacevano da morire i varietà stile americano. Le comiche con Stanlio e Ollio, quelle che adorava anche il Duce. E i nostri giovani, oggi, non ascoltano forse tutti quella musica degenerata che arriva dagli Stati Uniti? Come lo chiamano? *Hip hop*. Sembra un verso da fare al bestiame. Ecco cosa siamo noi, Varchi: il bestiame degli Stati Uniti!".

"Io ricordo ben altro!" Esclamò Varchi drizzando la testa. "Io ricordo una fiamma che ardeva alta e splendente quando tu eri ancora un bandito comunista!".

Virgilio chinò il capo, in colpevole imbarazzo.

"Non capisci, stupido, che quel che ci rimane è levare di nuovo in alto la fiamma? Lo spirito dell'Islam è solo un veicolo. La guerra civile divamperà in tutte e tre le Italie e le ritrasformerà in una...".

"La trasformerà in una colonia musulmana! Ci faranno andare in giro tutti col *burnus* e l'*hijab*!".

"E che differenza c'è tra una svastica, o una stella rossa sull'uniforme e una *keffiah* sul capo? Non confondere l'essenza con il simbolo. Quel che conta è che l'Italia rinascerà sotto il segno della purezza dello spirito. E... Ci sono cose che tu ancora non sai, che non puoi immaginare". Varchi si riscosse da quella che a Virgilio appariva come una trance mistica, e tagliò corto. "La strategia è decisa. Fai ciò che sai per attivare le squadre nel Sud. Sarai presto contattato da qualcuno in grado di organizzare il livello successivo".

"Chi è che decide tutto questo, Varchi? Non certo tu".

"Oh, no. Io ho sempre e solo eseguito ordini... La Causa, ricorda, travalica tutti gli individui, ma può, in certi momenti storici, identificarsi con uno di loro. Ed è ciò che è accaduto anche stavolta".

"*Anche* stavolta?".

"È accaduto già una volta. E io sono onorato di poter servire il *Portavoce della Causa.* Se tu sapessi... Se tu solo immaginassi...".

"Di chi stai parlando, vecchio?".

"Eh, non così veloce. In fondo non è necessario che tu sappia. Nessuno deve sapere. In realtà nemmeno io dovrei. Ma ho questo privilegio... E questa gioia". Una luce selvaggia brillò negli occhi di Ettore Varchi. Poi il vecchio fascista si voltò e, levati i pantaloncini si cacciò sotto la doccia bollente. Virgilio chiuse dietro di sé la porta d'ingresso dell'attico mentre dal bagno, roboante, arrivava una versione baritonale dell'*Horst Wessels Lied.*

Dodici

"Ezio Assereto vittima di un'autobomba... Il neodirettore del Telegiornale Cisalpino perisce in un attentato di matrice sinora sconosciuta..." Bianca gettò da parte il giornale, facendolo planare sul sedile vuoto vicino al suo. Avevano lasciato al mattino presto una Genova in preda al caos. Controlli di polizia ovunque, sospettosi *marò* del Battaglione San Giorgio a presidiare un Ducale in cui la mostra dedicata a Rubens era stata temporaneamente chiusa per paura di nuovi e più gravi attentati. Un'atmosfera plumbea e familiare, dalla quale tutti e tre erano stati lieti di sfuggire. Fuori dal finestrino dell'aereo la costa ligure si allontanava rapidamente.

"Non so cosa mi meravigli di più", disse Bianca pensosa, "se la morte di uno scemo come lui, oppure il fatto che sia stato nominato direttore sul campo...".

"Diceva sempre di avere la sua buona stella, no?" fece Marco pensoso, raccogliendo il giornale.

"Sì, ma c'è un limite anche per le buone stelle generose come la sua, evidentemente".

"Hai visto la diretta di cui parlano?".

"Sì, ieri sera, mentre mi preparavo il panino".

"E non ci hai detto niente?" fece Fortunato, offeso.

"Che cosa conta quello che hanno scoperto quei due fessi? Niente!".

"Hanno scoperto che la centrale operativa è a Roma".

"Ma no, papà. Quella gente non è così stupida".

"E allora perché colpire Assereto?".

"Per fare paura ai giornalisti. Assereto non è mai stato una cima. Era pigro e raccomandato. E molto fortunato, fino a ieri sera. Secondo me è stata una trappola".

"Lui ci è saltato sopra, infatti!".

"No, papà, voglio dire che... Insomma, non puoi beccare un *hacker* ricorrendo a programmi banali come *ping* e *tracer*...".

"Dio, Bianca, spiegati!".

"Sì, Marco ha ragione", sbottò Fortunato. "Cerca di essere più chiara".

"Allora. Bernardi fa la ricerca sulla GlobalNet e scopre che i siti sono interconnessi, ok? Diciamo che scopre l'acqua calda. Per quanto ne sappiamo, tutta quella roba sulla GlobalNet ce la potrebbe anche avere caricata Parodi…"

"Chi?" ansimò Marco.

"Il segretario di redazione, papà. Che detto fra noi è molto più competente di quello scemo di Bernardi. Voglio dire che non c'è bisogno di un *hacker* per mettere su una serie di siti con nomi di fantasia. E solo un fesso come Bernardi può crederci. E visto che è fesso, preso dalla sua presunta scoperta, ha sicuramente trascurato ogni precauzione. Il sistema informatico della RadioTelevisione è aperto e insicuro. A completa disposizione dei veri malintenzionati. Quelli avranno già aperto una *backdoor* grossa come una casa...".

"E che è 'sta *backdoor*?" chiese Marco.

"Vuol dire che Bernardi ha lasciato una specie di buco informatico attraverso il quale un vero pirata può facilmente inserirsi..." disse riflettendo Valerio Fortunato.

"Non mi stupirebbe se adesso fossero nel database dell'intera RadioTelevisione", sbuffò Bianca.

"Li hanno giocati come degli stupidi", disse Marco strofinandosi le tempie.

"Sono dei fessi, te l'ho detto", tagliò lei. "Quanto scommettiamo che la rete interna radiotelevisiva oggi è fuori uso? Gli *hacker* saranno sicuramente al lavoro per recuperare i dati di tutti, giornalisti, tecnici e impiegati. Così Bernardi e il povero Assereto ci hanno regalato ai terroristi su un piatto d'argento. Ricordate la storia del cavallo di Troia? È la stessa cosa. Pensi di essere al sicuro, dentro la tua cittadella fortificata, poi scopri che il nemico lo hai fatto entrare tu dalla porta principale...".

"Credi di essere in pericolo?" chiese Fortunato, premuroso.

"Non molto più di prima. Non più di adesso. E poi, non lo hanno detto anche a te, papà, che qualcuno dei loro capi non vuole che mi succeda niente di male?".

"Io non so più che pensare", disse Marco lentamente. "Ho la brutta sensazione che non siamo più noi a decidere i nostri movimenti. Ma forse sto solo invecchiando". Poggiò la testa sullo schienale del suo sedile, lasciando Valerio e Bianca a parlare di computer, protezione delle reti e *backdoors*. Parole quasi aliene, che gli echeggiavano nella testa intorpidita dalla preoccupazione e dal sonno. Poi, il buio, e di nuovo la luce.

Ma che strana luce, azzurrina e diffusa come... Come negli studi televisivi degli anni '70, e... Ma chi c'era su quella sedia? Chi stava così premurosamente microfonando il tecnico del suono? Un tailleur color albicocca, un paio di lunghe gambe magre. Poi l'ombra del suo collaboratore si spostò, e... Marco si riavviò un ciuffo ribelle che mancava all'appello da quasi trent'anni.

Quelle mani spiritate, che vivevano di vita propria, quel volto triangolare incorniciato da un casco corvino. Gli occhi, grigio ferro, pietre durissime che contrastavano con l'affabilità di quel sorriso. *Caro, carissimo Diletti... Lei è stato davvero una splendida rivelazione...* La forza travolgente della follia, appena trattenuta dietro un fragile diaframma di controllo. Una furia, una baccante. La donna gli sorrideva ora con aperta allusione, passandosi lentamente una lunga lingua color carminio sopra le labbra...

Marco sobbalzò come investito da una scarica elettrica. Si risvegliò in preda alla tachicardia, la mano a correre verso una capigliatura ormai scomparsa.

"Che succede, papà?" La voce di Bianca, ansiosa.

"Ancora il sogno... il cuore... Presto, le pillole nel taschino...".

Nonostante stessero per atterrare, Bianca non esitò a sganciare la cintura per infilare, nella bocca semi-irrigidita del padre due piccole pastiglie rosse.

"Adesso va meglio..." ansimò dopo qualche istante Marco, il cuore finalmente libero da quella presa selvaggia.

"Cos'è stato?" chiese Valerio mentre l'aereo rullava ormai sulla pista e Bianca si lasciava cadere senza fiato su una fila di sedili vuoti.

"Ho sognato Maria De Carli... Era... bellissima e...".

"Adesso stai calmo. Hai avuto abbastanza scosse in questi due giorni. E tra breve saremo da mia sorella, ricordi? Non puoi presentarti così. Fai paura. Fammi un favore, scordati una volta per tutte quella pazza furiosa!" Con il suo fazzoletto, Valerio asciugò il sudore dal volto di Marco. "Guarda fuori dal finestrino, Diletti. Questa è Roma tua. Roma nostra!".

"Roma *vostra*", bofonchiò Bianca, rialzandosi lentamente. "Nemmeno atterriamo e a papà prende l'attacco peggiore da un anno a questa parte. A me questa città sta già antipatica".

"Dai, ora basta mugugnare", disse sbrigativo Valerio. "Dobbiamo affrettarci. E ringraziate il cielo che il dottor Marcello Romani possa disporre liberamente di un aereo privato. Non so se sarebbe stato tanto igienico rimanere a Genova, oggi".

"Perché, a Roma pensi che sia meglio?" chiese Bianca ancora sulla scaletta, sollevando il mento verso i poliziotti italiani in giubbetto antiproiettile, schierati in forze appena dietro i banchi della dogana. Non si vedevano i moderni rilevatori di metallo così comuni nel Nord-ovest, ma frotte di agenti che rovistavano con ostentata tranquillità nei bagagli degli esasperati passeggeri. Marco seguiva incredulo le operazioni di sbarco, che ricordavano quelle di un Paese africano.

"È sempre così da queste parti", disse Fortunato. "Già, Marco, ti sei perso più di vent'anni di questa città. Da quando si sono consolidate le due Repubbliche, quella Democratica e quella italiana e basta, Roma si è come bloccata. E come avrebbe potuto fare diversamente? Tutto il Nord industriale ormai fuori controllo, un territorio ridotto a poco più del Regno delle Due Sicilie dell'Ottocento. Gli rimaneva solo una strada, agli italiani del Sud. Opporre allo Stato staliniano di Murgita uno Stato di polizia conservatore. Eccovi così le guardie, dappertutto. Pagate meglio di qualsiasi dipendente statale italiano, il che vuol dire ancora una miseria rispetto ai nostri canoni, e tutti da poco dotati di giubbotti antiproiettile. Chi glieli abbia forniti è un mistero. Russi, islamici, vai a sapere. Sono quasi tutti siciliani, sapete? Un bel regalo di altri due illustri pargoli dell'isola, Mario Scelba e soprattutto Ugo La Malfa. Sapete che l'anno scorso qui hanno festeggiato il centenario della nascita di La Malfa all'ex-Mausoleo di Mussolini?".

"Che fine ha fatto il Mausoleo? Da quando hanno spostato la salma a Predappio...".

"...L'orrida macchina da scrivere era rimasta vuota, sì", disse Valerio rovesciando il contenuto della sua borsa da viaggio davanti a un carabiniere dall'aria torva. L'uniforme del militare era sporca e lisa, uno stridente contrasto col giubbotto antiproiettile in *kevlar* nuovo fiammante. "Poi, l'anno scorso, ci hanno ficcato la bara di Ugo La Malfa. Padre della nuova Italia, così sta scritto".

"La Malfa padre della nuova Italia..." ripeté Marco stupito. "E allora Aldo Moro?".

"Lo hanno seppellito nella tomba di famiglia, vicino Roma. In forma strettamente privata. I familiari si sono imposti, e i politici non hanno insistito. È rimasta solo una targa, in largo Argentina, a segnare il luogo dove lo hanno ritrovato nel '78. Non c'è più nemmeno la cabina telefonica. Adesso anche qui usano tutti il cellulare...Taxi?".

Scortati in modo sbrigativo, ma efficiente, da Valerio Fortunato, Bianca e Marco si districarono in fretta dalla burocrazia aeroportuale. E Roma-Ciampino, grazie al cielo, era uno scalo ancora piccolo. In breve i tre si lasciarono dietro il cordone di poliziotti armati fino ai denti, e si diressero in fretta verso il parcheggio delle auto pubbliche.

"Guarda, Valerio, i taxi sono ancora gialli! E ce ne sono anche di quelli vecchi, verdi sotto e neri sopra, bordati di giallo e rosso!".

"E forza Roma!" disse allegro Fortunato.

"Ehi, voi due!" disse torva Bianca. "Non vi sembra di esagerare, adesso?

"Dai, tesoro. Lasciaci in pace per un momento, eh?" Disse Marco esasperato. "Ho rischiato l'infarto su quel maledetto aereo, e tra poco stiamo per incontrare tua madre. Avrò il diritto di rilassarmi un attimo?".

Bianca prese posto sbuffando sul sedile anteriore di una vecchia FIAT Millecento. *Un modello ancora più antiquato della carretta che è saltata a Genova sotto il culo di Assereto*, pensò. Stava cominciando a pensare che in fondo, quello scemo se la fosse meritata. *Sono proprio di cattivo umore*, rifletté ancora. *Sarà perché in fondo ho paura di incontrare mia madre?*

"Via dei Volsci 19", disse Valerio all'autista, un eritreo di una sessantina d'anni. Uno degli ultimi del suo Paese a lavorare ancora in Italia. Marco ne aveva visti tanti in passato. Facevano gli uscieri nelle grandi società come l'Immagine Italiana. Ma allora l'Italia era qualcosa di più grande. *Eravamo ancora un impero,* pensò Marco con vaga nostalgia.

L'africano maltrattò la frizione della vecchia auto, e cominciò il viaggio alla maniera disinvolta di quelli delle sue parti. La chioma brizzolata, l'eritreo sorrideva dallo specchietto retrovisore ai due uomini, ammiccando dietro le spesse lenti degli occhiali da sole. Marco gemette ai sobbalzi della vettura e ingoiò ancora un calmante.

"Allegro!" Gli diede di gomito Valerio, inspirando a fondo. "Non senti l'odore dell'aria com'è diverso?".

"A me pare veramente che questa macchina puzzi..." disse torva Bianca. Cercò di tirare giù il finestrino anteriore, utilizzando un'antiquata e rumorosa maniglia meccanica. "Ma che ci trasporti, qui dentro, amico?".

"Gente, proprio come voi..." sibilò il tassista eritreo, senza smettere di sorridere. Dietro quelle lenti nere gli occhi sembrarono però scintillare per un attimo, freddi e ostili. Bianca colse il lampo e decise di tacere.

Il viaggio in taxi si dipanò attraverso le periferie Sud ed Est di Roma. Palazzi popolari, proprio come Marco se li ricordava, molti ancora diroccati. Il nuovo governo repubblicano non aveva ancora sanato i danni dell'invasione-lampo condotta dalla Germania nel 1976. I paracadutisti tedeschi, è vero, avevano avuto la consegna di condurre un'azione rapida e quanto più indolore possibile, solo il necessario per portare a termine l'*Operazione Gallo* pianificata per anni: prelevare Ciano nel più breve tempo possibile per portarlo al sicuro oltre le Alpi. In quel frangente, però, si trovarono a soffocare il colpo di Stato dei fascisti più radicali e a isolare Palazzo Venezia dal resto della città. Lo spargimento di sangue era stato inevitabile, soprattutto lungo la direttrice tra Ciampino e l'Università.

La guarnigione di avieri dell'allora aeroporto militare aveva ferocemente resistito ai parà germanici, infliggendo loro gravi perdite ed esacerbando gli animi all'*Oberkommando*. Dopo due ore di battaglia, dei trecento militari italiani, settanta dell'aviazione, più un intero battaglione di bersaglieri accorso dalla capitale, la Croce Rossa Germanica ne poté soccorrere solo una cinquantina. Riunendosi poi alle altre truppe aviotrasportate, i tedeschi avevano formato tre colonne corazzate, una delle quali, supportata da due squadriglie cacciabombardieri *Messerschmitt*, aveva letteralmente polverizzato il ministero dell'Aeronautica. Era stato questo l'attacco che aveva provocato il numero maggiore di vittime, circa cinquecento persone, sparse tra il quartiere di San Lorenzo e la non lontana zona di San Giovanni. Un attacco che Roma non avrebbe mai più dimenticato. Due bombe, Marco lo sapeva bene, erano cadute anche sul tetro edificio di via Tasso, l'osceno nido consacrato da Maria De Carli agli interrogatori degli oppositori politici del fascismo. Bombe a frammentazione che erano cadute su quell'infame palazzo proprio mentre all'interno si stavano fronteggiando Antonio Murgita e la stessa De Carli.

Ed eccolo, infine, il quartiere di San Lorenzo... Marco continuò a cercare sui palazzi i segni della breve ma cruenta guerra di ventotto anni prima. La zona che dall'Università andava verso il centro del quartiere era ancora semisventrata Qua e là, si notavano i primi cantieri della ricostruzione. L'asfalto era ancora dissestato, ma le voragini provocate dalle bombe tedesche erano state da tempo ripulite, riempite e transennate. L'effetto complessivo era tuttavia deprimente.

"Possibile che dopo tutti questi anni il governo non abbia soldi per riparare a questo sconcio?" mormorò Marco, sconfortato. Sciatta, trascurata e impersonale: cresceva sempre più la sensazione di non trovarsi a Roma, ma in una capitale del terzo mondo.

"I soldi, Roma non ce li ha mai avuti, Diletti", intervenne Fortunato. "Ricorda che la Repubblica Democratica si è di fatto scissa dall'Italia quasi subito dopo quei fatti".

"Tutta colpa del sequestro Moro", replicò stancamente Marco.

"E no, caro mio", ribatté di nuovo Valerio. "Guarda che già dal 1976 noi comunisti lo sapevamo benissimo che era sul Nordovest che bisognava puntare!".

"Quindi vuoi dire che Murgita ha coscientemente puntato sulla spaccatura dell'Italia?" Chiese Bianca incredula.

"Lui voleva solo il potere", sospirò Valerio allargando le braccia. "Nessuno di noi giovani comunisti, dopo quanto era accaduto a Roma nel '76, con Ciano, la De Carli e i tedeschi in casa, aveva la forza e soprattutto la voglia di mettersi contro Murgita. Lui era il futuro, capite? Ci disse che l'Italia era spacciata, che occorreva lavorare per costruire qualcosa di nuovo, e... Guardate! Siamo arrivati. Questa... è via dei Volsci...".

TREDICI

Mentre Bianca allungava incredula al tassista due banconote da cinquemila vecchie lire italiane, Marco fissava un tracciato che non ricordava più. In luogo della vecchia ma dignitosa strada operaia di ventinove anni prima, adesso si stendeva uno sterrato costellato di pozzanghere, rovine e rifiuti di ogni genere. Le abitazioni erano in gran parte state ricostruite ricorrendo a delle lamiere, e nei casi più fortunati utilizzando dei container simili a quelli utilizzati in caso di terremoto. Su alcuni di questi c'era addirittura il simbolo della Repubblica Democratica Cisalpina, la corona turrita sullo sfondo della falce e martello. *La ricca Italia comunista che correva in aiuto di quella povera e capitalista... Un bel paradosso*, pensò Marco, appena in tempo per accorgersi che il civico numero diciannove contrassegnava proprio uno dei container più nuovi forniti dal governo di Genova. *Soldi procurati da Valerio, senza dubbio.*

"Aspettate qua fuori, voi due", disse Fortunato sollevando un indice davanti al grosso naso. "Vado a vedere se Silvia non stia ancora riposando. Vi chiamo io, va bene?" Tirò quindi fuori una chiave dalla tasca, aprì una piccola serratura ed entrò, richiudendosi dietro una porticina sottile.

"Ma... vive come una baraccata!" protestò Bianca mettendosi una mano davanti al naso. Nel caldo crescente della giornata estiva, l'odore che si alzava dalla strada era insopportabile.

"Non capisco", disse Marco. "Perché Valerio non le ha trovato una sistemazione più dignitosa? Che senso ha rimanere a vivere qui se non c'è più nemmeno casa sua?".

In quel momento la porta si riaprì e ne spuntò fuori Valerio. Un rapido cenno indicò loro che potevano entrare. Marco e

Bianca varcarono la soglia del container, trovandosi in un ambiente scuro, l'aria se possibile ancora più viziata. Nel riquadro di una finestra nuda, la tapparella mezza alzata, si distingueva una sagoma. Una persona, seduta, che guardava fuori. Non si girò verso i suoi ospiti.

"Ecco, tesoro, proprio come ti avevo detto..." fece Fortunato, con voce improvvisamente dolce "Sono arrivati con me". Valerio si girò verso Marco e riprese a parlare, sottovoce. "Non la affaticate, per carità...".

"Guarda che sento benissimo quello che dici, fratellino". L'ombra si mosse, rivelando la silhouette di una donna minuta. La figuretta si alzò e si girò, accendendo un interruttore. La luce elettrica proveniente da una lampadina appesa al centro del soffitto ne rivelò i tratti. Più che magra, Silvia Fortunato era emaciata. Il volto un tempo determinato e lo sguardo vivace avevano lasciato il posto a un triangolo rinsecchito e rugoso, dominato da un paio di occhi spiritati. I capelli erano radi e completamente bianchi.

"Sei... sei...".

"Sono una cinquantenne che se li porta un po' male, sì", continuò Silvia, accendendosi una sigaretta. "Ma tutto sommato potrebbe andare peggio. Ne vuoi una anche tu?".

Marco accettò macchinalmente, guadagnandosi una smorfia di riprovazione da parte di Bianca.

"E questa granatiera chi è?" chiese Silvia ammiccando verso l'alto. "Vedo che ti tiene d'occhio...".

"Lei è Bianca".

"Bianca. Che nome le hai trovato. Così rassicurante... Ma lei non mi sembra il tipo da Bianca. Ma sedetevi, ragazzi. Lì, su quel divanetto, sì. Te lo ricordi Marco? Ne ero sicura. Dio, come sei cambiato anche tu! Dov'è finito il tuo ciuffo? No, scusami. Mi dispiace, sai, di non potervi ospitare meglio. Se non fosse stato per Valerio non avrei recuperato proprio niente della vecchia casa. E io non avrei mai potuto abbandonarla. Lo sapevi, Marco?

È stata centrata in pieno da una bomba tedesca. Valerio è venuto qui insieme agli altri compagni il giorno dopo e hanno salvato il salvabile. Tutto portato in un magazzino... Qui era tutto sventrato. Ma allora, dimmi...?".

Le parole erano fluite tutte insieme, come un torrente in piena. Imbarazzata, Silvia tacque, all'improvviso, rifugiandosi dietro la sua sigaretta. Fissò Marco attraverso una voluta di fumo. Dopo ventinove anni, lui sottrasse ancora una volta gli occhi a quello sguardo. La donna sorrise, amara. "Allora, ce l'hai ancora quella cravatta? ...No, non sei obbligato a rispondere, non importa più, davvero. Adesso è acqua passata, giusto? E tu sei qui a parlare con me".

"Io...".

"Ti ha raccontato Valerio che sono stata in carcere?".

"Sì".

"Ventidue interminabili anni... Ma cominciamo dal principio. Dal giorno di quel maledetto bombardamento. Lo sai? Ero proprio qui, in via dei Volsci, a raccogliere le mie povere cose dal disastro della mia casa. C'era anche Virgilio...". La voce di Silvia si ruppe, la testa si abbassò, mentre la mano destra continuava a reggere, tremante, la sigaretta. Marco fremette al ricordo del terrorista, il volto giovane di allora e quello, appesantito, del Ducale. Poi Silvia si riscosse.

"È... è stato quello l'inizio della fine. La mia casa, distrutta... E io, che ero in clandestinità, ho pensato solo a precipitarmi qui... Sì, credetti a Virgilio. Mi disse che tutto si sarebbe risolto..." Silvia si abbandonò di nuovo, e stavolta furono le spalle a cominciare a tremarle.

"Papà...".

"No, ragazza mia", riprese Silvia rivolgendosi a Bianca, "bisogna che io chiuda questa pagina una volta per tutte".

"Cosa vuoi dire?" chiese Marco.

"Sei sempre stato un uomo distratto, tu..." mormorò Silvia. "Non ti ricordi cosa era successo qualche settimana prima?".

"Se non me lo ricordassi, pensi che sarei qui ora?" Ribatté Marco offeso. Subito si pentì dell'indelicatezza.

"Distratto e rude". Sorrise Silvia. "Ti confermi per ciò che sei, ma non importa. Non più. Ma devi sapere. Quando ti regalai quella cravatta, ero già certa di aspettare un bambino. Speravo… Speravo così tanto che per te ci fosse spazio per qualcos'altro che non fosse…" La voce di Silvia si ruppe di nuovo.

"…La carriera", completò amaro Marco.

"*L'illusione* della carriera", precisò la donna. "Cos'è che ti diceva sempre tua madre?".

Marco sorrise al ricordo. Sua madre non aveva mai approvato il suo lavoro. Era morta sperando che almeno la presenza di Bianca potesse fare di lui la persona normale che non sarebbe mai stato.

"Mi diceva che niente vale più la pena di essere vissuto, se non la vita...".

"E aveva ragione, no?" fece Silvia spalancando occhi che sembravano ingrandire istante dopo istante.

"Non devi andare fino in fondo, se non vuoi..." disse Valerio toccandole un braccio.

"Oh, sì che devo, invece". Silvia si spazzò una ciocca bianca dalla fronte e fissò di nuovo Marco.

"Dio che faccia strana ti è venuta da vecchio. È come… appassita? Ma fammi continuare. Vedi, la mia clandestinità alla fine durò pochissimo. Pochi giorni dopo il bombardamento di San Lorenzo, proprio quando i tedeschi seppero che Ciano era finalmente prigioniero di Speer e cominciarono a ritirarsi, due poliziotti mi fermarono in un supermercato. Sembrava gente pratica, probabilmente dell'OVRA, anche se l'organizzazione, come ricorderai, era stata sciolta subito dopo la fuga di Ciano per decreto di Umberto II. Ero talmente prostrata e spaventata che non opposi resistenza. Mi hanno portato in carcere, a Rebibbia, e mi hanno subito riempita di botte. Fino a farmi svenire. Fino a che l'unica cosa che mi era rimasta nella testa era che dovevo proteggere il bambino. Il bambino che tu mi avevi dato, perché così avrei protetto il mio... il nostro futuro...".

Silvia scoppiò in singhiozzi. Valerio le pose, protettivo, le braccia sulle spalle. Bianca fissava con angoscia quella vecchia donna, in attesa di parole finali che sembravano non arrivare mai.

"Sono rimasta due mesi in isolamento", riprese a fatica Silvia, "e per due anni in attesa di giudizio, mentre in Italia cambiavano molte cose. Poi è venuto il sequestro-Moro. Il maxiprocesso, con tutti dentro, quello che la nuova RadioTelevisione Italiana trasmise in diretta, tutte le udienze. Del resto eravamo rimasti solo noi nella parte dei mostri, no? Prima avevamo ucciso il mite fascista Paoloni, poi il mite cattolico Moro... Poco importava che alcuni di noi con quell'altro delitto non c'entrassero niente".

"Ma tu eri già in prigione quando Moro fu rapito e ucciso!" esclamò Marco.

"Sì, e allora?" Silvia aprì un cassetto e tirò fuori un vecchio ritaglio di giornale. "Leggi tu stesso. Conosci i tuoi colleghi, no? Mi avevano lì, a disposizione. Fui definita una delle menti di Lotta Socialista, una delle mandanti, da dietro le sbarre, della strage di via Fani. Ma tu, dimmi, dov'eri? Li leggevi i quotidiani? Guardavi la tua televisione? Ti sei mai chiesto che fine avevo fatto?".

"E il... bambino?" ansimò Marco, umiliato.

"Il bambino nacque in carcere, ovviamente, a Rebibbia. Fu Virgilio a darsi da fare per trovare un coppia di compagni che se ne prendessero cura, visto che io non ero in grado. Ed è l'unica cosa per la quale posso ringraziare quel bastardo. Ha rovinato la mia vita, ma ha salvato quella di Davide".

"Davide?" fecero all'unisono Marco e Valerio.

"Davide, sì".

"Ma tu non mi hai mai parlato di un figlio maschio!" protestò Valerio interdetto. "E perché hai lasciato che Marco venisse qui con sua figlia, allora?".

Bianca sentì le lacrime scendere brucianti giù per le gote. Compresе di avere temuto, sì, ma anche sperato in cuor suo che quella piccola donna precocemente invecchiata potesse essere sua madre.

"Dovevo vedere Marco e cos'è stato della sua vita", scandì Silvia lentamente. "Lo capite? Avevo il diritto di sapere. E adesso so. Mi va bene così. L'uomo che poteva essere la mia vita è felicemente invecchiato senza di me e ha una figlia, io sono a mia volta infelicemente invecchiata senza di lui e ho un figlio. Il conto fra me e te è pari, Marco. Non lo è, purtroppo, per Bianca, vero?" Silvia alzò gli occhi verso la ragazza, la sigaretta ormai consumata fino al filtro ancora stretta fra due dita gialle di nicotina.

Bianca non resistette oltre e scoppiò in un pianto dirotto. Si alzò dalla sua sedia e corse fuori dal container, sbattendo la porta.

"È dura per lei", disse Silvia. "Ma è forte. Le passerà. E comunque non sarei stata una buona madre per tua figlia, Marco. Bianca è... C'è qualcosa dentro di lei, qualcosa di familiare, uno sguardo, dei movimenti delle mani... Non lo so. Non riesco più a focalizzare. Ma tu sì. Cerca dentro di te. Sono sicura che capirai".

"Dov'è Davide, adesso?" chiese Marco con la bocca asciutta.

"Non te lo dico, Marco".

"Perché? È mio figlio, e io...".

"Ascolta, Marco. Davide è mio figlio, come Bianca è la tua. Lasciamo le cose così come sono. Conoscere te adesso per lui non avrebbe senso. Ha accettato la sua famiglia adottiva. Sa chi sono io, lavora in una cooperativa di sostegno agli ex-detenuti, viene qui e si prende cura di me. Ha una bella fidanzata".

"Non mi hai mai detto niente, sorellina".

"E tu cosa c'entravi, Valerio?".

"Potevo aiutarti di più, tanto per cominciare. Altri soldi. Potevamo dare un'educazione e un buon lavoro a Davide. Farlo venire a Genova".

“E insegnargli il tuo lavoro, fare il servo dei potenti? Davide sta bene così, argomento chiuso”, tagliò Silvia, tornata per un momento alla determinazione dei vent’anni. Il fratello Valerio chinò il capo, in imbarazzo.

“Silvia, io vorrei davvero...”.

“Conoscerlo, Marco? No, non adesso almeno. Tu hai qualcosa da fare prima. Devi aiutare tua figlia. È per questo che sei venuto qui, no?”.

Di nuovo un brivido, un’ombra sulle spalle. Marco, esausto, socchiuse gli occhi e intravide nuovamente, davanti a sé, una magra silhouette dal casco corvino.

“Io...” disse infine alzandosi in piedi “Valerio, io credo che dobbiamo andare. Silvia... Io non so come...”.

“Piantala lì, Diletti. Io ti ho perdonato una vita fa. E dopo stamattina l’ultimo dolore se ne è finalmente andato. Se avrai voglia di rivedere un’amica, torna pure a trovarmi. Parleremo del più e del meno. E magari, più in là, incontrerai mio figlio. Adesso andatevene, però. Sono stanca, e... Marco?”.

“Cosa c’è?”.

“Abbraccia Bianca da parte mia. Essere fragili non vuol dire essere deboli. E... Che stia in pace con il mondo. Diglielo”.

“Lo farò”.

Silvia tirò fuori un’altra sigaretta, e se l’accese tenendola cerimoniosamente fra due dita. Poi, lentamente, si alzò e si andò a sedere alla finestra, esattamente dove i suoi visitatori l’avevano trovata. L’ultima immagine che Marco ebbe di lei fu curiosamente uguale alla prima, una piccola sagoma nera nettamente disegnata controluce. *Eccola lì*, pensò macchinalmente, *un’altra increspatura nella trama sempre uguale della mia vita.* Un’altra increspatura che, dopo quasi trent’anni, finalmente si appianava. *Come tutte le altre.* Al pensiero, Marco non poté evitare di provare sollievo. E subito dopo, di meravigliarsi, sentendo due grosse lacrime scendergli giù per le gote rugose.

QUATTORDICI

"Non mi toccare! Statemi lontani, tutti e due!" Bianca continuava a piangere, mentre Valerio e Marco tentavano invano di convincerla a tornare verso il centro di Roma.

"Ascoltami, tesoro... Mi dispiace!".

"Papà, a non te ne è mai fregato niente degli altri! E adesso non mi venire a dire che ti dispiace!".

"Bianca…" replicò Diletti alla figlia infuriata. "Ascoltami. Dovevo... Dovevamo a Silvia questo tentativo. Adesso almeno sappiamo che...".

"Che io continuo a essere figlia di nessuno!".

"Andiamo, Bianca!" intervenne Valerio. "Sei figlia di Marco, questo è un dato di fatto!".

"Io sono venuta qui per conoscere mia madre. Ma quella donna non lo è. Quegli occhi... Mi ha tolto ogni illusione su...".

"Su che cosa, Bianca?" chiese Marco. "Sul fatto che prima o poi avresti scoperto chi ti aveva consegnato a me, in un trasportino portatile in portineria al "Messaggero"? Tu sei tutta la mia vita, e lo sai...".

"Papà, ci sono cose che non basta dire. Da quando ti sei fissato con questa storia del passato, hai messo in gioco anche me. Non puoi pensare di fare delle ipotesi così assurde, poi coinvolgermi e sperare che, una volta delusa, per me torni tutto come prima. Non sono come te, possibile che tu non riesca a capirlo?".

"È vero. Non sei come me, tesoro. Il fatto è che non riesco a capire a chi assomigli. Se solo riuscissi...".

"Smettetela di litigare, voi due. Venite qui e guardate un po' la tele".

Era la voce di Valerio. L'uomo era in piedi davanti alla vetrina di un piccolo negozio di elettrodomestici, con un paio di TV a poco prezzo che trasmettevano su un unico canale. L'uomo inquadrato in un antiquato sfondo blu-violetto, sicuramente un annunciatore, parlava con tono grave.

"...Crescenti motivi di preoccupazione per le interferenze lungo la frontiera toscana... Il presidente del Consiglio ha riferito alla Camera dei Deputati e richiesto lo stato di mobilitazione generale...".

"Ma che succede?".

"Succede che ci risiamo, Bianca, maledizione!" imprecò Marco. "Ero sicuro che ci fosse qualcosa in ballo!".

"L'Italia meridionale che mobilita contro il Nord-ovest? E perché?" chiese Bianca più a se stessa che agli altri. "Sono strozzati dal debito, Genova è il loro unico amico".

"Guarda la televisione, ti dico!".

"...Le operazioni, condotte da truppe scelte della Repubblica Democratica Cisalpina, sono cominciate poche ore fa, e comprendono limitati sconfinamenti a sud della linea smilitarizzata lungo l'Arno. Il governo di Genova fa sapere che si tratta solo di iniziative preventive e volte a prevenire una massiccia invasione italiana...".

"Ma è una follia!" sbottò Valerio. "E adesso come torniamo indietro?".

"Presumo nello stesso modo di come siamo arrivati, e cioè in aereo" ribatté Marco. "Anche perché qualcosa mi dice che l'origine di questo pasticcio sia proprio a Genova".

"Ma non troveremo un posto... Aspetta va'", disse seccato Fortunato. "Lasciamo che sia il dottor Marcello Romani a cercare un volo". Valerio si attaccò al cellulare. "Sì, signorina, sono io... Ma cosa succede? Qui arrivano notizie strane... Ah, va bene. Mi passi pure il sindaco..." Valerio si girò verso Marco indicando il telefono con un gesto rassegnato. "Libero? Sì ciao... Ma che è questa storia delle misure preventive? Come? La stampa ha attaccato il governo e il presidente Martone? Anche la RadioTelevisione? Ma è impossibile! Libero non ti incazzare, adesso! Ti avevo ben detto che avevo una missione familiare da svolgere, non posso essere sempre io a..." Una raffica di parole pronunciate dall'altra parte. Marco non capiva cosa stesse urlando il sindaco di Genova, ma Valerio era impallidito.

"Ma come? Il *server* del Comune attaccato? Il nostro sito GlobalNet pubblica proclami contro Roma? Ma accertate cosa sta succedendo, no? C'è un ufficio intero che se ne occupa e... Va bene, Libero. Va bene. Rientro subito". Fortunato richiuse il telefonino con uno scatto secco. "Bovo dice che abbiamo un aereo a Fiumicino tra mezz'ora". Disse alzando le spalle. "È l'ultimo disponibile. Stanno cominciando a sgomberare i cittadini della Repubblica Democratica da tutto il Sud. Mi ha anche detto che i servizi del nostro Paese hanno rilevato movimenti strani a Roma e in altre città del meridione. Ci sarebbero moltissimi stranieri in giro".

In quello stesso momento, per la piazza del Verano, proprio davanti al Cimitero Monumentale, passarono a velocità folle almeno cinque campagnole cariche di miliziani in tenuta paramilitare, le mitragliatrici installate sui cassoni e puntate ad alzo zero.

"Quando è arrivata tutta questa gente?" Chiese Bianca esterrefatta. "Perché può girare indisturbata? E dov'è la polizia italiana?".

"Guarda, Bianca, non è finita..." Marco accennò torvo verso viale Regina Margherita. Nella stessa direzione sud imboccata dalle camionette, in direzione della ex stazione Dino Grandi, ora Stazione Ferroviaria Centrale, un intero battaglione di bersaglieri, circa trecento soldati, stava marciando a passo sostenuto. Due le stranezze: le armi impugnate dai militari col casco piumato, non più i tradizionali moschetti, ma moderni AK47. Alcuni degli ufficiali che comandavano le operazioni portavano uniformi con gradi italiani, ma esibivano evidenti tratti mediorientali. A Bianca, che aveva seguito per la televisione la nascita della Nuova Mezzaluna, sembrarono iracheni o siriani. Contemporaneamente, un rombo nel cielo avvisò Marco, Bianca e Valerio, del rapido trasferimento, stavolta verso nord, di una squadriglia di caccia Piaggio-Aermacchi, fabbricati in Liguria e ora vanto dell'altrimenti povera Aeronautica Militare Italiana.

"Presto, Valerio!" Gridò Marco. "Chiama un taxi! Dobbiamo raggiungere l'aeroporto!".

"Sto facendo il possibile, ma le linee sono isolate! Maledizione!".

"Guardate lì!" Disse Bianca, indicando una delle camionette. La vettura, l'ultima della fila, si era prima fermata all'imbocco di via De Lollis e ora stava facendo rapidamente marcia indietro. Verso di loro.

"Ci hanno beccato!" Disse Valerio, cominciando a indietreggiare verso via dei Volsci. Proprio come avrebbe fatto il militante rivoluzionario di trent'anni prima, il segretario particolare del sindaco di Genova cercò la fuga. Ma la freschezza e i riflessi non erano più quelli di un tempo.

Un richiamo secco in una sconosciuta lingua straniera. Una raffica di arma automatica fu sparata verso l'alto e Valerio si fermò all'istante. Marco e Bianca, che si erano a loro volta girati per fuggire, tornarono a loro volta sui propri passi. Il miliziano portava sulla testa una bandana tricolore, rossa, gialla e blu. Il volto era freddo e crudele, gli occhi scuri. Teneva puntato su di loro il suo fucile automatico come se fosse un prolungamento del suo braccio. Nessun dubbio che, se fosse stato necessario, l'avrebbe usato con efficacia mortale. A Bianca, Valerio e Marco non rimase che alzare le mani e dirigersi, lentamente, verso quelli che sembravano essere i nuovi padroni. Altre camionette si avvicinarono, e altri miliziani ne scesero. Tra loro parlavano una lingua allo stesso tempo familiare ed estranea. Un ufficiale in divisa verde oliva, il basco nero calato su un'orecchio, strizzò un occhio a Bianca, mentre la ammanettava dietro la schiena. La stessa sorte toccò a Valerio e Marco. I carcerieri cominciarono quindi a parlottare tra loro, e a un certo punto, con i calci dei fucili, presero a spingere i tre ostaggi verso un furgone.

"Se ci lasciamo caricare così, sarà la fine!" gridò angosciato Valerio, che ricordava le dinamiche degli arresti condotti tre decenni prima dai fascisti.

"E se ci ribelliamo ci ammazzano!" gridò a sua volta Bianca.

"E quella lì chi è?" chiese Marco additando una figura smilza che si avvicinava, a lunghi passi, verso di loro. Stranamente, miliziani e soldati fecero spazio alla nuova venuta, una donna di statura media, la pelle e i capelli scuri, vestita in abiti paramilitari.

"Potete chiamarmi Jamina", disse la soldatessa una volta raggiunto il gruppetto e fatte abbassare le armi ai miliziani con un gesto secco. "Ho saputo che tra voi ci sono due giornalisti e un alto funzionario della Repubblica Democratica Cisalpina, è vero?" Il tono di voce era appena gutturale, l'italiano perfetto. Bianca riconobbe su quel volto i tratti dei libici, mentre dietro la nuova arrivata faceva capolino un paio di nere lenti da sole e un sorriso sardonico. Ma certo! Il tassista eritreo aveva fatto la spia.

"Allora?" insisté la donna. "Se le mie informazioni corrispondono a verità siete pregati di dirmelo. Altrimenti dirò alla mia scorta di portarvi pure dove avevano deciso di fare... Sapete, sono tutti rumeni. Le loro famiglie sono state massacrate dai comunisti in fuga, tanti anni fa. E loro sono venuti in Italia come immigrati clandestini. Ora, grazie a noi, sono dei combattenti. Hanno sentito dire che tra voi ci sono dei bolscevichi, e hanno, sapete, le mani che gli prudono. Ma poteva andarvi peggio, come ad esempio incappare nelle brigate albanesi…"

"Dove volevate… portarci?" Chiese Valerio mascherando la paura con l'indignazione ostentata che un alto funzionario di un Paese straniero avrebbe dovuto mostrare in una situazione del genere.

"Le spie si fucilano", rispose la libica, per nulla impressionata.

"Io sono una giornalista televisiva di Genova", disse infine

Bianca, guardando fissa, dall'alto in basso, la sua interlocutrice. Che le restituì, dal basso in alto, lo stesso sguardo. Era un filo di rispetto, quello che si intravedeva in fondo a quegli occhi color giaietto?

"Così va decisamente meglio, sì", sorrise appena la libica. "Adesso verifichiamo soltanto le vostre identità. Favoritemi documenti, lasciapassare, insomma tutto ciò che avete di ufficiale".

L'esame durò sorprendentemente poco. La donna ridiede subito indietro i documenti ai suoi prigionieri.

"Perché ce li riconsegna?" chiese Marco.

"Ci rilasciano?" azzardò Valerio.

"Un cazzo ci rilasciano", disse torva Bianca. "A questi non gliene frega niente delle nostre carte. Sapete? Credo che sapessero chi siamo dall'inizio e che mirassero a catturare proprio noi. Non credo ci lasceranno andare così facilmente...".

"Voi siete ospiti delle Forze Armate del governo di Roma", disse la libica scandendo le parole.

"Ma quale governo di Roma?" protestò Fortunato. "Tu sei araba. E noi siamo stati sequestrati da milizie straniere!".

"Le consiglio vivamente di usare il vostro *lei* con me, *dottor* Romani". Jamina usava il titolo di Fortunato come se fosse un insulto. "E poi chi le ha detto che io sono araba? Sono nata in Libia, è vero, ma mio padre è italiano. Siamo tutti italiani, qui. I combattenti intorno a lei vivono ormai da anni in Italia. Hanno sputato sangue nelle vostre fabbriche, venduto cianfrusaglie in giro e subito il razzismo di gente come voi. Siamo più italiani di voi, *dottor* Romani".

"Lei chi è? Qual è il suo ruolo qui?" chiese Bianca, scioccata.

"Ce ne sono molte come me, sa? Io sono un Supervisore. Sono alla guida di questa parte di contingente. Per essere più specifici, ne curo motivazione e dedizione in battaglia. La nostra generazione è stata preparata a questo momento per vent'anni. Da quando io ero bambina, ma... Sarebbe una storia troppo lunga. Le basti sapere che la nostra cellula è entrata in azione dopo che le vostre truppe hanno sconfinato lungo l'Arno... Adesso siamo diretti in stazione, dove ci riuniremo ad altri Combattenti Fedeli per proseguire poi verso nord".

"Io non capisco..." mormorò sconfortato Marco.

"Non mi stupisce. Nessuno di voi uomini può capire. Abituati come siete alle vostre squallide fattrici, ottuse e pietose vacche buone solo a mettere al mondo figli!".

Il sogno... Ancora il sogno... Ma non è possibile! Marco si accucciò, prendendosi il capo tra le mani.

"Cosa intendete fare di noi?" chiese Bianca, gli occhi dilatati dalla paura.

"Siete merce di scambio, è ovvio. Ma non solo. Lei, signorina...". Di nuovo quello sguardo strano, gli occhi neri come il carbone che sembravano divorare la figura della giovane donna.

"Cosa c'è? Perché mi guarda così?".

"Salite tutti su quel cassone, prego" disse autoritaria Jamina. "Durante il viaggio vi dirò tutto quello che vi è concesso sapere".

Quindici

"Noi Supervisori", riprese Jamina a voce alta non appena il grosso camion si rimise rumorosamente in movimento "siamo un'élite selezionata in anni di lavoro. Vedete, voi credete di avere capito tutto, vi trovate di fronte una libica e fate due più due..." Sorrise, enigmatica, poi riprese. "Dicevo prima che sono più di vent'anni che ci stanno preparando a quanto sta per accadere adesso. Bambini e bambine, ragazzi e ragazze, tutti scelti scrupolosamente in base alle nostre famiglie, selezionati secondo i criteri dell'intelligenza e della creatività, e poi inquadrati in qualcosa che è molto simile a ciò che voi potreste chiamare servizi *paralleli*".

"Servizi *deviati*, vorrai dire", interloquì Fortunato, stizzito. "Allora è vero che esistono, e io che pensavo che fosse tutta propaganda... Chi è che vi paga?".

"Qui di deviato c'è solo il tuo modo di pensare, dottor Romani", disse Jamina cupa, accarezzando la fondina della pistola. "Ma ora ascoltatemi molto attentamente". Fece una pausa, guardò di nuovo Bianca e poi riprese a parlare. "La prima opportunità ci si manifestò ventinove anni fa. Nel 1976, come sapete, l'Italia fascista crollò miserevolmente. Ma allora furono i traditori tedeschi a mettere le mani sul vostro bel Paese. E, lo sapete? Ancora adesso, si stanno preparando lungo la linea del Po. Stanno mobilitando anche loro, ma senza convinzione. Potrei annoiarvi per ore sul fatto che i tedeschi non sono più quelli di un tempo. Mancano di carburante, logistica, e perfino, lo credereste? Di disciplina. Un bel dono dell'Ottantanove, davvero! Venuta meno l'Unione Sovietica, ai tedeschi è venuto meno un nemico, e soprattutto un progetto. Il grande scontro ad Est. La pace li ha rammolliti, ha macchiato il loro spirito. Senza uno spirito puro, il *Geist* si trasforma in un osceno *Jinn*. Il demone che li perderà!".

"Non mi sembra filosofia islamica, questa", fece Fortunato pensoso. "È un genere di mistica, sì, ma non riesco a riconoscerlo".

Jamina sorrise maliziosa. "Insomma, dal '76 comprendemmo che dovevamo solo avere pazienza. Come disse anche il Profeta, il frutto più prelibato è quello atteso per anni.

"Ma *noi*, chi?" gemette infine Marco. "Arriviamo a Roma, la troviamo popolata di milizie straniere, e veniamo rapiti da un sedicente Supervisore che assomiglia a un *pasdaran* islamico, ma che dice di non esserlo. Io non ci capisco più niente".

"Io capisco solo che siamo stati sequestrati da un gruppo di sbandati", tagliò corto Fortunato. "Avanti, signorina, quanto volete per lasciarci andare? La Repubblica di Genova può permettersi di pagare, e... ah!" Il piccolo pugno guantato di Jamina era scattato fulmineo. Valerio si massaggiò incredulo la guancia e tacque, ritirandosi in un angolo del cassone.

"Un'altra parola e giuro davanti alla Causa che ti ammazzo!" scandì la giovane libica. Allora, dov'ero rimasta? Ah, sì... I Supervisori. Le *Supervisore*, dovrei dire, forse". Rise. "Tutte donne sapete? Tutte incorruttibili, hanno il compito di gestire in piena autonomia e pienezza assoluta di poteri le cellule in sonno. All'inizio si trattò di piccoli gruppi, che man mano aumentarono di numero". Jamina si sporse fuori del cassone, scrutò per qualche istante la strada polverosa, poi tornò a parlare ai suoi ostaggi. "Chi creò i Supervisori sapeva che le seduzioni della vita mondana ne avrebbero potuto corrompere la dedizione. Così promosse lo studio delle filosofie orientali e incoraggiò le conversioni all'Islam. L'unica grande fede che al monoteismo affianca il culto dell'onore e delle armi. Il mondo arabo si accorse di noi, ovviamente, e l'incontro fu inevitabile. Il risultato fu una sintesi virtuosa, un qualcosa di nuovo e insieme di antico. La fine, e anche il principio".

“Ma di cosa stai parlando?” chiese stancamente Marco.

“Fai silenzio, uomo”, disse Jamina con voce talmente scura da far rabbrividire a un tempo ostaggi e miliziani. “Tu non hai la minima possibilità di capire. Ma lei sì...”. Allungò di nuovo la mano, ma stavolta con delicatezza, per carezzare la guancia di Bianca.

“Papà cosa succede qui?”.

“Giuro che non ci capisco niente”, disse Marco fissando istupidito la scena.

“Il decadentismo imposto dal Novecento”, riprese assorta Jamina “aveva in realtà infettato anche l’Islam. In troppi, solo a pensare a fare soldi, a vendere petrolio e a uccidere i propri rivali. Occorreva un lavacro”. Gli occhi della donna scintillavano. “La grande intuizione fu tornare alle origini. Affondare le radici nella storia comune della nostra culla culturale, il Mediterraneo. Pensate a Creta... La donna che volteggia sulle corna del toro... Il mito delle Amazzoni... Le Guerriere di Dio, come la Pulzella d’Orleáns...”.

“Giovanna d’Arco era cristiana!” tornò a protestare Valerio.

“Era una credente!” tuonò Jamina. “E una condottiera. Solo una donna, colei che porta dentro di sé il segreto della vita, contiene anche la saggezza per indirizzare l’azione. Solo una donna può guidare un pugno di eletti, un’avanguardia, verso la vittoria. Solo colei che è pura può mantenere la purezza. Così ci è stato detto. Così è scritto nei nostri libri”.

“Ma così parlava anche...”.

“Non è possibile, Valerio”, tagliò terrorizzato Marco. “Ti garantisco io che non è possibile. Il suo corpo fu trovato tra le macerie del Ministero dell’Aeronautica e successivamente identificato da un medico patologo dell’università. Io c’ero, Valerio. Maria De Carli è morta ventinove anni fa!”.

Bianca sentì un brivido gelido passarle lungo la schiena. Aveva sentito più volte, in passato, il padre angosciarsi al solo suono di quel nome, e sempre ne aveva sorriso. Ma adesso le sembrava che quelle sillabe evocassero qualcosa di ben più tangibile e mortale.

"Maria... *Mariam*... Cosa contano i nomi?" Gli occhi di Jamina rilucevano di fervore. "Quello che conta è che da giovenche buone solo a farsi ingravidare o infibulare, noi donne diventammo i cento fiori di una nuova rivoluzione mondiale. Diventammo milioni di combattenti pure al servizio della Causa. Diventammo un tutt'uno con essa. E tu, ragazza..." disse Jamina rivolta a Bianca. "Tu hai qualcosa di fiero e ardente nel tuo curioso sguardo di ghiaccio. Dentro di te c'è *Mariam*. Tu, invece...". Jamina mise mano alla pistola, un modello tanto piccolo quanto mortale di revolver svizzero con silenziatore, puntandola in mezzo agli occhi di Valerio.

"Cosa intende fare? Ricordi che sono un alto funzionario della Repubblica Democratica Cisalpina!".

"Dice, *signor* Romani?" Chiese Jamina in tono improvvisamente salottiero, omettendo volutamente di gratificare Fortunato del titolo di dottore. "Abbiamo indagato. Lei non ha alcun incarico formale a Genova. Non risulta assunto da nessuna parte, anzi, come dire? Non risulta proprio".

"Chiamate il sindaco Bovo! Vi spiegherà ogni cosa!".

"*Signor* Romani… A me pare che eliminare lei elimini solo un grosso equivoco", disse ancora Jamina, sorridendo gelida e cercando ancora il centro della fronte di Valerio.

"Ferma. Aspetta".

"Attenta, giovane donna..." rispose Jamina a Bianca senza perdere di mira il volto di Valerio. "Sei una giovane interessante e promettente. Tuttavia sei ancora un'infedele...".

"Perché vuoi ucciderlo, Jamina?" insisté Bianca.

"Perché no? È inutile alla Causa, è inutile a voi, è inutile a se stesso".

"La Causa dovrebbe essere qualcosa in più che solo pensare a chi eliminare e a chi tenere in vita, non credi?" chiese Bianca disperata.

"Forse hai ragione e forse no", disse Jamina passandosi pensosa la lingua sulle labbra. "Ma il fatto che tu sia così interessata alla sorte di quest'uomo vuole forse dire che dovremo aspettare". Rise tra sé e fece scattare la sicura del revolver, infilandolo di nuovo nella fondina. Il cassone ebbe un sussulto e si fermò.

"Eccoci. Scendete tutti, adesso".

Di nuovo ordini secchi in arabo e in varie lingue balcaniche. Marco, Bianca e Valerio si trovarono proiettati su una grande piazza di forma irregolare. Tutto intorno, un fervore di preparativi. Miliziani e soldati in procinto di trasferirsi su treni un tempo destinati ai pendolari. Di fronte, la vecchia stazione già intitolata a Dino Grandi. Il cosiddetto *dinosauro*, la tettoia in cemento ondulato che era stata aggiunta negli anni '50 era in condizioni pietose. Una volta di più Marco notò crepe e screpolature, vide i cumuli di detriti ammucchiati a caso. Già nel 1975 la stazione ferroviaria principale di Roma era stata dichiarata a rischio crollo dall'autorità di pubblica sicurezza, e il regime aveva promesso un pronto restauro. Ma poi erano venute l'invasione tedesca e la spaccatura dell'Italia. Nulla faceva pensare che si potesse portare avanti una ristrutturazione. Adesso, invece, bastava solo aguzzare lo sguardo verso i binari ferroviari per capire dove si fossero concentrati i lavori. Le linee erano in condizioni perfette, le rotaie nuove fiammanti, come se ci si dovesse prepararne a un uso sistematico e pesante.

"Lo ha notato anche lei, vero? Ma in fondo, che importa se le stazioni sono trascurate? Lo diceva anche il vostro Mussolini, la cosa fondamentale è che i treni partano e arrivino in orario!" Jamina rise. "In un Paese come la Repubblica Italiana, sprovvisto di truppe aviotrasportabili, un rapido e discreto trasferimento di ampi contingenti militari si può solo fare con i treni. Il blitz tedesco del '76 fu un misto tra un'attenta pianificazione e il colpo di fortuna. Camion e colonne militari danno troppo nell'occhio, molto meglio utilizzare questi convogli per pendolari. Le linee sono in condizioni perfette. Al momento attuale, le migliori d'Europa, se non del mondo. E poi, là... Sono convinta che non ci avete fatto caso. Guardate!".

In prossimità di una malandata stradina che conduceva al grande abside di Santa Maria Maggiore, Marco notò che la Stazione Centrale era dotata di una curiosa sopraelevazione, una passatoia che portava a una piccola pista d'atterraggio. Al centro, un aereo dal profilo affusolato.

"Tu, giovane donna, e tu..." disse Jamina indicando Bianca e Marco. "Adesso ci imbarchiamo su quel ricognitore. Lei, Romani... Tutto sommato credo sia meglio che lei continui in treno verso Genova. Insieme ai nostri combattenti. Per lei sarà un'esperienza".

"Ma... Non può separarci ora!" implorò Valerio senza molta convinzione. Marco ebbe la sgradevole sensazione che il segretario particolare del sindaco di Genova fosse in realtà ben felice di tornarsene a casa.

"E noi dove siamo diretti?" chiese quindi rivolgendosi a Jamina.

"Sarà un bel viaggio, amici miei", disse sorridendo la libica. "Faremo rifornimento in volo. Si va verso *al-Iskandarya*!".

"Dove?" fiottò incredulo Marco.

"Ad Alessandria d'Egitto, papà", mormorò torva Bianca.

SEDICI

"C'è una sola ragione che spieghi perché accidenti abbiamo sconfinato?" Libero Bovo, rosso in volto, si sporgeva in tutta la sua considerevole mole verso la figura segaligna di Francesco Martone. Il presidente della Repubblica Democratica, più alto di una buon spanna del sindaco di Genova, sembrava tuttavia vacillare sotto l'impeto appena trattenuto della collera dell'avversario.

"È… Ho dovuto dare quell'ordine, Libero. Abbiamo notizie che tedeschi a est e formazioni militari e paramilitari da sud stanno convergendo verso i nostri confini. Dovevamo dare un segno!".

"Un segno, dici tu! Bel segno, abbiamo dato, sparando all'impazzata come galletti da cortile. Lo sai, vero, cosa sta succedendo a Pisa?".

"Io non ho dato ordine di sparare sulla gente. Pisa è una città d'importanza strategica, c'è un aeroporto. E lì vicino c'è…".

"C'è Hardenfeld, lo so!" Gridò Bovo. Dal 1976 quel nome contrassegnava la grande base militare che i tedeschi avevano allestito in prossimità del confine tra le due Repubbliche Italiane per controllare la turbolenta situazione. "So anche che Hardenfeld è circondata dalle nostre truppe che, tanto per creare un altro po' di casino, hanno occupato Pontedera ed Empoli! E ci sarebbe in corso anche una marcia forzata verso Livorno! Francesco, che intenzioni abbiamo?".

"Le operazioni militari hanno una loro dinamica, Libero. Gli obiettivi di cui hai parlato erano nei piani del nostro Stato Maggiore già dal 1981. Un'invasione dell'Italia del Sud, entro una settimana dal suo inizio, avrebbe dovuto assicurare il controllo completo delle infrastrutture toscane. Aeroporti, porti e... basi nemiche. Solo un'azione rapida ci può consentire il minore spargimento di sangue possibile. E ricorda che l'*Autostrada Interitaliana* porta dritto a Roma!".

"Già, ma porta anche in direzione opposta, verso Genova! E adesso, in marcia verso nord, ci sono i nostri nemici! Francesco, bisogna fermare questa sciocchezza prima che ci sfugga completamente di mano!" Bovo curvò le spalle e abbatté i due pugni massicci sul piano della scrivania di Martone, rimanendo appoggiato a capo chino. "C'è almeno una buona notizia in questa mattinata infernale?" mormorò infine, rivolto più a se stesso che al suo interlocutore.

"Se è per questo, ce ne sono anche di peggiori, Libero", disse Martone girando di 180 gradi lo schermo del proprio computer. Colore blu elettrico, un messaggio che lampeggiava in giallo: *main server not available*. "È così da ieri pomeriggio", aggiunse Martone battendo a caso qualche tasto della macchina. "Adesso io non so se sono queste diavolerie americane a essere così fragili, oppure..."

"No, Francesco". Disse Bovo raddrizzandosi. "È stato un attacco informatico. È cominciata l'altra sera, con quella diretta televisiva, ricordi?".

"Certo! Povero Assereto...".

"Già. Volevo parlarti proprio di questo. Anzi, sarà qualcun altro a farlo".

Proprio in quel momento, alla massiccia porta che chiudeva lo studio provato del Presidente della Repubblica Democratica in Palazzo San Giorgio, si udì un sommesso bussare.

"E adesso chi è che...".

"Francesco, forse è l'unico che possa capirci qualcosa...".

In quell'istante la caratteristica testa tonda di Alberto Bernardi si affacciò timidamente oltre lo scuro battente cinquecentesco della Sala delle Compere.

"Lei! Non è contento di avere provocato il disastro informatico peggiore della storia?" Si infuriò Martone. "Ha fatto perdere milioni di nuove lire alla Repubblica e ci ha messo in uno stato di emergenza nazionale! Si rende conto che potrei farla fucilare?".

"Io... presidente, io non so cosa dire..." Bernardi cominciò a parlare usando il diaframma e a ondeggiare lievemente la testa. *Si sta collegando in diretta coi suoi neuroni*, pensò Bovo. Non riusciva a fare a meno di studiare la curiosa mimica del giornalista.

"Bernardi...".

"Sindaco... Presidente..." Preso ormai dal panico, Bernardi si attaccava ai titoli dei suoi interlocutori come se l'unica salvezza consistesse ormai nell'invocarli.

"Allora, ragazzo mio. Il presidente e io vogliamo essere generoso. Diciamo che per tirare una bella riga su tutti i casini che lei ha combinato finora, occorre che lei, adesso, si prenda una bella responsabilità", disse Bovo facendosi sotto al conduttore. "Ecco, vede... Mi dicono che attraverso ... Com'è che si chiama? Ah, sì. Attraverso la *backdoor* aperta dai pirati informatici da lei così... graziosamente invitati a servirsi, qualcuno ha fatto man bassa anche di fascicoli riservati del Ministero dell'Interno. Cosa pensa di fare?".

Proprio mentre il volto di Bernardi si faceva più cupo, l'espressione di Bovo si fece di qualche grado più incoraggiante. Martone aggrottò le sopracciglia. Il sindaco stava chiaramente tentando di richiamare qualcosa alla memoria del terrorizzato giornalista. Qualcosa di cui dovevano avere parlato prima.

"Io... ecco..." cominciò Bernardi. "Al telegiornale stavamo giusto pensando che c'è un modo per uscire fuori da questa situazione...".

"...Una situazione che", aggiunse subito Bovo "è stata prontamente presa in mano dall'attuale direttore ad interim. Renzo Schiaffino ci ha chiesto di vigilare sull'incolumità di giornalisti e dipendenti della RadioTelevisione, e poi ha disposto di prendere una forte posizione contro questi... pirati informatici. Cosa state per fare, Bernardi?".

"U... una nuova diretta, sindaco. Presidente", disse rivolgendosi a Martone "Pensavamo di avere scoperto dove si trovasse fisicamente la centrale operativa, e cioè a Roma. Ma dopo abbiamo capito dove si nasconde il vero nemico informatico". Bernardi, reso fiducioso dallo sguardo interessato di Martone e da quello speranzoso di Bovo, raddrizzò la schiena e continuò il discorso che si era preparato. "Abbiamo avuto notizie riservate che il Centro Culturale Cubano di San Pier d'Arena sarebbe il luogo fisico da cui si sono diramati tutti gli attacchi informatici condotti sul territorio genovese. Ci hanno solo depistato su Roma. In realtà è da Genova che hanno invece fisicamente violato le nostre banche dati ed estratto i files personali che volevano".

"Il Centro Culturale Cubano..." mormorò Martone.

"*La Habanita*, Francesco". Disse Bovo ricorrendo al termine con cui i sudamericani di Genova si riferivano a quell'anonimo palazzone fascista degli anni settanta, riconvertito a *sancta sanctorum* dell'immigrazione latina in Liguria e, contemporaneamente, a covo di spie. Nessun genovese ci avrebbe mai messo piede.

"Avete pensato a cosa dirà il vecchio Che?" chiese Martone dubbioso. Dopo oltre vent'anni di governo e dissipato ormai ogni sospetto di responsabilità nella misteriosa scomparsa del predecessore Fidel Castro, l'anziano presidente cubano Ernesto Guevara de la Serna era ancora un'icona del socialismo mondiale. I capelli e la barba ormai candidi gli davano ora un aspetto più da santone che da rivoluzionario quale era stato. Tuttavia, era sempre molto ampia l'eco suscitata nei paesi in via di sviluppo dalle sue tirate anticapitalistiche. Il Che riusciva perfino a parlare al cuore dei paesi islamici, che salutavano in lui l'archetipo del ribelle. Lisciarlo contropelo poteva essere controproducente.

"L'ultima cosa che mi preoccupa è quel che ne penserà quel visionario in pensione", sibilò Libero Bovo. "Ringraziasse il cielo che gli americani lasciano che si rifornisca di farmaci contro l'asma sul mercato clandestino. Per quanto mi riguarda l'ipotesi di Bernardi mi va bene. E, Francesco?".

"Cosa?".

"Credo che noi due dovremmo esserci".

"Come?!?".

"La prima diretta confezionata dalla RadioTelevisione ci ha fatto un grave torto", riprese paziente il sindaco di Genova. "Adesso, però, avete la maniera di emendarvi. Non è vero, Bernardi?".

"Io... cioè noi... È Schiaffino che decide!".

"Schiaffino, Schiaffino... " tagliò Bovo con un gesto secco della mano. "Lo abbiamo scavalcato tante di quelle volte. Adesso ci sei tu, Bernardi, no? Facciamo questa diretta, la RadioTelevisione sul posto mentre le Forze Speciali genovesi fanno irruzione a *La Habanita*. Acchiappiamo i cattivi, e se c'è modo di toglierci di mezzo anche i cubani, beh, sarebbe ora! Non c'è genovese che non ne abbia abbastanza di quegli arroganti figli di puttana. Adesso è quasi mezzogiorno, Bernardi. Di quanto tempo hai bisogno?".

"Stasera per le venti andrebbe benissimo. *Prime-time*". Il giornalista aveva recuperato del tutto colore e confidenza.

"Così mi piaci, ragazzo. Farai strada, te lo prometto. Francesco?".

"Libero, io... bah, credo non ci sia rimasto molto altro. E se va bene ne usciremo alla grande. Allora è deciso. Ma prima diamo una svegliata a Berlino e a Roma. Facciamogli vedere che Genova è viva e vegeta!".

Diciassette

Al-Iskandarya, l'immensa, si stendeva sotto di loro come un ciclopico ragno dalle mille zampe. Durante la discesa, Bianca poteva vedere come quelle miriadi di lunghe sporgenze simili a tentacoli non fossero in realtà che propaggini urbanistiche estese su entrambe le rive degli infiniti rami in cui si suddivideva il delta del Nilo. Più a nord, verso la foce del Grande Fiume, poco prima che questo si immettesse con un ventaglio color sabbia nell'azzurro intenso del Mediterraneo, l'acqua faceva solo da sfondo a un rifulgere di luci. Il sole si rifletteva abbacinante sulle vetrate a specchio di quelli che si rivelarono poco a poco altissimi grattacieli o tozzi palazzi che si estendevano su interi isolati. Giganteschi ponti a sei o otto corsie attraversavano il Nilo in più punti. A ben osservare, la pianta della città identificava due direttrici principali, una trasversale Est-ovest, e un secondo ampio nastro, stavolta longitudinale, da sud a nord. Al centro delle due grandi arterie, l'enorme complesso a facciate interamente riflettenti, uno dei pochi manufatti che, Bianca lo sapeva, si riconoscevano dalla superficie lunare: la Grande Biblioteca.

"È impressionante, vero?" chiese Jamina sporgendosi verso il finestrino sul quale Bianca aveva attaccato il naso. I tre passeggeri del ricognitore si trovavano in un angusto vano ricavato proprio dietro la cabina del pilota. Una modifica e un carico che appesantivano notevolmente l'aereo, al punto che il volo era stato assai turbolento. "Come sapete", riprese Jamina "la biblioteca è stata completata quattro anni fa per salutare una nuova era per l'Islam: il suo confluire nella Causa. Ci sono voluti più di vent'anni per ultimare la Grande Biblioteca, e adesso è già diventata un simbolo... Guardatela: sorge proprio sulla rinata via del Soma, dove, secondo la tradizione, si elevava quella antica... e guardate ancora, poco più in là, quel viale a otto corsie, la Nuova via del Canopo...".

Gli occhi di Jamina brillavano d'orgoglio: era noto che la Nuova Alessandria d'Egitto era stata edificata facendo a pezzi quella vecchia, e con l'apporto entusiastico di abbondante manodopera dalla Libia e dalla Tunisia.

"E pensare che sono stati proprio gli arabi a distruggere la Grande Biblioteca...".

Il tono volutamente sferzante di Marco diede a Jamina la sgradevole impressione che l'uomo avesse letto almeno una parte dei suoi pensieri.

"Vedo che ti piace la storia..." ringhiò la donna gratificando Marco di uno sguardo gelido. "Ti ricordi anche cosa scrisse il Califfo Omar all'emiro Amr ibn al-As, il conquistatore di al-Iskandarya?".

"...Se il contenuto dei libri si accorda con il libro di Allah, noi possiamo farne a meno, dal momento che il libro di Allah è più che sufficiente..." citò Marco a memoria.

"...Se invece contengono qualcosa di difforme, non c'è alcun bisogno di conservarli. Procedi e distruggili" completò per lui Jamina.

"Esatto. Quello che non capisco è allora perché ricostruire la Grande Biblioteca", disse Marco, sorreggendosi al piccolo sedile dopo l'ennesimo scossone. "Ciò significa dunque che vi siete pentiti di averla data alle fiamme?".

Di nuovo, un lampo oscuro negli occhi di Jamina. "Stai cominciando a stancarmi, uomo, con queste interpretazioni a senso unico. Ad ogni modo, ciò che il Califfo Omar ordinò non fu che l'applicazione della saggezza dello stesso Profeta. E tuttavia nella storia la fede segue percorsi talvolta eccentrici. Il rogo della Grande Biblioteca pagana ha permesso alla corrotta Alessandria di diventare al-Iskandarya, la città che oggi porta ancora il nome del suo fondatore e nel suo centro ospita la casa del sapere dell'intero Islam. Il sapere dell'intera Causa! Oggi non ci sarebbe la Causa senza la Grande Biblioteca, così come non sarebbe ipotizzabile il contrario".

"Una Causa tecnologica, la vostra", interloquì ancora Marco. "È vero che nella Biblioteca custodite anche le banche dati informatiche del vostro Paese? E che sempre lì addestrate addirittura veri e propri eserciti di *hacker*?".

Jamina sorrise. "Ho detto che la fede nella storia segue percorsi eccentrici. Alle volte alcuni di essi possono apparire...bizzarri? Fu detto, un tempo, che l'informatica era una scienza decadente. Appariva ai fedeli priva di spirito, di anima". Il sorriso della commissaria si allargò. "Poi abbiamo cominciato a considerarla non più come una scienza, ma come un veicolo. Un veicolo da imparare a guidare seguendo delle regole. Così l'informatica si è rivelata un fantastico vettore per la propaganda e, sì, anche per l'offensiva".

"Dunque tutto parte da... al-Iskandarya", esclamò Bianca.

"Non proprio", rispose Jamina. "In realtà quelli che voi chiamate *hacker* e che noi preferiamo invece definire Combattenti Tecnologici non sono che comuni cittadini della Nuova Mezzaluna".

"Aspetta, allora vuoi dire che...".

"Giovane donna", scandì Jamina sorridendo, "credi davvero che la Nuova Mezzaluna sia così ingenua da concentrare i propri combattenti più strategici in un solo luogo? Lavorano da casa, ovviamente, con adeguato accesso a tutte le tecnologie necessarie".

"Ecco perché è così difficile localizzare i loro attacchi!" esclamò Marco.

"Dai, papà. Non dire scemenze. Lavorano da casa per non essere un bersaglio fisico, no?" Bianca rivolse a Jamina uno sguardo carico di interesse.

"Ah, ah". Sospirò la libica. "Basta con questi discorsi prosaici. Guardate, invece! Sotto di voi si stende la grande città. Il vero cuore di *Misr*!".

"È la parola araba per Egitto, vero?" chiese Bianca.

"Vuol dire 'Paese' ed anche 'Egitto', è vero", disse Jamina. "Oggi, tuttavia, significa qualcosa in più. È un segno di appartenenza e di casa. Qualsiasi arabo è a casa a *Misr*. Ma per qualunque fedele alla Causa, casa significa qualcosa di molto più grande. Oggi, tutta la terra che va da Casablanca a Baghdad a Istanbul. Più grande del bacino del Mediterraneo. Ma è certo che la Grande Biblioteca è, in un certo senso, ancora più *Misr* di tutto il resto. Ma aspettate. Ora atterreremo sul tetto".

Approfittando di una stretta virata, Bianca si sporse e, oltre l'oblò del finestrino, vide un'ampia piattaforma al termine di una pista lunga e stretta. Oltre allo spazio per far atterrare almeno un paio di aerei militari alla volta, sul tetto della Grande Biblioteca vi erano anche due radar in movimento e una postazione antimissilistica. L'intero complesso doveva estendersi su un'area di svariati ettari. La meraviglia dell'antichità era stata resuscitata in dimensioni ciclopiche.

"Papà, ho l'impressione che questo posto sia qualcosa di più che il *sancta sanctorum* della loro cultura...".

"Direi, Bianca che assomiglia di più a una specie di... Pentagono mediorientale..." mormorò Marco guardando le monumentali scritte in arabo che decoravano come giganteschi *stencil* la cornice superiore dell'edificio. Accanto ad esse, altri caratteri, altrettanto enormi, in una lingua sconosciuta.

"Che lingua è quella lì?" Chiese Bianca a Jamina, urlando per sovrastare il rombo dei motori in fase di atterraggio.

"Sono ideogrammi minoici antichi", rispose la commissaria, orgogliosa.

"Cosa c'è scritto?".

"Narrano della *taurokatharpsia* cretese. Della donna che si libra sulle corna del toro per spiccare il volo! "Tenetevi forte, adesso!" Gridò Jamina mentre i motori del Lockheed U2 R modificato scendevano di giri. "L'atterraggio quassù non è dei più facili. Ma i nostri piloti sono i migliori del mondo!".

A Bianca sembrò che il ricognitore puntasse dritto verso la piazzola al termine della pista, un esile nastro la cui lunghezza sembrava irrisoria rispetto alla velocità con cui stavano scendendo. Il muso del velivolo si abbassò di colpo, e in un'unica manovra il pilota tirò in fuori i *flap* e fece scendere il carrello. L'aereo si abbassò di svariate centinaia di metri in quelli che apparvero pochi secondi, virò una sola volta all'altezza della cupola della Biblioteca, poi scese deciso. *Morirò qui. Ne sono sicuro*, pensò Marco mentre il cuore galoppava e lo stomaco si faceva largo attraverso la galleria riarsa della sua gola. Poi, improvvisa com'era arrivata, l'intollerabile pressione contro lo schienale del piccolo sedile svanì. L'aereo si era fermato, proprio nel centro della ridotta piazzola in cima al blocco orientale della Grande Biblioteca.

Diciotto

A *La Habanita* i guai erano cominciati poco prima del tramonto. L'intero isolato all'interno del quale sorgeva il cubo bianco e azzurro del Centro Culturale Latinoamericano di Genova-San Pier d'Arena, era stato chiuso da volanti della polizia e della Gendarmeria Militare della Repubblica Democratica. Uniformi azzurre e grigio scuro pattugliavano le strade che delimitavano un grossolano rettangolo orientato a sud-ovest. Agli incroci si erano raggruppati capannelli furibondi di sudamericani e genovesi che volevano uscire dall'area transennata. Poliziotti e gendarmi, dal canto loro, si limitavano a tirare su gli scudi e a opporre il plexiglas alla carne di chi spingeva. Sullo sfondo, la grande pittura murale che raffigurava un Che Guevara degli anni giovanili, la chioma scura al vento e il basco con la stella rossa. *Seguiremos adelante*, stava scritto a monumentali caratteri rossi, bianchi e blu, i colori della bandiera cubana. Discretamente, intanto, nuove camionette militari si avvicinavano, portando stavolta a bordo reparti scelti di incursori del Battaglione San Giorgio, gli stessi *marò* che, in seguito all'aumentata tensione con il vicino italiano a sud, avevano sanguinosamente occupato Pisa, Empoli e Pontedera.

Dall'alto della terrazza della vicina delegazione comunale di San Pier d'Arena il sindaco Libero Bovo osservava la scena con un binocolo. "Mi chiedo se stiamo facendo davvero la cosa giusta", mormorò.

"Questa è tutta farina del tuo sacco, Libero, quindi vedi di risparmiarmi le tue incertezze!" replicò secco il presidente Martone.

"Ma sì, ma sì", disse Bovo facendo un cenno esasperato con la mano. "Adesso, guarda lì: stanno arrivando i mezzi della RadioTelevisione..."

Il presidente strappò il binocolo al sindaco. In un'ampia piazzola miracolosamente vuota che sembrava, e in effetti era, appositamente ricavata davanti all'ingresso principale di *La Habanita*, proprio in prima fila rispetto alla parte più massiccia dello schieramento militare, stava infatti parcheggiando un grosso furgone con un'antenna parabolica disposta sul tetto. In pochi secondi, un nugolo di tecnici sciamò fuori dal mezzo, e di fronte agli impassibili soldati cominciò a tirare cavi e a effettuare prove tecniche. Dopo qualche minuto un altro furgone si fermò accanto, e da esso scese una sagoma allampanata.

"È Bernardi" disse Martone. "Mi sa che le danze stanno per cominciare. Romani, per favore, accenda la televisione"

Valerio Fortunato era arrivato da pochi minuti a San Pier d'Arena dopo essere stato avventurosamente sbarcato da un treno italiano a Sarzana. Con lo stomaco che implorava il primo pasto caldo da giorni, si avvicinò al piccolo apparecchio a colori sistemato in un angolo buio e lo accese.

"... risolvere questioni di ordine pubblico..." diceva concitato un conduttore dallo studio centrale della RadioTelevisione. Valerio non poté fare a meno di notare l'eccitazione del giornalista. Stava per succedere qualcosa. "Ma ora dovremmo essere in grado di collegarci con la cosiddetta *Habanita* di San Pier d'Arena" riprese il mezzobusto in video, mentre l'inquadratura cambiava e alla sua destra si apriva un riquadro più piccolo, con al centro il faccione, apparentemente soddisfatto, di Alberto Bernardi.

"Sì è così, grazie a voi da studio centrale", attaccò Bernardi mentre il riquadro, come una curiosa macchia d'olio di forma rettangolare, si allargava all'intero teleschermo. I particolari si facevano netti: i militari, la folla, il murale con Che Guevara. "Proprio pochi minuti fa", riprese Bernardi "abbiamo avuto notizia di un imponente operazione di polizia in questo complesso, che da anni ospita il Centro Culturale Latinoamericano. Indiscrezioni molto attendibili mettono in relazione questo luogo e chi lo occupa con i recentissimi attacchi informatici che hanno messo in ginocchio i *server* della pubblica amministrazione e dei giornali, compresa... la RadioTelevisione".

Bernardi fece una pausa a effetto, poi riprese, guardando fissa la telecamera. "Per parlare con parole semplici, questo centro potrebbe ospitare ancora adesso uno o più pirati informatici, pericolosi criminali interessati a far montare ancora di più la tensione fra la Repubblica Democratica e i paesi confinanti. Ma vediamo che qualcosa si sta muovendo nella piazza dietro di noi... Marco, seguimi!" disse quindi il giornalista rivolto all'operatore.

L'inquadratura sul teleschermo cominciò a farsi ballerina, mentre l'operatore correva dietro alla sagoma di Bernardi, curiosamente simile a quella di un uccello trampoliere, i lunghi arti che si muovevano veloci e scomposti. Fortunato, Martone e Bovo fissavano la scena che prendeva corpo davanti ai loro occhi. Il capannello di contestatori genovesi e latinoamericani si era trasformato in una massa inviperita, sopra la quale, a un certo punto, si materializzò una sedia. Passata di mano in mano, fu infine abbattuta sopra il casco di un gendarme che non era stato abbastanza lesto a levare lo scudo in plexiglas rinforzato. L'agente crollò a terra stordito, e i contestatori si riversarono, spingendo, attraverso la falla prodottasi nel cordone delle forze dell'ordine.

"... I... lievi disordini che hanno... avevano caratterizzato l'inizio di questa op... operazione", ansimò Bernardi al microfono mentre cercava a un tempo di scansare la mischia e di fare spazio per le riprese "si stanno trasformando sotto i nostri occhi in un'autentica mischia... Fra i contestatori sono spuntati bastoni e spranghe... Ma ecco... Ecco la carica della polizia!".

Bernardi fu costretto a farsi bruscamente da parte. La telecamera inquadrò primissimi piani di scarponi e tute antisommossa, movimenti frenetici, scie nerastre di lacrimogeni, grida.

E la strada si era già trasformata in un ricettacolo polveroso di detriti. L'attacco di poliziotti e gendarmi lasciò sull'asfalto una ventina di contusi. Il sangue sui volti brillava vivido alla luce delle fotoelettriche. La telecamera, finalmente stabile, indugiò sulle facce. I contestatori fecero infine dietro-front, disperdendosi nei vicoli oltre *La Habanita*, mentre Bernardi si fermava, sudato e ansante.

"La... tensione per qualche minuto è stata fortissima, i ... manifestanti hanno tirato pietre e... oggetti come questo". Bernardi, il costoso abito ormai rovinato dalla polvere e da un vistoso strappo sui pantaloni, levò davanti alla telecamera una biglia d'acciaio, evidentemente scagliata con una fionda. Poi, improvvisamente, si udì uno schianto impressionante. Bernardi si abbassò d'istinto, l'operatore fece oscillare paurosamente la telecamera, che per qualche istante inquadrò l'asfalto. Poi, però, l'immagine si raddrizzò. Sul teleschermo davanti a Valerio comparve prima l'angolo di un muro di colore chiaro, probabilmente la facciata del Centro Culturale Latinoamericano, e quindi, oltre il riparo, una scena da guerra civile.

Un'intera compagnia di *marò* stava aspettando davanti a uno squarcio praticato nel muro di cinta laterale. Di quinta si intravedeva un enorme autoblindo dal paraurti deformato fare marcia indietro per poi lanciarsi, di nuovo, verso la breccia. Un nuovo, poderoso schianto, e il mezzo entrò per tre quarti all'interno del palazzo. Le gomme posteriori stridettero, fecero infine presa, e dopo il crollo di un'intera sezione del muro, l'autoblindo fu dentro. *Per San Giorgio!* salì immediato il grido, dopodiché i *marò* sciamarono a loro volta all'interno.

L'immagine si spostò verso il mezzobusto di Bernardi, il volto stravolto. "Abbiamo assistito in assoluta diretta", disse enfatico il giornalista "all'inizio dell'operazione vera e propria... Ma guardate con noi, lassù, c'è del fumo al primo piano!" Bernardi indicò una vera e propria nube, spessa e di colore nerastro, che si sprigionava vivace da una finestra. All'improvviso nel vano comparve una figura dai capelli lunghi, forse una donna, con una maglietta rossa. Il tempo per agitare le braccia, poi comparve un altro braccio, stavolta rivestito di stoffa nera. Un incursore del San Giorgio. Una mano robusta fece presa salda e tirò. Entrambe le figure scomparvero, e come se fosse stato dato un segnale, da quella finestra, come dalle altre rimaste aperte, cominciarono a uscire suoni di grida e tonfi di oggetti spezzati e ridotti in frantumi.

"Non... non sappiamo cosa stia succedendo lì dentro", disse cauto Bernardi. "Probabilmente le forze dell'ordine stanno trovando un'accanita resistenza, e...".

Dalla sua terrazza sicura, Valerio ebbe appena il tempo di riflettere sull'impropriètà di Bernardi, chiamare forze dell'ordine i soldati super specializzati del Battaglione San Giorgio. Poi, i fragori e il clamore si smorzarono, e infine cessarono di colpo. Sull'intera piazza prospiciente *La Habanita* cadde il più totale silenzio. La telecamera al seguito di Bernardi indugiò per qualche attimo sulle finestre, da cui continuava a uscire un denso e oleoso fumo nero, poi si spostò verso i primi suoni che si udirono, il cicaleccio delle radiotrasmittenti della polizia.

Poi si videro alcuni funzionari di pubblica sicurezza farsi avanti, e fare cenno a una colonna di cellulari, che si disposero lungo il muro poco prima squarciato. Bernardi avanzò ancora, fermandosi a pochi metri dalla breccia. L'operatore riuscì a inquadrare l'apertura proprio mentre da essa, scortati da *marò* con espressioni indecifrabili, cominciarono a uscire, le mani sulla testa, i volti pesti e sanguinanti, i primi giovani trovati dentro il Centro Culturale Latinoamericano. Nonostante i tratti sfigurati dalle botte, le immagini evidenziarono immediatamente che non si trattava solo di sudamericani.

"...È... è un succedersi ininterrotto di giovani fermati, quasi tutti più o meno contusi", riprese Bernardi cercando di pesare le parole. A un certo punto, portata da due *marò* con la croce rossa al braccio, passò anche una barella con sopra una ragazza con la maglietta rossa. La stessa che si era affacciata prima dalla finestra. Il sangue le imbrattava tutto un lato della testa, e le incrostava i capelli biondi in una sorta di calotta. La giovane era cosciente, e si teneva una borsa del ghiaccio sul volto. Bernardi fu lesto a metterle il microfono sotto il naso, e ingaggiò una muta lotta contro il *marò* che voleva allontanarlo.

"...Jeez... they hit us like ... adibals..." soffiò la ragazza attraverso il naso rotto.

"Come?... Vi hanno picchiato come animali?" ripeté Bernardi, mentre la telecamera zoomava sulle efelidi della giovane donna. Se uno non avesse sentito le parole, il solo volto non lasciava dubbi quanto alla nazionalità. Poi la barella si allontanò. Bernardi si girò di nuovo verso la breccia, appena in tempo per vedere uscire, mani sulla testa e un filo di sangue che correva giù dal naso, un uomo alto e dai capelli sale e pepe.

"Chi è lei?" chiese quindi al fermato.

"Sono Desmond Whitley, ambasciatore degli Stati Uniti a Genova", disse l'uomo in italiano mostrando alla telecamera i documenti con il simbolo dell'aquila americana, "e sopra quella barella c'è mia figlia. È stato un vergognoso attacco a una struttura culturale di un Paese straniero". La voce si incrinò appena, ma l'eloquio rimase proprio e corretto. "All'interno c'era anche del personale americano intento a un'indagine autorizzata dal governo dell'Avana. I vostri soldati hanno agito esattamente come è accaduto a Pisa, e cioè come dei barbari".

"Oh. Mio. Dio", disse Libero Bovo scandendo ogni singola parola.

"E adesso?" fiottò Martone.

"Adesso siamo nei guai veri..." chiosò Valerio alzando il volume del piccolo televisore.

"Andiamo là sotto e diciamo qualcosa, perdio!" sibilò il sindaco di Genova, prendendo il presidente per un braccio. "Romani, venga anche lei. Subito. Dobbiamo evitare ogni nuovo pasticcio, o la politica estera della Repubblica Democratica ne uscirà distrutta! Vorranno tutti la nostra pelle, e anche la sua!" Dall'altoparlante del televisore arrivava intanto, la voce eccitata di Bernardi.

"Ambasciatore! Si è certamente trattato di un equivoco!".

"È mio dovere dire ai telespettatori italiani", riprese Whitley, "che ho conferito due minuti fa con il presidente degli Stati Uniti d'America e ne sono stato richiamato per urgenti consultazioni. Per domattina alle dieci, ora di New York, è prevista inoltre la convocazione, su iniziativa del governo cubano, del Consiglio di Sicurezza della Società delle Nazioni". Il tono dell'ambasciatore si fece accusatorio. "I militari della Repubblica Democratica hanno agito con violenza e senza alcuna considerazione al fatto che all'interno dello stabile vi erano cittadini americani che hanno spontaneamente reso le proprie generalità al momento dell'irruzione..." Whitley si deterse il sangue rappreso sotto il naso con un candido fazzoletto dalle cifre D.W., poi se lo passò sulla fronte e, gli occhi dilatati, riprese a parlare nella telecamera.

"Ciò nonostante, siamo stati picchiati tutti, senza alcuna distinzione. Dal punto di vista personale", disse in un italiano perfetto e appena accentato, "ritengo inoltre opportuno dire che riterrò il governo di Genova responsabile per tutto quanto è accaduto finora a me e soprattutto a mia figlia Sarah. E di ogni cosa che accadrà successivamente. E ora, se vuole scusarmi..." Whitley spinse da parte Bernardi e si incamminò insieme agli altri fermati. In quel momento sulla piazza arrivarono anche Bovo, Martone e Fortunato. L'ambasciatore americano fissò per lunghi istanti il terzetto, poi scosse il capo ed entrò in uno dei cellulari.

"Ma chi cazzo è che comanda questa operazione?" gridò Libero Bovo. "Qui ci sono il Presidente della Repubblica Democratica e il sindaco di Genova! Chi comanda qui?".

Un alto ufficiale dei *marò*, una greca e una stella sulle spalline della mimetica nera, si fece avanti scrutando con sospetto i due politici. "Sono il generale di brigata Mario Torrisi".

"Generale, che succede qui?" fiottò Martone, esausto. A Bovo non sfuggì che Torrisi non aveva salutato militarmente nessuno dei due.

"Succede che siamo in guerra. I tedeschi hanno varcato l'Appennino alla Futa e gli italiani hanno oltrepassato la linea dell'Arno. Combattimenti sono in corso intorno a Prato e stiamo cercando di rinforzare le nostre difese intorno a Pistoia. Il rischio maggiore è che le due forze d'invasione si fondano tra loro, anche se finora sembra che agiscano autonomamente. Ah, e il governo ha dichiarato la legge marziale. L'operazione a *La Habanita* è passata al livello di classificazione più alto".

"Legge marziale? Il governo non ha ordinato niente del genere!" protestò Martone. "Esigo spiegazioni!".

O mio Dio, pensò Fortunato. Un vecchio fantasma si stava di nuovo materializzando. Anche Bovo doveva averlo visto, perché il suo volto stava diventando sempre più pallido.

"Spiegazioni?" sogghignò il generale Torrisi. "È presto detto. Il governo ha ordinato al San Giorgio di arrestare tutte le sospette spie e di tradurle in luogo sicuro. Per ora, lo Stadio dei Lavoratori, a Trasta".

Il nuovo impianto sportivo in periferia. Appartato e discreto. Un altro brivido percorse la schiena di Fortunato.

"Perché noi non siamo stati informati?" chiese Bovo, già sapendo la risposta.

"Perché il governo vi ha appena destituito entrambi. E ora, se volete favorire di accompagnarmi senza protestare, posso evitarvi l'incomodo delle manette…".

Diciannove

I lunghi e ormai radi capelli bianchi dell'uomo in televisione ondeggiavano alla calda brezza del Tropico. Ernesto Guevara de la Serna, l'ex guerrigliero argentino, da trentotto anni presidente della Repubblica Cubana, parlava con fervore al suo uditorio. Migliaia e migliaia di persone, quasi tutte fasciate da uniformi color verde oliva, erano raccolte nel grandioso auditorium dalle linee futuristiche realizzato qualche anno prima all'Avana dal genovese Renzo Piano. Il vecchio guerrigliero alzava e riabbatteva il pugno destro sul piano del podio di fronte a sé. *Agresión fascista*: il termine era ormai ricorso più di quindici volte, e il vecchio Che parlava da appena venti minuti.

Quale sublime ironia! Pensò Ettore Varchi guardando la televisione. Il vecchio fascista era semidisteso in un comodo divano di pelle. Attraverso le pareti e le vetrate insonorizzate dell'attico che occupava nei pressi delle Grazie, aveva appena potuto avvertire, la sera prima, le sirene delle autoblindo dirette verso il ponente genovese. Adesso, a dodici ore dai fatti de *La Habanita*, la reazione cubana si era scatenata. Vedere il simbolo di tutti i rivoluzionari inveire contro la Repubblica Democratica di Genova, e proprio dentro il tempio costruito dal Vate dell'architettura comunista! Ettore Varchi elevò una silenziosa preghiera a chi lo aveva fatto sopravvivere abbastanza per godersi lo spettacolo e alzò il volume.

L'immagine era incorniciata da due bandoni con il logo della americana INN, il network che irradiava in diretta il discorso di Guevara. Sullo sfondo arancio, in basso, la scritta *Crisis in Italy: Live from La Habana.* Era la prima volta in decenni che gli

Stati Uniti davano spazio a Cuba e al suo leader. Sulle guance del vecchio Che si erano accese due chiazze color porpora, che contrastavano con l'incarnato cereo. Più volte si era dovuto interrompere a causa di un attacco di tosse asmatica: l'ultimo era sembrato soffocarlo. Nella testa di Varchi, reduce da un lustro di clandestinità guerrigliera in Colombia, lo spagnolo del Che si traduceva con facilità in un italiano chiarissimo.

"...Una provocazione inqualificabile, compagne e compagni. Una *coff* vergognosa aggressione che scopre finalmente la maschera della sedicente Repubblica Democratica. Lo avevamo ben detto *coff* quando il valoroso compagno Antonio Murgita è scomparso e poco dopo l'Unione Sovietica è crollata. Dalle ceneri del socialismo è nata una mala pianta mafiosa. Come scrisse tanto tempo fa il grande Bertolt Brecht, il capitalismo acceca le menti e corrompe le coscienze ricorrendo a un pugno di denaro. E quel governo dei lavoratori, dei contadini, degli operai...". Guevara si interruppe tossendo ancora. Si girò, chinandosi e dando le spalle al suo pubblico. Quest'ultimo si levò in piedi in un'ovazione, che fu prontamente ripresa dalle telecamere, mentre il presidente si riprendeva dal suo attacco. Lentamente, riprese il suo posto e richiamò l'attenzione alzando un palmo.

"...Quel governo", disse con voce tremolante Guevara "è ora diventato un regime fascista, e come tale ci aggredisce!".

"Ma che spasso! Ma che celestiale spasso!" esclamò Ettore Varchi battendosi le grosse mani callose sulle gambe e scoppiando a ridere. "La Repubblica Democratica un regime fascista!" Si deterse le lacrime che gli erano sgorgate e si sistemò ancora più comodo davanti al grande schermo al plasma. Le labbra di Guevara tremavano, non si capiva se per emozione o senilità.

"I gravissimi fatti accaduti al Centro Culturale Latinoamericano di Genova", disse Guevara con voce grave "hanno inoltre provocato un evento storico, che qui intendo rimarcare insieme a tutte le sue conseguenze. Il governo degli Stati Uniti d'America ha rimosso il pluridecennale embargo ingiustamente imposto alla Repubblica Cubana. Gli americani hanno sperimentato la brutalità fascista sulla loro stessa pelle. Le relazioni diplomatiche tra Genova e Washington sono state sospese. E io posso anticipare che gli Stati Uniti intendono proporci a breve un accordo commerciale!".

L'applauso stavolta fu di proporzioni titaniche. In più di ventimila si alzarono in piedi, acclamando Ernesto Guevara a scena aperta. Volti emozionati, di vecchi reduci della rivoluzione del '59, le giacche borghesi ornate di vistose medaglie, volti di gente di mezza età, *travet* dell'amministrazione comunista, facce di ragazzi e ragazze delle tante associazioni giovanili, ciascuno con la sua uniforme.

Per loro finisce un incubo, pensò Ettore Varchi, reprimendo a stento un moto di partecipazione emotiva. Si controllò subito. *Non è proprio il caso di commuoversi per quei pezzenti rossi di merda. Anzi*, pensò, *la situazione è davvero esilarante*. Rise, di nuovo, tra sé. *Quegli scemi di genovesi sono riusciti a far quadrare un cerchio impossibile, rompere definitivamente con Cuba e farla passare dalla parte degli Stati Uniti.* Adesso la Repubblica Democratica è davvero sola...

"Che le forze della reazione tengano a mente!" Esclamò nel frattempo il Che Guevara. "I popoli americani si stanno ridestando. Nord e Sud del mondo si sono ritrovati uniti contro la brutalità fascista. E ho notizia che il governo di Genova deve già fronteggiare sul campo lo sdegno delle nazioni più vicine...".

Adesso si abbandona alla retorica, pensò sorridendo Ettore Varchi, godendosi lo spettacolo dell'eloquio di Guevara. *Ha imparato parecchio da Fidel... Chi l'avrebbe mai detto?*

"Vi prometto dunque questo, compagni..." la voce del Che si alzò insieme al suo pugno sinistro, in un'icona vecchia più di trent'anni. "Non tollereremo più che si torca un solo capello a un fratello cubano o latinoamericano all'estero. Il nostro governo può adesso, concretamente, adoperarsi, per difendere i propri cittadini, ovunque si trovino. *Qué viva Cuba, Qué viva el socialismo!*".

Ettore Varchi aveva appena cominciato a fischiettare allegramente tra sé l'*Internazionale*, quando l'immagine del Che e i due bandoni con su scritto *Crisis in Italy: Live from La Habana* scomparvero, lasciando spazio a un azzimato conduttore della INN. Varchi aveva meno dimestichezza con l'inglese che con lo spagnolo, ma riconobbe subito, in un riquadro che apparve alla sinistra del giornalista, il podio personalizzato del presidente degli Stati Uniti. John Kennedy jr aveva dunque atteso che il vecchio Guevara finisse di parlare per rivolgersi a sua volta agli Americani. *E al resto del mondo,* pensò Varchi girando canale. Osservò come anche la RadioTelevisione genovese, che aveva ignorato il Che, si stava invece preparando a seguire in diretta e con traduzione simultanea il figlio del Beloved President. E chi poteva dimenticarlo, il beneamato presidente John Kennedy senior, eccezionalmente alla Casa Bianca per tre mandati, dal 1961 al 1972? Varchi sorrise ancora fra sé, stavolta più tirato. Si mise comodo a guardare la televisione. Le telecamere riprendevano il fuoco di fila dei flash sul volto aperto e affabile del quarantenne bruno che, con gesto atletico, salì sul podio. Insediato da pochi mesi, il ragazzo dimostrava già il mestiere di famiglia. Kennedy afferrò il leggio con entrambe le mani. Poi calò il silenzio.

"Signore e signori, amici della stampa, americani...".

Sorride, notò Ettore Varchi. *Il giovanotto è intelligente, qui gatta ci cova...*

"Sono tempi difficili, questi, per l'ottimismo, ma vedete... l'esperienza di mio padre mi ha insegnato a guardare il bicchiere mezzo pieno..."

E questo termine da dove l'hanno tirato fuori? si meravigliò Varchi. Poi, dalla fluidità della traduzione, comprese che il discorso doveva essere già stato distribuito alla stampa sotto embargo. Chi lo leggeva in italiano era dunque già preparato.

"Dunque, i tempi difficili", riprese enfatico il traduttore di John Kennedy jr, sovrapponendosi quasi esattamente al labiale del presidente. "La crisi, a Genova e in Italia. Le violenze, inqualificabili e brutali, contro cittadini americani, affratellati nel sopruso a cittadini cubani e latinoamericani. Un governo che nega i diritti civili e diventa così regime... Le cose cambiano col tempo, e da un episodio si può capire come possa cambiare un'intera politica..." Kennedy strinse la presa sul leggio. I giornalisti accreditati lo guardavano febbrili. "Di qui la nostra decisione di riaprire i canali diplomatici con Cuba. Fu proprio mio padre a chiuderli, ricordate? E con la stessa convinzione io ora vi dico: basta con l'embargo. Stati Uniti, Centroamerica e il Cono Sud siano un vero mercato unico e solidale. E quanto alla crisi in Italia..." Una pausa. Ettore Varchi fissò l'espressione di Kennedy. Occhi fermi e fiduciosi. "Abbiamo garantito appoggio logistico e militare alle forze armate tedesche nel Protettorato dell'Italia del Nord. Attualmente due divisioni di *marine* degli Stati Uniti si stanno trasferendo da Norfolk verso gli scali militari di Aviano e Vicenza. Un corridoio di sicurezza dovrà essere garantito fino ad Hardenfeld, per permettere di soccorrere i militari germanici assediati. Se il governo di Genova lo consentirà, allora le truppe americane e tedesche rimarranno attestate sulle posizioni finora tenute dalla *Deutscheswehr*. Ogni dissidio tra Repubblica Democratica e Repubblica Italiana sarà considerato fatto interno ai due rispettivi governi. Ogni sconfinamento a nord-est della linea dell'Arno sarà tuttavia considerato un atto di guerra contro gli Stati Uniti d'America. È tutto".

Un boato si levò dalla sala stampa, mani alzate a chiedere di fare domande e di approfondire. Con un affabile sorriso e un breve cenno di saluto, John Kennedy jr abbandonò il podio e a grandi passi imboccò un'uscita laterale.

Ecco fatto, pensò Ettore Varchi allungandosi sul divano. *Esattamente come era stato previsto. Adesso l'Italia è tornata al centro dell'attenzione mondiale. Ma il futuro è una lama di rasoio sulla quale procediamo, un passo di piuma dopo l'altro. Possa la nostra Fede sorreggerci fino in fondo...*

Venti

Bianca e Marco ebbero appena il tempo di rabbrividire al vento che spazzava la terrazza della Grande Biblioteca di Alessandria per essere subito affidati alle cure di uno sciatto plotone di soldati egiziani, che si mise stancamente agli ordini di una furibonda Jamina.

Certe cose non cambieranno mai, osservò Marco tra sé. Una porta dai battenti a stantuffo si aprì poco oltre la piazzola di atterraggio e, quando si richiuse alle loro spalle, li isolò completamente dal frastuono dei motori dell'aereo che si andavano pian piano spegnendo. Poi, cominciò la ridda di corridoi e ascensori, soffitti, pavimenti e pareti dello stesso monotono colore argenteo. Una strana sostanza, pensò Marco passando una mano sulla superficie riflettente. All'aspetto si presentava come metallo, ma era parzialmente cedevole al tatto.

"Metalloide con memoria di forma", disse con orgoglio Jamina. "Da oltre vent'anni studiamo la struttura del corpo dei delfini per applicazioni militari. Prima abbiamo cominciato con le leghe a base di rame, erano le più economiche, quindi con quelle di nichel e titanio, che utilizziamo per la nostra aviazione. Resistono a stress incredibili. Poi, studiando più da vicino delfini e squali, mettendo a frutto le ricerche genetiche dei nostri fratelli iraniani… e sì, lo devo ammettere, soprattutto quelle sulle cellule staminali degli infedeli ebrei, siamo arrivati a combinare metalloidi e tessuti viventi". Jamina sorrise. "Il risultato è quanto si trova intorno a voi... La sostanza ideale, durissima e a un tempo duttile, l'ideale per costruire grandi edifici che resistano ai terremoti… o ai bombardamenti. Come la Grande Biblioteca...

E la ricerca è in continua evoluzione. Qualche anno e avremo il soldato perfetto, il corpo invulnerabile a quasi tutte le armi convenzionali!".

"La fantascienza mi piace leggerla sui libri", disse Bianca passando a sua volta la mano sulla strana superficie, mentre il plotone continuava a scortarli per quei bizzarri corridoi. "ma ho qualche difficoltà a vederla applicata nel mondo reale..."

"Chi può saperlo?" rispose sorridendo Jamina. "Leghe nuove, sperimentali, clonazione... Lasciate libera la vostra immaginazione. Ma ora rilassatevi e godetevi le meraviglie della Grande Biblioteca".

A un certo punto l'interminabile teoria di corridoi argentati si aprì in una sorta di piazzale. Difficile in realtà definirlo tale, perché aveva dimensioni immense. Marco guardò verso l'alto e vide la titanica cupola che avevano ammirato prima dall'aereo. Si trovavano dunque proprio nel centro del complesso della Grande Biblioteca. *E non abbiamo visto ancora nemmeno un libro,* pensò, mentre Jamina lo gratificava di un'altra occhiata cupa.

"Cosa c'è adesso?" chiese la donna.

"Mi chiedo dove siano i libri in questa biblioteca".

"Tutto ciò che c'è da sapere è ben custodito. E questa è più che una biblioteca. Seguitemi!".

Marciarono ancora in linea retta, il naso all'insù, meravigliandosi della foschia che si scorgeva vicino all'attaccatura della cupola e che più in alto formava delle piccole nubi, intente a turbinare pigre intorno al fuoco centrale.

"C'è addirittura un microclima qui dentro..." disse Bianca a bassa voce, gli occhi incollati al piccolo miracolo. "Sono nuvole vere o artificiali?".

"Sono vere", tagliò Jamina. Con un brusco cenno della mano diresse il piccolo corteo verso una sorta di cubo che sorgeva in mezzo all'enorme piazzale. "Siamo proprio nel centro dell'agorà", disse infine, indicando un'altra soglia, stavolta ampia come una porta monumentale di una grande città di epoca classica. Le linee essenziali dell'architettura accentuavano l'impressione di trovarsi all'interno di un sito archeologico, o di una megalopoli perduta, ma perfettamente conservata. Di nuovo il risucchio soffocato di stantuffi, i grandi battenti svanirono all'interno dei cardini, rivelando un interno di arredo ancora più essenziale. L'ambiente rifulgeva di una solare luce gialla, anche se non si capiva quali fossero le fonti di illuminazione. Una lunga passatoia di colore rosso, realizzata in una sostanza che sembrava velluto ma che al tatto mostrava una consistenza simile al tartan delle piste sportive, conduceva dritta fino a un alto podio che dominava un anfiteatro. Sulla parete dietro il podio, al centro, un paio di grandi ali spiegate a racchiudere un circolo.

"Il disco solare alato?" si meravigliò Marco. "Ma non è il simbolo del dio egizio Amon?".

"Se è per questo, raffigura anche la divinità babilonese Ahura-Mazda", aggiunse meccanicamente Bianca, gli occhi rapiti dalle dimensioni e dall'armonia dell'intera struttura. "Ma non capisco cosa c'entri questa iconografia con l'Islam...".

"Dovete smettere di confondere il contenuto con il veicolo", ammonì Jamina. "Quello è un simbolo molto antico. Come questo qui", aggiunse prendendo tra le dita un ciondolo che portava al collo e mostrandolo a Bianca.

"Una donna che tiene un serpente in ciascuna mano?" chiese stupita la ragazza.

"È la Dea", ribatté solennemente Jamina. Poi fece un passo avanti, abbassò un ginocchio a terra e levò in alto entrambe le mani, con le palme rivolte indietro. I soldati egiziani, dal canto loro, deposero le armi e si prostrarono a terra, toccando il pavimento con le fronti in una inquietante parodia pagana della preghiera verso la Mecca. Jamina incrociò quindi le braccia sul petto e chinò più volte il capo, mormorando una litania musicale in una lingua che non era arabo. Poi, gli occhi fiammeggianti di sdegno, si volse verso Bianca e Marco.

“Voi infedeli! Non riconoscete il simbolo della luce incarnata? Inginocchiatevi dunque!”.

Bianca e Marco si guardarono un istante, poi la ragazza con un movimento fluido e il padre con più fatica piegarono infine le ginocchia. Jamina parve placarsi. Le palpebre le scesero di nuovo sugli occhi e di nuovo, alle labbra salì quella strana preghiera in una lingua sconosciuta. Le musicali salmodie durarono ancora qualche instante, poi Jamina si portò le mani giunte alla fronte e si rialzò. I soldati egiziani la imitarono, ripresero i fucili e, piegando il busto, cominciarono a rinculare verso l’entrata di quello che appariva sempre più una sorta di santuario. Appena ne furono usciti, Jamina iniziò a cantare. Una nenia sommessa nella stessa lingua della preghiera, che aumentò man mano di tono fino a salire a una nota quasi gridata. La donna la accompagnò levando entrambe le braccia sopra la testa, per poi tacere e fissare, come in trance, il simbolo del disco solare alato. Come a un segnale, due porte fino a quel momento invisibili si aprirono sui lati est e ovest del santuario, lasciando entrare due cortei esattamente speculari di donne di varie razze: europee, africane, sudamericane, mediorientali. Portavano lunghe tuniche arancioni e, sulla testa, una specie di maschera trasparente che ne velava gli occhi e, scendendo sul volto, terminava in una sbarretta metallica trasversale che veniva tenuta fra i denti.

“Chi sono quelle donne? E perché portano quell’orribile affare sulla faccia?” chiese angosciata Bianca.

“Shhh!” intimò Jamina, che nel frattempo aveva assunto una posizione simile al riposo militare. “Sono le Assistenti. Stanno ancora ricevendo i rudimenti dell’Elevazione, e dunque non hanno facoltà di parola in questo tempio. Calzano perciò la Maschera del Rispetto. Nemmeno tu dovresti parlare, giovane Bianca. Sei ancora un’infedele. Ricordalo”.

“Come sarebbe a dire, ancora?”.

“Tutto a suo tempo”.

“Tu non sei un semplice Supervisore, vero Jamina?”.

La libica sorrise, enigmatica. "Guarda, ora: entrano le Officianti...".

Dietro il primo corteo, da est e da ovest, ne apparve un secondo, formato sempre da donne, stavolta fasciate da calzamaglie monopezzo gialle, così aderenti da sembrare dipinte sui corpi. Intorno ai fianchi portavano ampie cinture di colore turchese, dello stesso colore dei bracciali che decoravano i loro polsi. I volti erano liberi da maschere, ma sul capo portavano alte tiare, di colore e forma diversi. Coniche e bianche quelle indossate dalle Officianti che venivano da est, rosse, circolari e dotate di una lunga appendice posteriore quelle portate dalle Officianti che venivano da ovest. Non appena i due cortei si fermarono andando a occupare le prime file dell'anfiteatro, un'altra corona, una specie di casco di colore azzurro ornato sulla parte frontale da un cobra dorato, apparve sul piano del podio.

"*Hedjet* e *Deshret* formano il *Pa-sekhemty*. La corona unica", mormorò Jamina. "E il Dio imperatore vestirà il *Khepresh* azzurro per guidarci in battaglia! Ma ora è il momento di adorare il dio fatto carne!".

Jamina levò di nuovo le mani sopra la testa, gli occhi stavolta semirovesciati nelle orbite, a recitare a squarciagola una nuova, e a Marco pareva, marziale litania, incomprensibile come quella che l'aveva preceduta. Le Officianti si fecero vicine al podio, ciascun gruppo per lato, e si prosternarono come avevano fatto prima i soldati egiziani. Le Assistenti, dal canto loro, si sdraiarono a terra con braccia e gambe larghe, in una posa curiosamente simile a quella di un sacerdote che sta per ricevere l'Ordine. Jamina si prosternò a sua volta, la fronte bassa sul pavimento. Bianca e Marco abbassarono, spontaneamente il capo. Poi Marco sbirciò verso il podio.

Dietro di esso era comparsa una nuova e alta figura femminile, vestita in quella che sembrava una lunga tunica color indaco. Anche da quella distanza, Marco ne distingueva le fattezze. Le due onde di capelli corvini a scendere verso i due lati della bocca piena, il volto triangolare. Gli occhi, chiusi, si aprirono improvvisamente, rivelando due iridi color grigio come il ghiaccio antico. La figura levò in alto le mani. Le palme che sembravano affilate come spade, afferrò il *Khepresh* e se lo pose sulla testa. L'effetto che ne risultò fu stupefacente.

Complice anche il notevole abbassamento della luce all'interno dell'ambiente, con due fasci localizzati che andavano a illuminare direttamente il volto della figura dietro al podio, quest'ultima sembrava assumere di volta in volta le fattezze di antiche regine egizie. Nefertiti e Hatsepshut. Uno spettacolo tra il sacro e il primordiale, dal quale Bianca non riusciva a staccare gli occhi. Marco, invece, non riusciva a controllare il tremito che si era impadronito di lui. Una sensazione molto vicina al panico, che si trasformò in autentico terrore quando la figura dietro il podio, con tono ieratico, iniziò a parlare.

"*Et verbum caro factum est*", esordì la donna in latino, un sorriso enigmatico sul volto. Poi proseguì, inopinatamente, in italiano. Bianca si accorse che tutte le altre partecipanti alla cerimonia, eccetto Jamina, portavano minuscoli radioauricolari per la traduzione simultanea. "Il verbo si è fatto carne", ripeté la strana donna "nell'unico modo possibile. Il *Geist*, lo Spirito, la verità che voi tutte conoscete dimora all'interno di questo vecchio corpo. Lo Spirito ha scelto la persona che vi si trova di fronte per palesarsi nel mondo e per manifestare la sua grandezza!".

Le mani della donna si stavano levando ai lati del volto, che si andava facendo di un pallore febbrile, solo le gote si andavano arrossando. Una posa che a Bianca dava la sensazione, inconfondibile, quanto imprecisa, di un *dejà vu*. Marco, dal canto suo, teneva fissi gli occhi spalancati sulla scena e continuava a tremare, senza controllo.

Il sogno... Quel volto che si materializza al di là della nebbia... Quegli occhi color della morte...

"Lo Spirito si è manifestato più volte in questo mondo. E tutte le volte in questo Mediterraneo, culla della civiltà. Proprio qui, poco lontano, nella venerabile isola di Creta, il culto della Dea Madre. La Dea dispensatrice di fertilità e vita. Quella Dea che troppo velocemente venne rimpiazzata dal maschilista Olimpo greco con il suo grottesco capo malato di satiriasi, il ridicolo Zeus… Ma la Dea sopravvive, nell'enigma dell'Egitto, nella Dea Nut, il cielo blu che avvolge il mondo come un utero… E blu è il colore del *Khepresh*. Il messaggio di Nut è chiaro: la Dea prevale sul mondo, lo contiene in sé. E se per prevalere dovrà impugnare la spada, che allora lo faccia!".

"Papà, ma che cos'è questo delirio mitologico, e chi è quella donna… Papà?".

Solo in quel momento Bianca si avvide del padre. Marco era seduto sui talloni, le braccia incrociate sul petto, il capo chino e la schiena scossa dai singhiozzi. Intanto la donna dietro il podio aveva steso un braccio. Un indice ammonitore puntava proprio in direzione di Marco.

"Papà cosa c'è? Mi fai paura!".

"Qu… quella… quella donna...".

"Chi è, papà? Dimmelo! Chi è?".

"L… lei è…".

"Risponderò io, ragazza…" disse all'improvviso la figura dietro il podio. Poi la donna scese le scale dell'anfiteatro, e con lunghi passi si andò a fermare a un paio di metri da Marco e sua figlia. Bianca la fissò. Da vicino le appariva meno alta che dietro quel podio, ma la sua statura doveva essere stata imponente, anni addietro. *Quei capelli sono sicuramente tinti*, pensò, *ma il volto… così pochi segni… e gli occhi… quegli occhi sono gelidi, ma bruciano dentro…*

"Io sono Maria De Carli".

Ventuno

“Giù le mani, avete capito? Io sono Francesco Martone, presidente della Repubblica Democratica!”.

“E io il sindaco di Genova, Libero Bovo, ehi dico a voi! Ma che sta succedendo in questa città?”.

Gli occhi inespressivi di un *marò* del San Giorgio ammiccarono appena verso una scaletta che conduceva nel buio interno di un mezzo blindato. Bovo e Martone non ebbero altra scelta che salire, chinando la testa per evitare di sbatterla contro invisibili spigoli. Non appena furono all’interno, il puzzolente cellulare partì sobbalzando. Martone e Bovo si sedettero uno di fronte all’altro e si guardarono smarriti.

“Dove ci stanno portando, Francesco?”.

“Non lo so. Davvero non lo so”.

“Lo so io”, fece una voce spenta, dalla pesante calata spezzina, mentre dal fondo del blindato un’ombra alta si muoveva per venire verso la luce.

“Bernardi!” esclamò Bovo. “Hanno arrestato anche lei? Mio Dio, se la stanno prendendo con la RadioTelevisione? Ma allora è un colpo di Stato!”.

“Bravo, sindaco”, fece Bernardi, assolutamente privo dell’abituale sussiego e dell’impostazione da conduttore. “Ci portano a Forte San Giuliano…”.

“…Dove prima della secessione c’erano i carabinieri!” esclamò Martone.

“E dove adesso c’è una caserma dei *marò*. Butta male, signori”, aggiunse Bernardi, cupo.

“E perché?” chiese Bovo.

"Perché sono convinti che li abbiate svenduti alla stampa, che sarei io, e diffamati nel mondo intero. Del resto, la diretta da *La Habanita* è stata un'idea anche vostra".

"Ma questa è una sciocchezza!" esclamò Martone.

"Che sia una sciocchezza conta ben poco, ormai..." sospirò Bovo.

Bernardi si limitò a sospirare rumorosamente e ad appoggiare l'allungato busto da avicolo alla parete del cellulare. A ogni sobbalzo della vettura, anche la tonda testa sobbalzava, a destra e sinistra. Bovo ne studiò per la prima volta le fattezze. Semicalvo, le due onde di capelli di norma riportate dietro la testa pendevano ora miseramente in avanti. Il giornalista si limitava a fissare senza espressione i due politici, seduti vicini di fronte a lui.

Passò una buona mezz'ora, durante la quale i tre prigionieri furono spietatamente sballottati. Poi, con uno stridìo di freni e un movimento sgraziato in avanti, il cellulare, improvvisamente, si fermò. Martone, Bovo e Bernardi rimasero fermi e disorientati per qualche istante. Poi i portelloni furono aperti dall'esterno. Il sindaco uscì per primo, chinando la testa e strizzando gli occhi sotto la luce crudele di alcune potenti fotoelettriche.

"Le mani sopra la testa! Mettete le mani sopra la testa!" ripeteva ossessiva una voce al megafono, e Bovo vide i riflessi delle lampade sopra le canne color piombo delle armi dei *marò*. Fucili d'assalto puntati contro di lui e i suoi compagni. Lentamente incrociò le dita sopra la testa, e fece cenno a Martone e Bernardi di seguirlo. Cercò di mantenere il più possibile un aspetto dignitoso mentre, senza l'aiuto delle mani, scendeva i tre alti scalini del cellulare, ma una scarpa slittò sul viscido metallo. Il braccio di un *marò* scattò pronto e robusto a fornire un appoggio sicuro, e Bovo così evitò di perdere del tutto la faccia cadendo di sedere davanti ai soldati. Che avevano tutti, ora lo vedeva, espressioni strane sui volti. Come se stessero facendo qualcosa che, nel loro intimo, non condividevano. E tuttavia quelle facce erano chiuse a ogni comunicazione.

"Presidente Martone! Sindaco Bovo!" chiamò improvvisa una voce dall'accento toscano. I due politici si girarono all'unisono e scorsero un uomo di una certa età, i capelli tagliati corti sale e pepe, due gonfie cicatrici violacee che gli attraversavano una guancia. Era attorniato da un gruppo di alti ufficiali del San Giorgio.

"È lei il responsabile di... questo?" chiese Martone con aria scandalizzata.

"Di questo colpo di Stato, vuole dire? Oppure della vostra traduzione in questo luogo? Lasciate prima che mi presenti. Ettore Varchi, già segretario del Partito Nazionale Fascista. Non le sfuggirà che il Battaglione San Giorgio ha già cominciato a mettere ordine in questo povero pezzo di Patria traviato dal bolscevismo! È la fine del vecchio mondo, il principio del nuovo!".

"Fascisti nel 2005?" Chiese incredulo Martone.

"La Fine e il Principio, l'Alfa e l'Omega..." disse Bovo pensoso. "Lei... lei ha a che vedere con Rinascita Nazionale e Avanguardia di Popolo?".

"Parole e sigle, che importanza hanno?" chiese Varchi girando intorno ai suoi prigionieri. "Quel che conta è lo scopo che ci si prefigge. Non è vero, Bernardi? Lei, ad esempio, cosa si proponeva di fare nella sua vita? A parte giocare con la telecamera, intendo...".

"Io...".

"No, si rilassi. Non era previsto che mi rispondesse. E adesso seguitemi, tutti, dentro il forte. Ci sarà da fare anche per lei, Bernardi. Abbiamo trovato anche il suo collaboratore". Varchi puntò il pollice verso un ometto con un cappellino a visiera. Guardato a vista da due alti *marò*, si stringeva la telecamera al petto come fosse la cosa più preziosa della sua vita.

"Marco!" gridò Bernardi. L'operatore gli rimandò uno sguardo di rassegnazione.

"Vede, Bernardi, nel forte abbiamo installato una bella messa in scena. Sono sicuro che le piacerà".

Varchi si girò avviandosi di buon passo attraverso un'enorme piazza d'armi verso quello che appariva come l'edificio centrale del grande complesso del Forte San Giuliano, un alto edificio intonacato color ocra. Sotto i fari delle fotoelettriche si intuivano ancora i colori sverniciati della Legione Carabinieri Liguria, insegna ricoperta dal San Giorgio a cavallo color rosso fiammante che affondava la sua lancia nel corpo verde del drago. Due ampie scale conducevano all'ingresso, verso il quale Varchi si era incamminato. Bovo e Martone si misero istintivamente al passo, Bernardi abbassò la testa tonda e trascinò svogliato i lunghi piedi.

"Eccoci qua", disse infine Varchi fermandosi al centro di una grande sala a pianta rettangolare. "Qui sarete al sicuro finché non avremo bonificato la città. Il San Giorgio ha, diciamo, disarmato le unità di polizia che non intendevano collaborare. Bernardi?".

"Sì?" Il giornalista drizzò la testa e rispose come se fosse stato interrogato da un superiore.

"Apra quella porta a destra e guardi dentro".

Seguito dagli occhi freddi dei *marò*, Bernardi si avvicinò circospetto alla soglia e toccò la maniglia come se scottasse. Infine si affacciò dentro.

"Ma... Qui c'è uno studio televisivo! Anzi, potrebbero starci comodamente due studi e due redazioni grandi come la nostra!". Poi si avvide del viavai all'interno. "Cosa sta facendo tutta quella gente?".

"Prove tecniche di trasmissione, Bernardi. Non lo immagina?".

"Veramente...".

"Abbiamo messo in piedi in quattro e quattr'otto la più efficiente stazione radiotelevisiva degli ultimi tempi", disse orgoglioso Varchi. "Beh, certo, per adesso non possiamo fornire un prodotto di qualità come quello della RadioTelevisione, ma ci stiamo attrezzando. In primo luogo abbiamo fatto ricorso a professionisti provenienti da tutta Europa. Albanesi, romeni, polacchi, ungheresi, bulgari...".

"Ma sono tutti immigrati clandestini!" Insorse Martone.

"Fino a poco tempo fa", ribatté Varchi, mentre tecnici e redattori sorridevano ai nuovi venuti con l'aria di chi la sa lunga. "Capiscono perfettamente l'italiano, sono istruiti e competenti. Vi siete mai soffermati a pensare, cari amici, che il balcanico che vi vendeva cianfrusaglie all'angolo di casa potesse essere laureato in Scienza della Comunicazione? No, certo, nessuno di questi dannati della terra vi ha mai potuto avvicinare, voi altezzosi *apparatciki* bolscevichi! Forse nemmeno sapete quanta manodopera altamente qualificata è scappata negli anni dagli ex paesi comunisti dell'Est europeo!".

"Quanta?" azzardò Bernardi.

"Migliaia. Decine di migliaia. E Genova era una delle mete più ambite. Prima della vostra cosiddetta *modernizzazione*. E prima che il Che Guevara gli spalancasse le frontiere cubane, facendo del suo Paese il più avanzato dell'America Latina. Ma i più bravi li abbiamo guadagnati alla Causa. Guardateli lì. Efficienti e orgogliosi!" Orgoglioso a sua volta, Ettore Varchi contemplava il fervore operativo che animava il grande studio. Ben altri sguardi, molto più ostili, redattori e tecnici balcanici li stavano ricevendo dai soldati del San Giorgio.

"Cosa vi aspettate da noi?" chiese infine Libero Bovo.

"Che facciate quello che vi riesce meglio", rispose Varchi. "e cioè comparire in televisione".

"E io che c'entro?" fece Bernardi, inquieto. "Qui avete già tutto!".

"Abbiamo i capi politici, è vero", ammise Varchi. "Ma ci manca il gran ciambellano!".

"Non vi aspetterete che io…".

"Non me lo aspetto. Lo so. L'ho vista lavorare, sa, Bernardi? Lei è bravo. Può essere prezioso, anche nella nuova Italia che nascerà. Uno come lei non può non averci pensato!".

Il giornalista drizzò la schiena, lusingato. *Perché no. Una televisione tutta nuova, da plasmare con le mie mani! Cosa vuoi che ne sappiano questi terroni di albanesi di come si fa informazione su video?*

"È un lampo d'interesse, quello che colgo nei suoi occhi, Bernardi? Si decida in fretta, però. Non abbiamo tempo da perdere. E poi", ammise, "credo non le sfugga un fatto: quello che ho in mente lo faccio con o senza di lei. Ma vuole mettere con quanto più stile lo faremmo insieme? Con quanto più *charme*? Quante volte si è sentito vessato da questi due signori?".

"Ma, veramente, io... Forse in maniera indiretta...".

"E la smetta di fare il ciambellano! Fino ad oggi lei non è stato che un frustrato. Uno che lavorava per altri, e poi a casa si sfogava sulla GlobalNet. Dica che non è vero!".

"Avete preso informazioni, vedo...".

"Non mi dica che la cosa la meraviglia", disse Varchi avvicinandosi. Accostò quasi il suo volto a quello di Bernardi. "Lei ha la possibilità di inchiodare questi signori alle loro responsabilità. Veda, lei stesso, durante la sua cronaca a *La Habanita* ha mostrato prima a tutta Italia, poi a tutto il mondo quanto miope e sconsiderata sia la politica di questo Paese fantoccio dei mafiosi russi, la cosiddetta Repubblica Democratica Cisalpina. Anche il nome è ridicolo. Pensi invece all'*Italia*!" Il nome suonò antico e glorioso sulle labbra del vecchio fascista. Bernardi provò un brivido. "Lei ora può fare a Bovo e Martone tutte le domande che ha sempre desiderato fargli. Noi ci mettiamo i mezzi e le maestranze di cui lei ha bisogno. E siamo sicuri che ne uscirà la trasmissione più scioccante della storia televisiva. Un processo in diretta al regime post-comunista. È l'unico modo per fermare le armi a sud e a est e soprattutto per mandare un messaggio".

"Quale messaggio?" si riscosse Libero Bovo, che si vedeva già di fronte al plotone d'esecuzione, proprio come era successo a Nicolae Ceausescu e alla moglie nel '91.

"Che da Genova parte la riscossa d'Italia", esclamò Varchi, quasi in trance. "Che da dove la nostra bandiera è stata più umiliata, si prepara il ritorno del Tricolore. E l'alba del nuovo mondo, in cui finalmente la Causa sarà svelata!".

Ventidue

Marco singhiozzava senza ritegno, la schiena scossa da tremiti. Lo stupore colpì Bianca con la forza di un maglio. *Non è possibile*, pensò, rabbrividendo a sua volta. *Quella donna è morta ventinove anni fa, papà stesso ne è stato testimone, e...*

"Lo so cosa stai pensando", riprese Maria De Carli. "Ma ti assicuro che sono viva e vegeta... Compirò sessantanove anni fra due mesi. Non sembra, vero? Grazie alla microchirurgia degli specialisti iraniani".

"Tu non eri...?".

"Morta? Svegliati, figliola: tuo padre ha sempre saputo che sono sopravvissuta a quel bombardamento!".

"Io... io non...".

"Papà...?".

Maria De Carli guardava il corpo rannicchiato di Marco con avida curiosità. Gli occhi grigi accarezzavano quel fagotto come se fosse una preda da sbranare. Quasi ne fosse cosciente, Marco si tirò lentamente su, asciugandosi le lacrime. Guardò a sua volta la donna, a malincuore, come costretto da un'invisibile morsa, o da un incantesimo malvagio.

"Io... il corpo era stato identificato, e..." Marco si rialzò, il volto congestionato.

"Cazzate, Diletti!" esplose Maria De Carli mettendo le mani sui fianchi. La volgarità della posa contrastava fortemente con l'abbigliamento cerimoniale. "Quanto credi che ci sia voluto a trovare un corpo della misura giusta e un patologo compiacente? Era quello che volevi, no? Pretendesti che io venissi identificata in quei resti. Sapevi benissimo che senza di me a guidarla, l'Italia fascista si sarebbe dissolta come neve al sole. E così tu, Diletti, con le tue azioni da piccolo uomo, hai distrutto una speranza. Hai sporcato lo Spirito!".

Maria De Carli levò una delle sue mani a forma di lama e colpì Marco con un sonoro manrovescio. L'uomo cadde di nuovo, bocconi. Bianca gli si fece vicino e lo aiutò a sedersi. Se Jamina e le Officianti si erano accorte di quanto stava accadendo, non ne fecero alcuna mostra.

"Sei pazza! Non azzardarti a toccare ancora mio padre! E...".

"Tu fai silenzio, ragazzina! Erano ventinove anni che aspettavo questo momento…" disse Maria De Carli. "Quasi tre decenni per chiudere i conti con un verme… C'è voluto molto meno, sai, Diletti, a corrompere i portantini che mi avevano raccolta, mezza morta, sotto quelle macerie. Un braccio malamente spezzato. Questa qui è una protesi. Guarda!".

Marco scosse piano il capo.

"Ti ho detto di guardare", scandì Maria De Carli, atona. Marco si rialzò e vide la donna manovrare sotto la manica sinistra due molle che fino a quel momento erano rimaste invisibili. Poi, con la mano destra, Maria De Carli afferrò il braccio artificiale e lo agitò davanti a sé.

"Lo vedi? Lo vedi bene? Guardalo ancora. Sono fuggita, con questo braccio che mi pendeva come una vescica sgonfia... Ma la ferita più grave era qui, vedi?" Maria De Carli girò il capo, alzò la corona azzurra e sollevò l'onda corvina sulla nuca. Marco scorse una placca, apparentemente di metallo grigio.

"Tocca".

"Ma…".

"Tocca, ti dico!".

Aiutato da Bianca, Marco si decise ad alzarsi e passò la punta delle dita sull'inserto che copriva la parte posteriore della testa di Maria De Carli. La sostanza era insieme dura e cedevole, assomigliava a una specie di tessuto animale, ed era in tutto simile al rivestimento sui corridoi percorsi poco prima.

"Il braccio è fatto della stessa sostanza. E sulla testa, prima di utilizzare questo materiale di nuova concezione portavo una vera placca di acciaio. Sembravo una specie di automa. Un po' come l'Uomo Nuovo di Frankenstein! Che sublime ironia!" Maria De Carli rise, un curioso suono di lamiere, come se il metallo fosse stato impiantato anche dentro di lei. Marco non le ricordava un verso così alieno.

"Con un braccio spezzato e il cranio fratturato sono comunque riuscita a rifugiarmi da un medico di fiducia. Era proprio destino che non morissi, non pensi? Mi ha curato proprio a Roma. Nonostante le rappresaglie comuniste e la tua Immagine Italiana..." Maria De Carli sputò le parole *comuniste* e *Immagine Italiana* come fossero stati frutti bacati. "Poi... beh, poi ho dovuto nascondermi... Vecchi amici, prima, poi, quando l'Italia si è definitivamente spaccata, in Medio Oriente. Beirut. Damasco... Poi Baghdad e Teheran, e infine al-Iskandarya, Alessandria, come la chiamano in Occidente...".

"Adesso cosa vuoi da noi?" chiese Marco, tutto d'un fiato.

"Cosa voglio da te, vorrai dire...Sei sempre stato un egoista nel profondo, e tua figlia deve avere imparato a conoscerti, vero... Bianca?" Occhi grigi andarono a frugare in fondo ad altri occhi grigi.

"Tu mi... conosci?" fece la ragazza, che non mollava la presa sul braccio del padre.

"Certo che ti conosco. Ma tu conosci te stessa? Guardati, e guardami. Non avere paura".

Bianca si fissò nel riflesso dei rivestimenti a specchio che ornavano i pilastri vicini. Per un gioco prospettico, la ridda di immagini che le ritornava sovrapponeva la sua alta e giovane figura a quella più bassa ed erosa dagli anni della sua interlocutrice.

Oh mio Dio, no.

"La verità è sempre stata davanti a tuoi occhi, vero? Ma sei anche figlia di tuo padre e non hai voluto vederla".

"No. NO!".

"E invece sì, Bianca. Tu sei mia figlia. Chiedi a tuo padre".

I giovani occhi grigi che si volsero verso Marco erano pervasi di una furia ancora maggiore di quella che dimorava in fondo a quelli, anch'essi grigi, di Maria De Carli.

"Io…".

"Tu lo hai sempre saputo… Dal momento in cui mi hai preso con te a Roma, vero?" chiese Bianca atona.

"Era… era una possibilità… Sei venuta con me a Roma da Silvia, perché avrei voluto andarci se fossi stato sicuro che lei non era tua madre?".

Di nuovo il suono di lamiere sfreganti l'una sull'altra. Maria De Carli rideva di gusto, la testa gettata indietro.

"Diletti, Diletti… Dopo ventinove anni vuoi ancora convincermi che non saresti capace di sparare un colpo in testa a qualcuno se lo trovassi necessario, e poi cancellare il crimine dal tuo stesso cervello? Ah, ma che spasso che sei… Lo avessi saputo allora, quando sono venuta da te per quell'intervista… E dodici ore prima, quando *tu* sei venuto da me, e…".

"Basta adesso! Perché ci vuoi torturare?".

"Torturare? No, mio caro, solo fare chiarezza. Credi che Bianca non abbia il diritto di sapere com'è venuta al mondo? Su un divano del Ministero degli Esteri, alla Farnesina, con suo padre attaccato alle mie tette, lo sguardo bovino, perso nel vuoto, mentre facevo su e giù sopra di lui… Quale soave ironia: io ero convinta di fottere te, e tu magari stavi già pensando a come fottermi in un altro modo… Quello che poi facesti, no?".

"Sei… disgustosa…".

"Adesso ricordi, eh? Ma allora non provavi ribrezzo…".

"Basta, vi prego. Tutti e due".

Bianca si era seduta, la schiena appoggiata a uno dei pilastri a specchio, la testa fra le mani. Si asciugò rabbiosa, le lacrime che le scendevano, amare e dense, giù per le gote.

"Sì, basta adesso", disse Maria De Carli, agitando ancora le palme come per spazzare via ogni indugio. "Non vi ho fatti venire fin qui solo per dirti di chi sei figlia. In fondo, per quanto ne sapevo, tuo padre avrebbe anche potuto già avertelo detto. Ma ero sicura che non lo avrebbe fatto. Che piuttosto se lo sarebbe negato anche a se stesso. Come infatti è accaduto. Tuttavia c'è un altro motivo, molto più importante, per il quale tu, Bianca, sei qui".

"E quale?" Chiese esasperata la giovane, alzandosi di scatto. Automaticamente Jamina si mise in posizione difensiva, e lo stesso fecero, più in là, le Officianti.

"Calme, amiche mie. Calme. Spesso le figlie si rivolgono in maniera insolente alle madri. Finché non capiscono. Così è andato il mondo. Da sempre". Maria De Carli sorrise senza allegria. "Tu sei mia figlia...".

"Questo lo so, maledizione!" gridò Bianca.

"Non interrompermi. Tu sei mia figlia, e questo vuol dire che sei la figlia di *Mariam*...".

"*Mariam... Mariam... Mariam...*".

Il mormorio salì sommesso dalle file delle Officianti per arrivare all'intensità di un grido. Le Assistenti, rese mute dalla loro maschera, si alzarono sulle ginocchia e, le mani giunte davanti alla faccia, mugolarono sulla stessa tonalità.

"Gravidanza e discendenza erano sacre presso il culto della Dea..." riprese Maria De Carli. "Lo stesso mito di Maria-*Mariam*, madre di Gesù, il dio fatto carne, è figlio di quel culto ancestrale. Ma, non a caso, la discendenza cristiana è maschile. Il Dio biblico è figlio dell'Olimpo maschilista".

"Ma cosa diavolo stai dicendo? Cosa?" protestò Bianca.

"Sto dicendo che se io sono *Mariam*, tu, Bianca sei, a tutti gli effetti, la figlia della Dea".

Ventitré

Alberto Bernardi non poté fare a meno di meravigliarsi ancora una volta. Sebbene all'inizio, con quello strano sguardo da strabico, gli occhi azzurrastri sotto un casco di capelli color sabbia sporca e il sorriso pieno di denti guasti, gli avesse dato l'impressione di un ebete, il tecnico albanese lo aveva microfonato a regola d'arte, con dita leggere come piume e stando attendo a mettere la *plique* alla giusta distanza per la sua voce. *Professionisti. Sono tutti dei professionisti*, pensò, guardando, oltre *l'acquario*, l'espressione attenta del regista e i volti tirati del pool di redattori, giovani ungheresi e polacchi che avevano preparato delle fantastiche schede di supporto alla trasmissione. E del resto, pensò ancora Bernardi, *non è forse vero che i primi a fuggire in Occidente sono stati proprio quelli che potevano trovare lavoro per primi?*

Ettore Varchi sorrideva beato. Dall'altra parte dello spesso vetro della regia, il massiccio fascista stava con le braccia conserte. Annuiva in continuazione, compiaciuto. *Stiamo facendo ancora meglio di quanto ci preparavamo a fare nel '76,* pensò. *Questa trasmissione non sembra nemmeno essere stata preparata in emergenza.* Avrebbero dato l'impressione che il nuovo governo provvisorio aveva il controllo completo della situazione. Guardò Bernardi, che non poté evitare di strizzargli un occhio. Un gesto complice che aveva imparato alla RadioTelevisione, e che era degenerato in un automatismo. Varchi rise di nuovo, tra sé. *Anche il ragazzo si sente come a casa sua,* pensò. Poi dedicò la sua attenzione a Martone e a Bovo.

I due politici sedevano sulle loro sedie, microfonati a loro volta di tutto punto. Entrambi tenevano le braccia rigidamente posate sui braccioli, in una postura che tradiva la costrizione. *E tuttavia sono anche loro stupiti dalla qualità della messa in scena*, pensò Varchi.

Aveva ragione. Il presidente Martone era il più agitato, il collo che scattava qua e là, gli occhi protetti dai grossi occhiali che seguivano il traffico di tecnici e specializzati nel grande studio. Una goccia di sudore si formò su una sua tempia e, premurosamente, un'assistente di studio si precipitò a detergerla. Martone si rese conto che la messa in onda doveva essere imminente. Lasciò che l'assistente passasse ancora della cipria profumata su tutta la faccia. Ebbe il tempo di spiare il suo volto su un monitor a circuito chiuso: pallido come quello di un morto. L'assistente, un'ucraina bassa di statura e dal volto squadrato, contemplò invece soddisfatta la sua opera, scoccando un sorriso verso la sua vittima. Martone rinunciò a protestare. *Forse è proprio così che invece devo sembrare. A un passo dalla fossa*, pensò sconsolato. Per distrarsi dedicò la sua attenzione a Bovo.

Qui gli assistenti di studio avevano dovuto rinunciare a ogni ipotesi di trucco. La complessione sanguigna del Sindaco di Genova rendeva poco credibile qualsiasi intervento. Così avevano deciso di lasciarlo lì, rosso come un peperone, e a scrollare il capo.

In fondo, aveva pensato Varchi, *ci sta anche bene uno che non si vuole arrendere.* Sorrise ancora. *Sarà Bernardi a piegarlo. Guardalo lì, il ragazzo. Tutto intento ad affilarsi artigli che non pensava mai di possedere! L'ambizione è una molla ben strana...*

L'avicolo Bernardi sembrava trasformato. Da quella di un goffo trampoliere, la sua sagoma appollaiata a un alto sgabello sembrava essersi tramutata in quella di un rapace. La testa rotonda assomigliava ora a quella di un avvoltoio, compresi i capelli riportati indietro a mo' di peluria sul collo. Bovo lo percepì rabbrividendo, ma non ebbe il tempo di razionalizzare l'impressione. Una musica partì in sottofondo, e due delle tre telecamere puntate sui protagonisti accesero il loro rosso occhietto malevolo. Sui monitor di studio comparve prima un logo a tutto schermo, un tricolore italiano che garriva al vento l'immagine sfumò su Martone e Bovo seduti vicini sulle loro sedie, mentre Bernardi incombeva su di loro in attesa di prendere la parola. Una volta che la bandiera fu del tutto scomparsa, Bernardi prese a parlare, guardando direttamente in camera. Gli occhi neri ardevano di una luce nuova.

"Italiane e italiani, buonasera", esordì, la testa ferma, senza nemmeno l'accenno dell'affettazione di un tempo. "Vi parlo dagli studi di... Genova-Sturla" disse Bernardi esitando appena e scambiando un rapido sguardo d'intesa con Varchi.

È più sveglio di quanto credessi, il ragazzo, pensò compiaciuto il fascista. *Ha perfino disinnescato la bomba-Forte San Giuliano inventandosi degli studi tutti nuovi.*

"Da questa nuova e prestigiosa collocazione", continuò Bernardi, "la RadioTelevisione ha pensato di ripartire proprio nel momento più difficile per l'intera Nazione. Di nuovo l'ombra della guerra incombe su di noi. Di nuovo eserciti stranieri si muovono sul territorio di quella che un tempo fu un'unica e gloriosa Nazione, indicandoci impietosi quella che è la ragione di questa nuova tragedia: la divisione del nostro Popolo!".

Bravo, Bernardi. Un po' retorico, ma di sicuro richiamo, pensò Varchi. *Sicuramente molto sentito da chi vive a metà strada fra Lucca e Pisa. Ma adesso, dai, azzanna i pezzi grossi!*

"Presidente Martone", iniziò Bernardi, come se avesse sentito la silenziosa esortazione. "Lei è qui insieme con il sindaco di Genova, Libero Bovo per spiegare cosa stia succedendo. Glielo chiedo di nuovo a nome di chi ci segue ma non può parlare: come siamo arrivati a questo punto?".

Martone si mosse come se fosse seduto su un nido di serpenti. L'abituale aplomb calmo e quasi sprezzante era del tutto sparito dal suo atteggiamento. Rivolse gli occhi sporgenti, protetti dagli spessi occhiali da miope, verso la telecamera più a favore. Il fatto che non si trattasse di quella in onda accentuò in televisione il disagio del presidente.

"I... Il nostro Paese non ha potuto che difendersi. La Repubblica Democratica Cisalpina ha un patrimonio da conservare. Libertà, democrazia, capacità di scelta. Non potevamo tollerare un'aggressione ai nostri valori!".

"Valori che derivano direttamente dai principi dettati in Costituzione da Antonio Murgita, non è vero?" Chiese Bernardi, proferendo dopo più di diciassette anni un nome che a Genova era diventato tabù. Tutti ebbero la sensazione che la temperatura in studio fosse nettamente calata. A Ettore Varchi parve tuttavia che le lenti degli occhiali di Martone si stessero pian piano appannando.

"A... Antonio Murgita fa parte del passato del nostro Paese", disse Martone. "Un passato con cui abbiamo fatto i conti e che...".

"Come mai allora un esercito italiano sta marciando verso i nostri confini?" Insisté Bernardi. "E come mai i nostri *marò* hanno compiuto stragi a Pisa? Cosa è questo se non il passato che ritorna?".

La giusta indignazione al momento giusto. Da ciambellano col microfono a imbuto, a tribuno della Nazione. Una metamorfosi incredibile. Varchi studiò i misurati gesti delle mani di Bernardi. Ricordava bene gli ossequiosi *speech* con l'immancabile e ridondante *cono gelato* in mano, e adesso lo guardava trasecolato. Anche nel furore polemico, il giornalista si muoveva sicuro e controllato, senza più indulgere all'abituale narcisismo o alle affettazioni. Un altro, misurato gesto verso un punto immaginario dello studio, e Bernardi chiamò la messa in onda di un servizio, la prima scheda della trasmissione. Una ricostruzione cronologica degli eventi dalla caduta del regime fascista in Italia alla spaccatura del Paese prima in due e poi in tre. *I quattro anni che distrussero l'Italia,* pensò Varchi commosso, mentre scorrevano le immagini del primo comizio di Antonio Murgita in piazza Venezia. Guardò ancora la gente, nei poveri abiti degli anni '70, sullo sfondo dei carri armati e delle uniformi dei tedeschi occupanti. A distanza di quasi trent'anni, quelle divise color grigio ferro, così simili a quelle naziste, continuavano comunque a ispirargli un fiero disprezzo. *I mercenari del traditore Speer*, pensò. Poi i primi governi democratici. La Malfa. Moro. Il sequestro e la morte di quest'ultimo. Il referendum così discusso, gli scontri di piazza fra monarchici e repubblicani. Infine la scissione del Nord-ovest e la nascita del primo Stato comunista in Italia. Varchi represse un brivido di ribrezzo, e si ritrovò a fissare con odio i due politici in studio. *Lo stesso odio*, pensò, che *provano i milioni di italiani che, a sud e a nord, stanno seguendo la stessa trasmissione.*

Varchi lodò in silenzio la competenza dei tecnici che in pochi giorni, durante i preparativi del colpo di Stato, avevano approntato lo studio, collegandolo con gli impianti della RadioTelevisione Cisalpina. Lui si era limitato a oliare le persone giuste a Genova, e nessuno si era accorto di niente. Il resto, adesso, lo stava facendo il Battaglione San Giorgio che stava proteggendo il vecchio Forte San Giuliano, e gli altri reparti paramilitari che, ai ripetitori del vicino Monte Fasce, nell'estremo Ponente, e in Toscana, garantivano la trasmissione del segnale fin giù a Roma e di qui su tutto il territorio dell'ex Italia. Ma Bernardi doveva fare presto, se non voleva che i filogovernativi o peggio, le truppe straniere, interrompessero il programma.

"Sindaco Bovo", riprese Bernardi come se ancora una volta avesse percepito la preoccupazione di Varchi. "Corrisponde al vero che lei è stato tra i fondatori di Democrazia e Progresso, il partito che ha ereditato la tradizione del PCI di Antonio Murgita?".

"È vero", rispose Bovo con apparente calma.

"Lei saprà dunque che *Democrazia e Progresso* ricevette all'inizio un ingente finanziamento da parte di una sedicente associazione umanitaria russa?".

E questa dove l'ha pescata, adesso, si chiese Varchi interdetto. Poi si sentì dare di gomito da Alex, il regista russo della trasmissione. L'uomo sorrise e gli strizzò un occhio. *Ma certo*. Cinquant'anni, di cui trenta di lavoro alla televisione prima sovietica e poi russa. Doveva avere messo le mani su qualcosa di scottante e adesso se ne stava servendo.

Nonostante la pressione alta, Bovo stava visibilmente impallidendo a sua volta. Guardò Martone, ricevendone un'occhiata colma di indifferenza. *Cavatela tu, adesso*, dicevano quegli occhi. "Io... Noi abbiamo ricevuto contributi da molti gruppi e associazioni. Com'è noto il PCI si è... estinto in povertà, e...".

"Non corrisponde forse anche al vero che l'associazione russa Per il Progresso, che fornì parte del suo nome e dei suoi fondi al nuovo partito faceva capo alla famiglia mafiosa dei Gorlukovich?".

Alex, al banco regia, sghignazzava apertamente. Varchi seguiva la trasmissione, ormai esterrefatto.

"Non è vero!" Esclamò Bovo. Noi non abbiamo nulla a che fare con...".

"Chi ha finanziato i restauri della Strada Nuova?" Insistette Bernardi. "E chi sta dietro al clamoroso acquisto di Andriy Shevchenko da parte della Nuova Genovese Calcio? E ancora, mi dica: è vero che il tanto discusso sfratto della Camera di Commercio, trasferita da un giorno all'altro a San Pier d'Arena, ha permesso ai Gorlukovich di comperare un immobile di altissimo prestigio? E che il Palazzo della Fondiaria in piazza della Repubblica Operaia...".

"Basta! Questa è una farsa!" urlò Bovo. "Non mi sottoporrò un minuto di più a questo linciaggio!".

Ettore Varchi non poté fare a meno di ricordare un'altra diretta televisiva, ventinove anni prima. Al posto di Bernardi c'era Marco Diletti, e al posto di Bovo... *Il tradimento chiama il tradimento. Il circolo si chiude. Siamo la fine e l'inizio...*

Ventiquattro

"La figlia della Dea?" Bianca ebbe una visione di se stessa, agghindata come una sacerdotessa cretese, un guizzante serpente stretto in ciascuna mano. Strizzò le palpebre per scacciare l'incubo. "Tu sei completamente pazza! Aveva ragione papà".

"Attenta a quello che dici, ragazzina! Non metterti contro tua madre, non ti conviene!" Non c'era più traccia di vecchiaia negli occhi grigi di Maria De Carli, ma solo una pozza di furia sul punto di traboccare. "Possibile che tu non capisca, Bianca?" Riprese poi la donna, in tono più conciliante. "È nel tuo stesso nome, che rievoca entrambi i miti, quello della Maria cristiana, l'Immacolata, e dunque la candida, la madre del Dio maschile, e quello della Maria ancestrale, la Dea al di là del bene e del male! Lo sa anche tuo padre. In che modo credi sia stato scelto il tuo nome?".

"In che modo, papà?" chiese Bianca, basita.

"Ricevetti un biglietto... e delle telefonate".

"Vuoi un'altra prova che tuo padre sapeva tutto dal principio?" chiese trionfante Maria De Carli. "Bianca, tu devi essere dalla mia parte… Manca così poco alla nostra riscossa!".

"Di che riscossa parli? Ah, già. Il tuo nazismo di merda, vero?".

"Nazismo, comunismo, figlia mia… Tuo padre stesso sa che già tanti anni fa io ero al di sopra di queste etichette. Ciò che davvero mi importa è rimediare a un torto commesso migliaia di anni fa. Ristabilire un equilibrio. Abbattere la società creata dagli uomini è l'unico mezzo per riportare nel mondo l'età dell'oro".

"Anche al prezzo di una guerra?" obiettò Marco.

"Per ottenere questo fine non c'è prezzo. E poi non sarà una vera guerra. Guardate! Venite con me". Maria De Carli si diresse di nuovo verso l'anfiteatro, seguita al piccolo trotto da padre e figlia, due ali di Officianti ed Assistenti che si prosternarono di nuovo al suo passaggio. Con una mano azionò una fotoelettrica. Da sotto il simbolo del disco solare alato calò uno schermo al plasma. Si evidenziò una mappa tattica del Mediterraneo.

"Vedete il confine in rosso? L'alto corso dell'Arno tra Toscana ed Emilia. Qui, intorno a Pisa, e qui, verso Empoli e Hardenfeld, si concentrerà l'attenzione americana e tedesca. Loro dicono di temere azioni militari verso Nord-est, ma in realtà vogliono che le due Repubbliche, quella Italiana e quella Democratica Cisalpina, rimangano così come sono. Vogliono un'Italia divisa. Invece noi stiamo lavorando proprio per il fine opposto. Ingenti forze militari e paramilitari stanno affluendo pian piano, con i treni, verso il confine con l'Emilia. Gli scontri che si sono verificati in Toscana, con l'invasione ordinata dal governo post-comunista di Genova, hanno funzionato come uno specchio per le allodole. E adesso il nuovo esecutivo cisalpino, formato da elementi… nazionalisti, sta spingendo l'offensiva verso nord-est!".

"Vuoi dire che…" disse Marco passandosi le mani tra i capelli radi.

"Ci capiamo ancora al volo, *amore*?" Ironizzò Maria De Carli, ridendo di nuovo con quell'odioso suono metallico. "Vuol dire che, di fatto, il nuovo governo di Genova si ritroverà ben presto a combattere insieme agli italiani del Sud e ai volontari che li affiancano per riunificare il nostro Paese e scacciare lo straniero che lo ha profanato!".

"E la nuova Italia sarà islamica", chiosò Bianca, tetra.

"Errore, cara…" disse Maria De Carli. "La nuova Italia sarà l'Italia della tradizione mediterranea. Un Paese che riscoprirà, finalmente, il suo *Geist*! L'Italia della Dea!".

"E tu saresti quella dea, suppongo". Replicò Bianca.

"No, cara. Io mi limito a portare il *Khepresh*. Per dirla con il nemico giudeo, posso tutt'al più aspirare ad essere *Sabaoth*, il

Dio degli eserciti. Questo è il mio destino, il mio *Geist*, riportare la vera fede con la spada. Portare il caos da cui nascerà il nuovo ordine. E infatti dopo *Sabaoth* viene *Adonai*, colui che governa. E dunque, per tornare a noi, colei che regna, la Dea. E quella sei tu. Mia figlia".

"Non ci posso credere. Questo è un film. Non è reale". Bianca si sedette ancora una volta sui talloni, passandosi una mano sul volto.

"Non è reale?" Disse Maria De Carli chinandosi a sua volta e sollevando la figlia per le spalle. "Guarda la mappa tattica mondiale, adesso!".

Il Mediterraneo era ora solo una pozza nel più ampio contesto di una proiezione globale di Mercatore. Strano, si disse Bianca, che sua madre – *mia... madre?* – considerasse quel misero stagno alla stregua dell'origine di ogni cosa.

"Vedi quei punti rossi, quasi in riga al largo dell'America del Nord e, qui, davanti al Canale di Panama? Sono i nostri sottomarini. I loro scafi in superlega, la sostanza che ora conosci così bene, hanno un'altra divertente caratteristica: non sono rilevabili dai sonar. Se necessario, possono procedere a profondità abissali, senza timore di implodere e mimetizzarsi alla perfezione quando è il caso di navigare a quote prossime alla superficie, da dove possono lanciare. Praticamente invisibili ai satelliti, finché non è troppo tardi. Si sono disposti dove li vedi negli ultimi tre giorni, e sono pronti all'azione".

"Pronti a fare cosa?" Chiese Marco.

"Missili atomici". Rispose semplicemente Maria De Carli. "Pensa, Diletti, che bello spettacolo. Lo sai che c'erano gli americani, dal principio, dietro la cosiddetta *Operazione Gallo?*".

La mente di Marco tornò di colpo al 1976.

"Sei pazza. Il *blitz* fu voluto da Speer!".

"Sbagli come al solito, ma contrariamente al solito sei poco informato", decretò soavemente la donna. "Fu proprio l'ex *Beloved President*, così lo chiamavano, no?".

"John Fitzgerald Kennedy?".

"Sì, caro Diletti. Presidente fino al '72. Tre mandati, come Roosevelt. Se lo meritava, no? Non era l'uomo che aveva sventato l'invasione cubana di Panama e la Terza Guerra Mondiale?" Il tono di Maria De Carli si fece sprezzante. "Poi, a soli 59 anni, eccolo lì di nuovo, quell'ipocrita cattolico di un irlandese. Consigliere speciale di tutti i capi della Casa Bianca, democratici e repubblicani. Così stava scritto nel dossier dell'OVRA. Chi non ascoltava il Grande Presidente? Lo ascoltò anche Gerald Ford nel 1976. Sono entrata in possesso delle intercettazioni ambientali. Ingegnose quanto semplici cimici fissate al posto giusto da nostri agenti di fiducia. Anche se in Italia tutto stava crollando, all'estero il nostro spionaggio funzionava egregiamente!".

"Ordinasti tu di sorvegliare la Casa Bianca..." mormorò Marco.

"Ti meraviglia? Ma fammi andare avanti. Dunque, Kennedy parla a Ford, e poco dopo parte una telefonata... Dopo quella ridicola e teatrale di Ciano, intendo. Quella decisiva fu di Albert Speer. Ford passò a Speer John Kennedy. E dopo due ore i tedeschi invadevano l'Italia".

Maria De Carli esitò e guardò Marco. Marco ricambiò lo sguardo per qualche istante. Era così assurda nel suo costume cerimoniale egizio. Assurda, ma assolutamente non ridicola. Emanava pura minaccia incombente. Marco ne era sempre più terrorizzato.

"Sei abbastanza intelligente, Diletti, per capire che tra questo e una camicia bruna non c'è alcuna differenza..." disse Maria De Carli sfiorandosi la calotta azzurra che portava sulla testa. Poi si girò verso Bianca, l'espressione improvvisamente mutata.

"E tu, figlia mia... Credi, è difficile anche per me vederti per la prima volta, dopo tutti questi anni. Io...".

Una luce diversa, un lampo di tenerezza, forse? Gli occhi grigi dell'anziana parvero a Bianca perdere quel nodo d'implacabilità che l'aveva terrorizzata fin dal principio. L'immagine della follia. Quella folle che, si era detta all'inizio, non poteva essere sua madre. Ma lo era. La folle si era poi rivelata un mostro. E il mostro, adesso, stava levando una di quelle mani che sembravano spade verso la sua guancia. Bianca chiuse gli occhi. La carezza fu quasi impercettibile, ma ebbe l'effetto di farle scorrere ancora lacrime sulle guance.

"Io... io ho dovuto lottare per tutta la mia vita, e non mi sono mai potuta permettere la debolezza!" esclamò Maria De Carli. Segni dell'età cominciavano intanto impercettibilmente ad affiorare su quel volto, come se il momento di incertezza stesse aprendo la strada a una senilità fino a quel momento bloccata. Bianca si avvide di tre profonde rughe sulla fronte, e delle guance che sembravano essere appena scese verso il basso. L'ampia collana di turchesi all'egizia copriva poi un collo che, a uno sguardo ravvicinato, rivelava increspature da tartaruga.

"E... e adesso mi specchio in te, figlia mia... C'è tanto da fare anche per te, sai?" Il tono di Maria De Carli era adesso quasi premuroso. Durò un attimo. Maria De Carli si girò. "Officianti!" Tuonò. Le donne in calzamaglia dorata alzarono il capo all'unisono. "La giovane infedele deve essere preparata per l'elevazione. Che si porti la sacra Maschera del Rispetto!" Un lampo maligno passò per quegli occhi colore del ghiaccio. Altri occhi grigi si illuminarono, stavolta di sorpresa e di sdegno.

"Io, portare quella mordacchia? Ma tu sei pazza! Scordatelo".

Maria De Carli scoppiò a ridere.

"È la seconda volta che mi chiami pazza. Vuoi che ti sculacci come la mammina dabbene che vorresti che fossi? Ho detto che sei la Figlia della Dea, non ho detto che tu sia la padrona qui dentro. Dovrai essere educata. Guarda! Non è un gioiello senza pari?".

Le due onde color cobalto dei capelli sobbalzarono come chiglie di navi da guerra, quando Maria De Carli ammiccò verso il piccolo corteo di donne in aderente calzamaglia dorata, che quasi a passo di danza stava avvicinandosi a loro. Un'alta europea, i tratti da slava o scandinava reggeva nelle mani il pauroso oggetto. Tanto più pauroso in quanto apparentemente innocuo: una coroncina di brillanti, una sorta di piccola tiara da porre sul capo. Due fini sbarrette di platino scendevano giù ai due lati del volto, per congiungersi in basso tramite una terza sbarretta trasversale, opportunamente sagomata da un elegante cesello, in modo da poter essere stretta in mezzo ai denti.

"Io non porterò mai un'oscenità del genere", disse Bianca facendo un passo indietro. Subito, alle sue spalle, si materializzarono due mani, piccole ma energiche, che le immobilizzarono le braccia. Jamina.

"Questa maschera fu realizzata oltre trent'anni fa come un gioiello", disse Maria De Carli sollevando l'oggetto e studiandolo contro luce. "Fu un artista a idearla. Io la trovo sublime. Così leggera e nello stesso tempo... definitiva. Se la indossi propriamente, non puoi parlare, come le Assistenti. Guardale!" Con un gesto ampio, indicò le donne in tunica arancione, ancora a faccia in giù sul pavimento dell'enorme sala, le gambe e le braccia ancora divaricate.

"La Disciplina è tutto, figlia mia. L'ho imparato anche io, a mie spese. Solo la Disciplina mi ha reso quello che sono ora".

"Un mostro, ecco quello che sei!".

"Adesso basta. Sei andata ben oltre quanto ti era concesso. Ora è il momento di obbedire".

Maria De Carli tese bruscamente la maschera a Jamina, facendo ondeggiare e tintinnare le lucenti sbarrette metalliche. Utilizzando sorprendentemente una sola delle sue piccole mani per tenerle bloccati entrambi i polsi sottili, Jamina prese il monile e lo calcò sulla testa di Bianca. Poi la libica si ritrasse, riprendendo la stessa posizione di vigile riposo di poco prima. Quando la sbarretta trasversale picchiò contro le sue labbra, la ragazza la sputò da una parte e tentò di strapparsela via.

"Ah, ah. Attenzione, Bianca", disse Maria De Carli studiandosi le unghie di una mano. Con l'altra fece cenno a Jamina. Lei spianò il suo revolver svizzero, puntando direttamente in mezzo agli occhi di Marco.

"Tu… non glielo lascerai fare!".

"E chi te lo garantisce, giovanotta? Ne ho fin sopra i capelli della tua arroganza".

Bianca fissò il padre, il viso ormai colore della cera. Le labbra tirate in un'impercettibile linea esangue, Marco sembrava curiosamente privo di bocca, come se la violenza che la figlia stava rifiutando fosse misteriosamente passata a lui in forma di mutilazione.

"Io … io non collaborerò con te se tu gli farai del male!".

"Non ho dubbi che non lo faresti. Ma lui morirà se farai altre storie. Non ho poi tanto da dire a tuo padre, e francamente la sua sorte mi lascia indifferente". Maria De Carli fece un segno a Jamina, e la ragazza tirò impercettibilmente l'indice sul grilletto della pistola.

"Ferma… Ferma! Va bene. Lascialo stare. È malato".

"Di vigliaccheria, sì". Un nuovo cenno di Maria De Carli, e Jamina abbassò la pistola. "Officianti! Scortate la Figlia della Dea negli Appartamenti della Riflessione". Fece una pausa, poi si rivolse di nuovo a Bianca. "Sai, si tratta di un'ala antica, nel seminterrato. C'è chi sostiene che siano le fondamenta della stessa biblioteca originaria. Un'ala dal comfort spoglio, ma sufficiente alle tue necessità di Aspirante".

"*Aspirante*?" chiese Bianca interdetta.

"Da adesso comincia il tuo tirocinio. E ora la maschera!".

Il tono ricordò a Marco la donna degli anni '70. La vista gli si velò, mentre sulle fattezze stile egizio di quella donna anziana si sovrapponevano quelle della terribile quarantenne del 1976.

Bianca calzò la maschera e strinse la sbarretta trasversale fra i denti. Una luce di sfida negli occhi, si lasciò attorniare dal piccolo corteo di donne in calzamaglia dorata. Scortato da Jamina, il gruppo sparì dopo pochi istanti dietro i battenti scorrevoli di una grande porta laterale.

"E adesso, Diletti", disse Maria De Carli stringendo le braccia dietro la schiena "mamma e papà si faranno due chiacchiere tranquille".

Venticinque

Ettore Varchi si godette la temperatura finalmente fresca dello studio di Forte San Giuliano. *O sarebbe meglio dare retta all'esperto e chiamarlo d'ora in poi, studio di Genova-Sturla?* Si infilò le mani in tasca come un ragazzino, ripensando all'esaltante quanto inattesa *performance* di Bernardi, a come, giorni addietro, aveva annientato Martone e perfino schiantato quel borioso di Bovo. Peccato che la trasmissione fosse stata interrotta subito dopo. Era venuto a sapere dal generale Torrisi che unità fedeli al vecchio governo, principalmente reparti della gendarmeria, avevano occupato il ripetitore che dominava Sarzana, e di lì erano riusciti a infrangere la catena virtuosa che aveva consentito agli insorti di farsi vedere in tutta Italia. *Ma ormai è troppo tardi*, pensò felice Varchi. *Tutti ora sanno la verità sulla corruzione del regime comunista e anche di quello post-comunista.* Non ci sarebbe voluto molto, prima che al fedelissimo Battaglione San Giorgio si unissero anche altre forze. *Marceremo tutti in amicizia verso i fratelli del Sud, e insieme travolgeremo il nemico americano e germanico.*

Tuttavia, le cose non andavano così lisce. Forze ancora ingenti erano a disposizione del vecchio esercito cisalpino, nonostante i proclami stampati a migliaia e fatti lanciare nelle zone a controllo misto. Per fortuna il Battaglione San Giorgio era tale solo di nome. Era in realtà progettato come un piccolo corpo d'armata e stava lavorando bene, ma non poteva da solo reggere la presa sulle città toscane occupate e tenere anche il fronte interno. A una settimana dall'attacco preventivo oltre frontiera e dai fatti di *La Habanita*, la coperta si andava facendo sempre più corta. Un'azione come quella ideata dalla Causa doveva procedere necessariamente veloce. Molto veloce. Gli americani si andavano infatti disponendo con calma intorno a Vicenza e ad Aviano, proprio come aveva promesso John Kennedy jr. Forti del loro possente retroterra logistico, tra poco si sarebbero mossi in appoggio ai tedeschi. Si camminava sull'orlo dell'abisso. Un brivido scosse Varchi. Una punta di panico, leggera quanto inequivocabile. *E se non riuscissimo nel compito? Il nemico è forte e potente e...* Scacciò il pensiero come un moscerino molesto. *Non è possibile fallire. Dalla Fede giunge la forza che porta alla Disciplina e di nuovo, in un circolo perfetto, alla Fede. Siamo la fine e il principio...*

Si girò di scatto. "Bernardi!" Esclamò, la mano destra già sull'elsa del fedele pugnale da lancio. "Non mi venga mai più così alle spalle!".

"Altrimenti mi uccide?" Chiese il giornalista. *Ironico. Cosa è successo a quell'idiota?* Possibile che fosse bastata una trasmissione ben riuscita a trasformarlo nell'intrepido che non sarebbe mai stato? *Perdio, siamo noi gli eletti della storia,* pensò scandalizzato Varchi, *non questo microbo.*

"Attento a non esagerare, ragazzo. Lo devo ammettere. L'altro giorno mi hai davvero stupito. Ma questo non ti autorizza a mancarmi di rispetto. Dimmi un po': credevi davvero in tutto ciò che hai detto?".

"Che la tragedia dell'Italia è stata la sua divisione? Certo che sì".

"Vedi, dunque, ti è bastato poco tempo per comprendere che avevamo ragione..."

"Non proprio. Non abbiamo avuto il tempo di finire la trasmissione".

"Che cosa vuoi dire?".

"Che avevo dell'altro da dire. Sulla divisione dell'Italia".

"E di cosa si trattava?" Varchi cominciava a innervosirsi. Decisamente cominciava a piacergli di più la precedente versione di Bernardi. Quella ossequiosa e tremebonda. Il nuovo e sconosciuto alieno lo preoccupava.

"Avete le vostre responsabilità nella divisione dell'Italia. Chi chiamò i tedeschi a Roma?".

"Fu Ciano!" tuonò Varchi. "Aspetta. Non vorrai mica insinuare che *Lei*...".

"Lei, lei e lei. Sono giorni ormai che questo pronome incombe su ogni cosa che voi fate. Chiamiamola col suo nome: Maria De Carli...".

"Non pronunciare il nome del Portavoce della Causa!" tuonò Ettore Varchi, le cicatrici sul volto in fiamme come se ricordassero il nome di chi aveva inferto le ferite che le avevano precedute.

"Se Maria De Carli", insistette Bernardi "non avesse attentato alla sicurezza dello Stato, se non avesse armato, Varchi, le *sue* unità speciali, se non avesse organizzato il bagno di sangue di piazza Venezia, non avremmo avuto i tedeschi a Roma e l'Italia si sarebbe avviata verso una pacifica transizione di potere. Le dico di più...".

"Se dici ancora una parola te ne pentirai per tutta la vita...".

"Se non ci fosse stata Maria De Carli non ci sarebbe stato nemmeno il regime di Antonio Murgita!".

Il manrovescio, violento e sonoro, raggiunse Bernardi tra lo zigomo e il naso, rompendo cartilagini e lacerando la pelle. Il sangue cominciò a scorrere copioso.

"Bazzo. Lei è un bazzo", fiottò disperato il giornalista. "Bi ha rotto il daso. Dod potrò addare id video per albedo ud bese!".

Ettore Varchi rise a lungo. Così gli piaceva il ragazzo. Lo contemplò mentre gemeva, i lunghi arti affastellati come quelli di un fenicottero abbattuto. Era tornato il fatuo avicolo di sempre, molto più attento alla forma che alla sostanza. *Avrei dovuto capirlo prima e iniziare a usare le mani da subito dopo la trasmissione. Tanto per chiarire chi comandava.*

"Se non ti rialzi subito ti garantisco che l'unico posto dove andrai sarà all'altro mondo", gli disse sottovoce. Bernardi capì e, tenendosi il naso con il fazzoletto, si rimise faticosamente in piedi, rimanendo in attesa di ordini.

"Ecco, così. Lo sai?" Chiese Varchi, improvvisamente amabile. "Io ti capisco, in fondo. Una vita fatta di lotte e conquiste, pezzetto per pezzetto. Un bel giorno arriva chi ti sa valorizzare e poi, puff! Scompare tutto, non è vero? Hai nostalgia del video?".

Bernardi scosse la testa in segno affermativo.

"...E poi diciamolo, avevi trovato il tuo spazio. Il fustigatore della Repubblica Democratica. L'*anchorman* che ha saputo denunciare la verità: la penetrazione della criminalità organizzata in un governo ormai corrotto!".

Bernardi assentì ancora, vigorosamente. Con una mano indicò il fazzoletto rosso di sangue.

"Lo so, lo so che non puoi parlare. Scusami. Mi sono fatto prendere dal mio temperamento. Ma anche tu devi imparare, ora, la Disciplina. Questo tempo lontano dal tuo lavoro ti servirà per riflettere. Io ho già dimenticato quanto è accaduto".

Chinando il capo in segno di ringraziamento, Bernardi rinculò verso la porta dello studio. Varchi lo spiò ancora per qualche minuto. Il giornalista si sedette al banco della regia e infilò nel videoregistratore la cassetta con lo speciale di qualche giorno prima. Con meraviglia lo vide seguire, parola per parola, sillaba per sillaba, quello che il suo alter ego elettronico andava dicendo. Quando, arrivato al culmine della registrazione, Bernardi echeggiò con voce nasale il magnifico *j'accuse* di una settimana prima, Varchi inarcò le sopracciglia. *Non è solo un narciso. È anche pazzo*, pensò. Chiuse la porta degli studi senza fare alcun rumore.

Abbandonò la vasta area destinata ai nuovi studi televisivi, e attraversò appena la grande piazza d'armi, guardando verso il piccolo edificio che i *marò* avevano attrezzato con celle di custodia. Il carcere cittadino di Marassi non era stato considerato abbastanza sicuro per custodirci dentro Martone e Bovo. I due politici alloggiavano ora in un piccolo appartamento comune, ricavato dai locali destinati ai sottufficiali. Ettore Varchi bussò alla porta e contestualmente entrò, trovandosi di fronte i due prigionieri, in maniche di camicia e con i volti pesti dalla stanchezza. Martone guardava sconsolato, fuori da una finestra che era stata bloccata. Bovo si sventolava furioso con un giornale. L'impianto di climatizzazione non funzionava più da tempo, e nella stanza non c'era nemmeno un ventilatore. Varchi si sentì avvampare, e notò il lezzo di sudore che i due uomini ormai emanavano. *Dovrò lasciargli fare una doccia*, notò distratto.

"Ci sono due comodi letti, e non le brande che avreste trovato in prigione", esordì. "Non c'è alcun motivo per non riposare". Rise.

"Tu, bastardo..." Bovo si alzò di scatto dalla sua sedia, per bloccarsi all'istante di fronte alla punta del coltello di Varchi.

"Occhio", avvisò il fascista. "Anche se hai del coraggio non è opportuno che tu lo sprechi facendoti bucare quel pancione. Voi rimarrete qui. Rassegnatevi. Tanto più che dopo la trasmissione di qualche giorno fa non c'è genovese che non vorrebbe farvi a sua volta la pelle..."

"Non ti bastava catturarci", mormorò Martone. Dovevi anche diffamarci".

"Diffamarvi? Bernardi non ha detto forse la verità? Che la Repubblica Democratica si è sostenuta, adesso come negli anni del regime, sui soldi dei russi?".

"Non è così facile da spiegare", disse Martone girandosi a mezzo e cominciando a gesticolare. "Il nostro era... è un Paese piccolo. Nessun'altra Potenza avrebbe..."

"Avrebbe, *cosa*?" Chiese aspro Varchi. "Finanziato le vostre conventicole e pagato i vostri portaborse? Garantito alla vostra nomenklatura una vita da nababbi?".

"Perché mai ci tenete ancora qui?" chiese all'improvviso Bovo. La luce negli occhi del sindaco di Genova era ancora battagliera.

"Non è affar tuo, Bovo!" latrò Varchi.

"Come mai, fascista, non mi dai una delle tue risposte così articolate?" insisté Bovo. "Forse perché la situazione non è così chiara, lì fuori? Forse perché ancora non controllate la città? Forse perché… AH!”.

Varchi era scattato come una fiera. La mano destra chiusa a pugno si era abbattuta sul viso di Libero Bovo, proiettandolo lungo disteso a un paio di metri di distanza. Il presidente Martone fissò la scena atterrito. Bovo pesava più di un quintale. Se fosse stato lui, invece, a ricevere quel colpo, avrebbe sicuramente spiccato il volo.

“Siete tenuti in questi locali perché è previsto che parliate ancora alla televisione”, improvvisò Varchi stiracchiando le dita contuse della mano destra. “La vostra vita stessa stavolta dipenderà da quello che direte a Bernardi. Non si tratterà più di riconoscere la corruzione del vostro regime”, continuò vivacemente il fascista, preso da un’improvvisa ispirazione, ma di parlare di come voi vi siete arricchiti privatamente. E dovrete essere convincenti… Di nuovo in onda fra quarantott’ore. Vi serviranno del riposo, una buona doccia e pasti regolari. Non vorrete mica dare l’impressione di essere minacciati, vero?”. Rise di nuovo, a lungo. Libero Bovo si era rialzato faticosamente, e ora sedeva di nuovo, il capo chino, sulla sua grossa sedia. Martone era tornato a guardare nel vuoto fuori dalla finestra. Sì. L’opera di distruzione della classe dirigente della Repubblica Democratica Cisalpina procedeva spedita. *Adesso,* pensò Varchi, *ci vuole anche per me una notte di meritato riposo.*

Ventisei

"Eccoci qui, alla fine, siamo di nuovo soli, io e te. Come ai vecchi tempi, no?" Scuotendo frettolosamente la mano, Maria De Carli congedò le due nerborute Officianti che avevano scortato lei e Marco in uno studio dalle finestre panoramiche. Fuori, l'incredibile spettacolo del delta del Nilo e dei grattacieli di al-Iskandarya. Se non fosse stato per quanto si vedeva fuori e per l'abbigliamento assurdo della donna, Marco avrebbe giurato di trovarsi di nuovo nello studio romano del Ministro degli Esteri Maria De Carli, ventinove anni prima. Rifiutò il dejà vu.

"Non c'è mai stato un io e te, pazza di una donna".

"Ah, no? Bianca ne è la testimonianza vivente, però".

"Bianca è mia figlia. Lo è diventata da quando me la lasciasti al "Messaggero", ricordi?".

"Tu hai sempre saputo che ero stata io, vero?".

"Io…".

"Oh, sì. Come al solito, Diletti, sei sempre stato molto più bravo ad adattarti alle cose, che non ad agire. Ma alle fine hai fatto in modo che le cose andassero esattamente come volevi…"

"Che vuoi dire?".

"Bianca è il tuo ritratto. Fa il tuo lavoro. In realtà, credo, molto meglio di te. Ma, bella forza, è una donna!" Maria De Carli rise, forte. *Di nuovo quel suono di lamiere sfregate.* "E tuttavia Bianca è anche qualcos'altro, vero? Lo è sempre stata. Da quando per la prima volta lei hai visto quegli occhi. Da quando, per la prima volta, ha dimostrato il suo carattere. Perché ha carattere, vero?".

"Lei… sì, ma…".

"Puoi negare di averlo sempre saputo?".

Gli occhi di Maria De Carli erano diventati nuovamente due pozze di cenere senza fondo. Marco non ebbe scelta.

"No. In effetti l'ho sempre saputo. Ho cercato di negarmelo, ma inutilmente".

"Come saprai, adesso, che il richiamo del mio sangue è troppo forte. Mi ha cercato da sempre,e ora è finalmente tornata da me".

"Se volevi togliermela, perché me l'hai affidata? Perché creare un'illusione e aspettare quasi trent'anni per infrangerla?".

Grosse lacrime stavano affiorando agli occhi di Marco. Maria De Carli se ne avvide e una smorfia di divertimento le attraversò il volto.

"Perché? Ma perché in fondo eri tu il padre. Te ne saresti occupato molto meglio di qualunque altro. O qualunque altra che non me. E poi, Diletti, diciamoci la verità. Io non sono mai stata tagliata per cambiare pannolini. Mi ci vedi ad allattare?" Rise di nuovo, più sommessamente. "Anche se, devo dire, vedendo Bianca per la prima volta ho sentito qualcosa qui", e si indicò il centro del petto.

"Se hai provato qualcosa del genere adesso sai come mi sento io...".

"E come ti senti? Defraudato? Imbrogliato? Tradito?" Pesante, il sarcasmo affiorava in quella voce sempre più dura.

"Me l'hai affidata solo per vedere la mia faccia quando me l'avresti tolta di nuovo...".

"Che genio! Ma che uomo brillante!" Maria De Carli applaudì platealmente. Le due Officianti nerborute si riaffacciarono alla porta dello studio, ma vennero bruscamente congedate. "Diletti, finalmente capisci. Ora comprendi come si possano aspettare quasi trent'anni per vedere delle lacrime sulla faccia di chi ti ha fatto del male".

Marco abbassò gli occhi.

"Era dunque tutto calcolato dal principio. Che io trovassi Bianca in quel modo... Che mi ci affezionassi... Che imparassi ad amarla, e...".

"Eppure non ti meravigliò darle il nome che ti era stato indicato. Non facesti una piega a eseguire l'ordine di uno sconosciuto".

"Io... io non potevo sapere fino in fondo che...".

"Tu ti sei lasciato scorrere la vita addosso, come sempre. Solo che stavolta non avresti mai pensato di dover perdere qualcuno che amavi veramente... Perché la perderai, Bianca. Non la vedrai mai più. Quando uscirà dall'Appartamento della Riflessione sarà una persona diversa. Vedrà le cose nel modo giusto. Capirà cosa l'aspetta. E farà la scelta giusta".

Le lacrime solcavano il viso di Marco.

"E... io cosa farò? Cosa saranno gli anni che mi restano senza di lei?".

"Io ho vissuto lontana da lei per quasi trent'anni, Diletti. Trent'anni passati a immaginare quello che sarebbe stato questo momento. Vedere te, così, e aspettare con impazienza mia figlia. Cosa sarà di te ora francamente non mi importa. Dovevi solo sapere tutto questo, prima di...".

"Prima di cosa? Intendi uccidermi?".

"Mi piacerebbe, non lo nego". Una nube paurosa passò negli occhi grigi della donna, scurendoli quasi come il giaietto. "E tuttavia credo che tu meriti ben altro...".

"Cosa hai in mente?".

"Assisterai alla metamorfosi di Bianca. Ciò che di te ancora alberga in lei sarà lentamente distrutto dal ricondizionamento. Presto lei sarà una donna a mia immagine e somiglianza. La tempesta che è dentro di lei sarà libera di uscire. E nessuno potrà fermarla. Le insegnerò a dirigere la sua forza. A controllarla. E tu...".

"E io?".

"E tu assisterai. La crisalide si trasformerà in farfalla sotto i tuoi occhi. Sarà il *reportage* della tua vita, Diletti. La trasformazione di Bianca da tua figlia in mia figlia. Sarà molto più interessante che, banalmente, morire e basta. Non credi anche tu?".

"Ma è orribile!" esclamò Marco singhiozzando.

"Oh, no. A ben guardare, e proprio dalla tua prospettiva, a me pare invece estremamente eccitante. Pensaci. A quanti giornalisti è dato di raccontare in prima persona la propria morte? Non è un privilegio, quello per il quale sei stato scelto?" Maria De Carli rise ancora, lugubre.

È più che pazza, pensò Marco. *Questa donna è il demonio in persona.* Tentò, disperato, un'ultima carta.

"Come puoi pensare che Bianca condivida questo tuo pazzesco mondo di matriarche androgine e drogate di potere? Lei lo disprezza. E tu l'hai imprigionata. Bianca detesta i limiti. Tu per lei significhi solo odio e umiliazione!".

Per un istante Maria De Carli sembrò scossa. L'ombra di un pensiero a turbare la superficie immobile di un'anima perduta. Poi si riscosse.

"Bianca è tenuta prigioniera dalla paura per *te*. Quando comprenderà che è solo questo il limite che la imprigiona, comprenderà anche chi è che ha sempre inteso tarparle le ali. La sua mente rifiuterà te come adesso cerca di rifiutare me, sua madre. Credimi, già adesso, nel silenzio dell'Appartamento della Riflessione, i due mondi si stanno sovrapponendo. E lei può vedere vantaggi e svantaggi. Mia figlia saprà cosa scegliere!".

Le spalle di Marco si abbassarono.

"Cosa accadrà di me... dopo?".

"Eccolo qui, il mio caro Diletti di sempre!" Stavolta, solo divertimento in quella voce di lamiera. Maria De Carli stava cominciando ad assaporare il trionfo. "Riprendi a preoccuparti per te stesso. Beh, non avevo inteso ricondizionare anche te, ma visto che ci pensi da solo, male non ti fa. Cosa sarà di te, mi chiedi? Te ne tornerai dove vuoi".

"Come sarebbe?".

"Credi che davvero mi importi di toglierti la vita? Che scopo avrebbe, dopo averti tolto Bianca? Tornerai a casa tua, se vorrai. A Genova. Dovunque cazzo deciderai di andartene, insomma".

"Non potrei mai, senza Bianca!".

"Oh, ma certo che potresti. Torneresti alla vita di tutti giorni, come facesti un tempo. Dopo avere fottuto me. E quell'ingenua della tua fidanzatina. Silvia, com'è che si chiamava? A proposito, com'era a letto? Scialba come al processo Moro?".

"Lascia fuori almeno lei dai questa storia!".

"Le tue tirate da maschietto sono ridicole almeno quanto il tuo attaccamento alle persone. E pensare che hai perfino avuto il coraggio di andare a cercarla a Roma! E sei stato così crudele da imporla a Bianca! Non lo avrei fatto nemmeno io..."

"Lei poteva essere sua madre... oh, ma che senso ha parlarne?".

"Certo, che senso ha? Specie quando sapevi dal principio che non era vero. Ma dovevi lavarti la coscienza ancora una volta, no? Ammettilo!".

"C'era la ragionevole possibilità che..."

"Non c'era nemmeno una probabilità su un milione che Bianca fosse sua figlia, Diletti. E tu lo sapevi dal principio. Come già fin d'ora sai che ti abituerai di nuovo alla tua vita senza scopo. Ed è questo che fa più male, non è vero?".

Marco si sentì straziare. *È vero. Lei lo sa e io lo so,* pensò Marco. *Ma Bianca ha sorriso a te e non a lei*, gli disse una voce dal profondo. *Non tutto è ancora perduto.*

"Cosa ti dice che io resterò qui a vederti rubarmela? Cosa ti dice che io non combatterò?".

"Ah, Diletti mio caro. Me lo dice l'amore che dici di provare per lei. Azzardati a interferire con il suo destino, e ti giuro che la ucciderò con le mie mani. Se non sarà la figlia della Dea, non sarà la figlia di nessuno. E tanto meno figlia tua".

Marco guardò Maria De Carli cercando umanità nel profondo degli occhi. In quel grigio trovò solo un pozzo di tenebra, nero come il più profondo degli inferi.

Ventisette

L'Appartamento della Riflessione era una stanza larga e bassa. Il soffitto era poco più alto di un uomo normale, Bianca aveva temuto per un momento di dover procedere a capo chino. In realtà, se quest'umiliazione le era stata risparmiata, le era stato consapevolmente inflitto il supplizio di un soffitto malevolmente incombente. La ragazza aveva finito per sdraiarsi a mezzo su un ampio e peraltro comodo divano che era disposto lungo una delle pareti.

Il primo riflesso era stato sputare via con rabbia la sbarretta traversale della Maschera del Rispetto, tentare di strapparsi dal capo anche l'intera tiara. Si era però avveduta della telecamera piazzata sulla parete di fronte. *Se la levo, papà muore*, era stato l'immediato pensiero, come immediata era stata la maledizione all'indirizzo di chi aveva concepito quella tortura. *Mammina cara*, aveva pensato, mentre rimetteva la sbarretta al suo posto fra i denti.

Erano ormai giorni che si trovava lì dentro. Non avendo più né orologio, né telefono cellulare poteva scandire il tempo che passava solo grazie ai pasti che le venivano somministrati attraverso uno sportello fissato nel muro. *Cosa è successo a papà*, continuava a chiedersi, in una nebbia che si addensava intorno alla sua mente e che rendeva sempre più torpide le sue reazioni.

Disciplina. La cosa più importante è la disciplina, continuava a ripetersi. Così aveva detto del resto anche sua madre. Buffo chiamarla così. *Oh, mio Dio. Vuole forse dire che il condizionamento sta cominciando a funzionare? No, no, no. Disciplina. Ci vuole disciplina.* E la disciplina doveva portarla via da quel supplizio.

Ma come fare? Impazzirò qui sotto. Lo specchio fissato sulla parete opposta a quella del divano le rimandava l'immagine di una schiava. L'alternativa era quella di regalare alla telecamera l'inquadratura frontale del suo viso stretto dalla mordacchia.

Bianca si alzò e, la testa istintivamente stretta fra le spalle, cominciò a camminare avanti e indietro. Lo aveva fatto più volte nelle lunghe ore passate lì sotto. Aveva capito subito che cedere alla tentazione del comodo divano avrebbe significato rinunciare da subito alla propria volontà. Dal decimo pasto erano cominciate infatti le voci.

Che pace tutt'intorno. Finalmente la pace.

"Chi è che parla? Chi c'è qui dentro?".

Bianca aveva sobbalzato e si era guardata intorno. Avevano forse nascosto degli altoparlanti nei muri?

Perché combattere? Rilassati.

"Chi accidenti è che parla?!"

Il tono di quella voce era però stranamente familiare. Era come se…

Stenditi sul divano. Dormi. Quando ti sveglierai tutto ti apparirà chiaro…

Si era guardata allo specchio, e con orrore si era resa conto di avere sputato la sbarretta e di essere in piena conversazione con se stessa. Se la risistemò con rabbia.

"Non mi avrai, maledetta bagascia!" articolò all'indirizzo della telecamera. Un grido che, con la sbarretta tra i denti, si risolse in un mugolio incomprensibile. Non poteva cedere alla tortura inflittale da sua madre. Peggio, non poteva lasciarsi andare al vuoto di cui quella stanza era piena.

La cosa più importante è la disciplina.

Non poteva lasciare che i suoi pensieri se ne andassero dove volevano. Quel vuoto li avrebbe inghiottiti e poi risputati, tali e quali a come si voleva che fossero. E da quella stanza sarebbe uscita una nuova Bianca, pronta per il condizionamento che avevano subito le donne della biblioteca. *Non voglio portare una tu-*

nica, per Dio! E nemmeno una calzamaglia con quegli assurdi cappelli in testa!

La cosa più importante è la disciplina.

Poteva però sfruttare quell'isolamento per pensare in maniera corretta. *Ecco, così.* Sapere che dal proprio atteggiamento dipendeva la vita del padre, e che... *e che deve esserci un modo, maledizione, per mandare all'aria i piani di quella donna! Pensa, bambina. Pensa!* Era così difficile ricordare qualcosa che fosse accaduto prima del loro arrivo ad al-Iskandarya. Rabbrividì. *Si chiama Alessandria d'Egitto.* Erano già arrivati così in là con il condizionamento? Le stavano forse dando delle droghe in quei pasti sempre più insipidi? Si sforzò di ricordare qualcosa che non fossero quelle lunghe pareti e quel maledetto soffitto basso.

La cosa più importante è la disciplina.

Morse a fondo la sbarretta tra i denti, fino a sentire sulla lingua il sapore del sangue. *Maledizione e ancora maledizione!*

Perché lottare?

Si guardò di nuovo allo specchio. Stavolta la voce era venuta dal di dentro.

Per la vita di papà. E per la mia.

Strinse i pugni contro le tempie.

Perché combattere? Abbandonati alla via della Dea.

Strinse le palpebre, forte.

Col cazzo che mi convinci!

Le orecchie cominciarono a ronzarle.

Il tuo apprendistato sta per concludersi...

Il ronzio diventò un rombo.

Cedi, adesso, alla Verità Rivelata!

Improvviso, un flashback di appena qualche giorno addietro. Il sole e l'afa di Savona. Quell'appartamento di via Paleocapa. Gli occhi di Liliana Forte. Occhi intelligenti e... grigi!

La cosa più importante è la disciplina.

Bianca si guardò di nuovo allo specchio. Era vero, indiscutibilmente vero. Le stesse palme a forma di lama, lo stesso portamento eretto, le stesse gambe lunghe e affusolate, lo stesso volto triangolare… Gli stessi occhi… La figlia della Dea... E tuttavia... Ripensò a sua madre e, improvvisamente, tutto le fu chiaro.

Quando sarai pronta, busserai alla porta. Bianca si avvicinò al massiccio legno che la chiudeva nella sua prigione, e iniziò, ritmicamente, a batterci contro il pugno.

"Ho piacere che finalmente tu abbia compreso", le disse sua madre non appena le due Officianti l'ebbero scortata di nuovo al centro della biblioteca. Maria De Carli ostentava ancora il *Kephresh.*

"Sì, ho compreso".

"Te l'avevo detto che la chiave di tutto è la disciplina. Non hai idea di quanto mi abbia forgiato il silenzio di quella stanza. Ci ho passato anche io dei giorni, sai, e…?".

"Dov'è papà?".

"Tuo padre è al sicuro".

"Come faccio a saperlo?".

"Devi fidarti di me. La prossima tappa della disciplina è fidarsi".

"Come posso crederti?".

"Non lo senti dentro di te?".

"Ho sentito molte cose, ultimamente".

"Sei diventata laconica, mia cara. Per il lavoro che facevi, è ben strano. Ma non importa. Devi fidarti di me. Tuo padre sta riposando. Questi giorni lo hanno molto stancato".

"Voglio vederlo".

"Sei ancora troppo insistente. Credo che il tuo apprendistato dovrà arricchirsi di un approfondimento sull'umiltà. Ma del resto sei figlia di tua madre. E va bene. Visto che dovrete passare molto tempo lontani l'uno dall'altra, che sia. Officianti!".

Due donne in calzamaglia oro si diressero verso una porta laterale, e ne aprirono entrambi i battenti. Seduta su una poltrona, si intravedeva una sagoma accasciata.

"Papà!".

Ventotto

Le due Officianti si avvicinarono alla poltrona e misero ciascuna un braccio intorno alle spalle di quello che ora appariva come un uomo ancora più vecchio dei suoi sessantotto anni. Quando il volto di Marco apparve alla luce, Bianca vide due occhi che avevano perduto ogni speranza, e un volto pallido come un lenzuolo.

"Papà! Cosa gli hai fatto, in nome di Dio!".

"Diciamo che con tuo padre avevo un certo... arretrato. Abbiamo parlato di te e del tuo futuro, e già che c'eravamo abbiamo rivangato i vecchi tempi. E adesso Diletti è un po' giù di corda, non è vero?".

"Maledetta puttana!".

Maria De Carli sobbalzò, un fremito le percorse i lineamenti e per un attimo gli occhi grigi divennero pozze di cenere senza fondo. Poi il volto fu animato da uno strano sorriso amaro.

"È ben curioso che tu chiami me puttana, ragazzina... Quest'uomo mi ha tradito, lo sai". Indicò Marco con un indice che vibrava di sdegno. "Siamo stati amanti. E ciò nonostante mi ha usato per scalare quella misera piramide che era la gerarchia del suo lavoro. E poi mi ha gettato da una parte! Me, capisci?".

Gli occhi grigi luccicavano come lame d'acciaio temperate. Per un attimo Bianca comprese come in passato migliaia di persone potessero essere rimaste avvinte da quello sguardo.

"Nei lunghi seminari della mia gioventù", riprese Maria De Carli, "ho incontrato quella stessa mentalità. Uomini come predatori, o meglio, come saprofiti. Avvoltoi, pronti ad approfittare della tua prima debolezza per usarti e poi mollarti, agonizzante, da una parte. Dimmi, ora!".

"C… cosa?" Rispose Bianca, incapace di arrestare il fiume in piena che era sua madre. Lei stessa sentiva, dentro di sé, montare l'indignazione contro quel vampirismo maschile che le veniva così vividamente descritto.

"Sono forse salita al vertice, calpestando migliaia di vite e diventando la guida di un Paese, solo per farmi gettare da parte da questo ometto?" L'indice che puntava verso Marco era ora fermo come la canna di un fucile, e come la canna di un fucile sembrava promettere solo la morte per chi stava dall'altra parte. A Bianca sembrava quasi di percepire fisicamente l'odio. Sua madre detestava a quel punto suo padre? Era come resistere a possenti ondate che si abbattevano sul fragile crinale della sua sanità mentale. Guardò suo padre, abbandonato come un fantoccio nella stretta delle due Officianti.

"Tu sarai la Figlia della Dea. Il tuo posto è a fianco a me, e dopo di me". Il tono di Maria De Carli non ammetteva repliche.

Bianca chinò il capo. Guardò sua madre e suo padre. Ripensò agli occhi di Liliana Forte. Occhi grigi.

"No".

"Come, no?".

"No, mamma".

Maria De Carli aprì e richiuse la bocca. Bianca la vide passare attraverso tutti gli stadi della furia, ma non le diede il tempo di esplodere.

"O forse dovrei dire no, *Aurora*?".

Fu come se stavolta fosse stata Bianca a infliggere a sua madre un poderoso manrovescio. Maria De Carli sbatté le palpebre e barcollò. Dalla stanza in cui suo padre era rimasto recluso, si materializzò Jamina. La libica accorse, il fuoco negli occhi. Con una mano si precipitò a sostenere la sua anziana guida, con l'altra impugnò la pistola.

"Dove... dove hai saputo di quel nome?" chiese infine Maria De Carli, bloccando con un gesto secco Jamina.

"È tutto scritto qui..." disse Bianca, sventolando il foglio autografo di Palmiro Togliatti. Lo aveva quasi dimenticato, sporco e liso, nella tasca dei jeans. "Tu sei la figlia del Migliore... Che assurda ironia per un aspirante dittatore nazista!".

"Nessuno ci crederà, Bianca", sibilò Maria De Carli avvicinandosi come un predatore. Un balzo e strappò la nota dalla mano della figlia, riducendola seduta stante in mille pezzi.

"Oh, sì invece, mammina cara. Certo che ci crederanno. Ci crederanno tutti. Io sono una giornalista, te lo ricordi? E i giornalisti hanno l'abitudine di mettere le fonti al sicuro!".

Maria De Carli si inginocchiò a terra, cercando febbrilmente di ricomporre i brandelli di carta. "Una fotocopia!" ruggì, levando in alto il capo. Le spade che erano le palme delle sue mani si incurvarono, come degli artigli. Jamina tirò finalmente fuori la sua pistola e la puntò al centro della fronte di Bianca. Marco, ancora impotente tra le due Officianti, silenziosamente, cominciò a pregare. Poi Maria De Carli si ricompose, rise di nuovo con quel suono metallico e si rialzò.

"Bimba, bimba mia... Devo ammettere che hai il dono naturale del ricatto. Ma ce ne vuole per raggiungere tua madre. Sentiamo cosa dovrei fare, per metterti a tacere, ovviamente senza ucciderti".

"Finirla con questa pagliacciata. L'Italia non ha bisogno di altre guerre. E soprattutto non ha bisogno di dei o dee che la guidino. Se... se chiudiamo adesso questa storia, forse per te c'è un modo di uscirne, e...".

"Cara la mia ragazza, ma nessuno sa che dietro ci sia io, salvo...".

"Salvo me e papà".

"Esatto. E credi che questo mi fermerebbe?".

"Io credo che nessun italiano sano di mente si fiderebbe di una come te. A maggior ragione dopo avere saputo di chi sei figlia. Ma dimmi una cosa. Come mai Antonio Murgita non uccise anche te, nel 1944?".

Il nome del leader comunista colpì Maria De Carli non come uno schiaffo, ma come un colpo di maglio. La donna sedette sul pavimento e sembrò rattrappirsi su se stessa. Jamina accorse, ancora una volta, in suo aiuto.

"Vediamo se ho capito bene cosa è accaduto..." proseguì implacabile Bianca. "Murgita partecipa al commando che uccide tuo padre a Genova. Rimane ferito, ma non aspetta nemmeno di ristabilirsi. Va via dall'ospedale e parte alla caccia di Luisa Forte. Le entra in casa e le spara. Tu però...".

"Io... io ero così piccola..." disse Maria De Carli, la voce improvvisamente di bambina. Sedeva in terra abbracciandosi le gambe e dondolandosi. Un'assurda bambola in costume egizio. "La mamma non faceva che piangere. Era così da giorni. Non faceva che ripetere quel nome... *Palmiro... Palmiro... Me lo hanno ucciso!* Mi diceva che dovevo ricordarmi di lui sempre, che mio padre era un eroe. Ma io rammentavo solo un paio di occhiali spessi, uno sguardo miope, da tartaruga. Una carezza. Un giocattolo..." Lo sguardo di Maria De Carli si posò, trasognato, sul viso di Bianca. "Poi, improvviso, uno schianto, quell'altro uomo che entra come una furia! Io... io mi nascosi sotto il letto... Sentii il colpo di pistola e...".

"...E poi lui ti trovò".

"Lui... lui mi portò via e poi mi fece stare in una... casa... dove..." Maria De Carli dondolava sempre più veloce.

"Una casa con il soffitto basso, vero, mamma? Uno scantinato. E lì ti ha stuprato". Per la prima volta, fu Bianca ad avvicinare una mano alla gota color gesso della madre. Il gesto ebbe il potere di sciogliere le lacrime della donna. Maria De Carli chinò il capo e iniziò a singhiozzare. Suoni laceranti, prodotti con sforzi che sembravano squassarla. Sotto il casco corvino le si vedeva la ricrescita candida. A Bianca sua madre apparve improvvisamente fragile. Pensò di abbracciarla, ma le sue mani si rifiutavano di toccare quel corpo ancora alieno.

"È per questo che detesti gli uomini, vero mamma? È per quella violenza che hai scelto la tua vita? È questa la ragione della Dea?".

Maria De Carli alzò il viso e tirò in avanti il mento. Marco riconobbe il gesto. Era la determinazione che tornava, la lucidità che si faceva largo.

"Sono stata lì per due lunghe settimane. Lui mi violentò, sì. Ma una volta sola. Mi disse che mi avrebbe uccisa, che dei Togliatti non doveva rimanere traccia. Ma non si decideva mai. Cominciò a portarmi regolarmente i pasti. Credo che... credo che, in qualche distorto e animalesco modo, si fosse affezionato a me. Capii che l'unica salvezza era dargli corda. Così feci in modo che si fidasse di me. Diventai il suo... cagnolino. Quando veniva da me si faceva... si faceva accarezzare e...".

Maria De Carli esitò ancora, le lacrime sospese negli occhi. Poi riprese a parlare.

"Infine, credo un paio di settimane dopo che era cominciata la mia prigionia, un giorno che lui non c'era, corruppi una di quelle guardie dell'OVRA Ormai sapevo come fare... Quando si andò a lavare, lasciandomi lì seduta come una bambola di pezza, scivolai fuori da quella casa e fuggii. Corsi per ore. Poi arrivai a una fattoria. Erano brava gente, si presero cura di me. Capirono che qualcuno mi stava cercando, e così mi schiarirono i capelli e mi misero a lavorare in stalla. Quando l'OVRA bussò alla porta, nessuno mi riconobbe, bionda e sporca da fare spavento...".

"E poi che accadde?".

"Accadde che ci passai otto anni da quella gente. I De Carli erano gente ricca. Possedevano duecento ettari di terra vicino a Piacenza. Quando le acque si furono calmate mi mandarono perfino a scuola, dandomi il loro nome. Aurora Forte era sparita per sempre, e Aurora Togliatti non era mai venuta al mondo. In compenso era nata Maria De Carli. E Maria era così intelligente da farsi largo in fretta nelle associazioni giovanili del Fascio, fino a essere notata da...".

"...Da un certo Julius Evola", disse Marco a voce bassa.

"Esatto, Diletti. Lo incontrai a un congresso all'università di Bologna, e lui fu così entusiasta di me da invitarmi a studiare a

Roma, in quella che poi diventò la Fondazione Julius Evola. Lui fu l'unico a cui raccontai tutto. E fu la persona che mi rivelò l'identità del mio stupratore. Antonio Murgita, informatore dell'OVRA. Figura-chiave nel progetto di Guido Leto, disintegrare il PCI dall'interno. Ma Leto si era accorto col tempo che Murgita non era gestibile. Così aveva tentato di liberarsene, stile Matteotti, se avete presente...".

"Diceva di essere stato picchiato quasi a morte, infatti..." disse ancora Marco.

"Sì. Dovevano ucciderlo, ma non riuscirono. Lo lasciarono mezzo morto per strada, e quello fu l'errore più grande. Murgita sopravvisse e si rifugiò a sua volta in Russia. Per tornare in scena nel 1975... Il mio progetto politico nacque allora come necessità per fermare quel mostro assetato di potere, non capite?".

Maria De Carli era di nuovo se stessa, lo sguardo febbrile rivolto a Bianca e Marco.

"Murgita e Ciano, due opposte facce della stessa spazzatura maschilista! Dovevo spazzarli via entrambi! Non importava come. La cosa fondamentale era che nessuna donna avrebbe mai più dovuto subire l'umiliazione o la morte per la sete di potere di un maschio! E adesso è la stessa cosa, e...".

"Mamma...".

"...Non capisci, Bianca? Li dobbiamo fermare! L'Italia deve rinascere con questo solenne impegno verso la donna...".

"Mamma".

"Cosa c'è?".

"È finita, adesso. Adesso sei libera. Murgita è morto. Ciano è morto. Non devi più dare fuoco al mondo per vendicare i tuoi genitori...".

"Papà... Oh Dio, papà!" Singhiozzò Maria De Carli prendendosi il capo tra le mani e ricominciando a piangere. In fondo alla sala, Officianti e Assistenti, alcune di queste ultime gettando via la maschera a forma di museruola, cominciarono, silenziosamente, e alla spicciolata, ad abbandonare l'anfiteatro. Vicino a

Maria De Carli, l'esterrefatta Jamina non sapeva cosa fare. La pistola le penzolava inerte dalla mano destra.

"Ci sono io, mamma... Ci sono io qui, e...".

Bianca allungò le mani... *Devo abbracciarla, ora...* Maria De Carli fu più veloce. Si voltò verso Jamina, e le strappò l'arma. Guardò il revolver come fosse un insetto raro, poi lo impugnò. Per un lungo momento lo puntò sul volto di Marco, spostando lentamente la mira da un occhio all'altro.

"Mamma, no!" esclamò Bianca.

"È vero, sai? È tutto a posto adesso". Maria De Carli sollevò la canna della pistola verso l'alto. "Lo vedo solo ora... Tutto è chiaro. Manca solo un tassello...". Sorrise. Poi, in un unico movimento, riabbassò l'arma puntandosela sotto il mento, e fece fuoco.

Ventinove

Tutto era pronto per la nuova trasmissione. Bernardi era appena uscito dalla sala trucco. Il naso ancora gonfio si notava appena. Nei nuovi studi di Forte San Giuliano – *pardon, di Genova-Sturla* – faceva di nuovo caldo per via delle forti luci. Di nuovo, sulle stesse sedie di venti giorni prima, sedevano Francesco Martone e Libero Bovo. Il primo, sempre più emaciato, il secondo curiosamente smagrito e privo del consueto incarnato paonazzo. Era come se entrambi fossero rimasti immersi per giorni nella candeggina.

Più grave del solito, Ettore Varchi se ne accorse, era l'espressione di Bernardi. Niente tic, nemmeno la solita pochette nel taschino. Aveva lo sguardo intento, come se sapesse esattamente cosa stava per succedere e quale dovesse essere il suo ruolo. *Come potrebbe non saperlo*, pensò Varchi. *Abbiamo pensato così a lungo a questo momento. Il colpo finale. Grazie ai nuovi software d'attacco messi a disposizione dalla Nuova Mezzaluna, i ragazzi hanno finalmente acciuffato i conti segreti di quei bastardi!* Era stato un lavoro difficile. Condotto in piena clandestinità da una rete di computer collocati in semplici abitazioni private, sparse lungo l'intera penisola. Gli *hacker* arabi e indiani avevano fatto scuola, con la loro organizzazione casereccia, ma estremamente efficace. Si faceva finta, che so? Di raccogliere dati per progetti apparentemente innocui, tipo scoprire la presenza di civiltà extraterrestri nello spazio, poi invece si usava la potenza di calcolo di un *net* di migliaia di macchine per ben altri e più strategici scopi. D'altra parte, purtroppo, le operazioni militari languivano. Ci si era aspettati un attacco di tedeschi e americani, la scintilla che avrebbe fatto scattare il comune orgoglio italiano. Ma, quasi lo sapessero, gli stranieri non si erano mossi.

Nel frattempo, però, grazie anche alla tregua di fatto, che aveva evitato operazioni di disturbo elettromagnetico, erano arrivati quei benedetti nuovi programmi, e in pochi giorni l'intero flusso del denaro sporco, da Mosca a Novyi Petersburg a Genova e ritorno era stato ricostruito. Non si trattava, a onor del vero, di abusi clamorosi. Martone, ad esempio, si era fatto costruire la casa di campagna ricorrendo alle maestranze latinoamericane del Comune di Genova, stante il beneplacito di Bovo, che a sua volta aveva avuto le dritte giuste per speculare sul mercato del petrolio. Entrambi avevano rendite principesche, e su queste come su altro si poteva intervenire, montando scandali assolutamente infondati. *Come, ad esempio, sfruttare la notoria omosessualità di Martone per inventarsi un giro di prostituzione maschile dalla Romania.. Oppure diffondere la falsa notizia che il corrotto Bovo aveva in animo di uccidere quel frocio smidollato di Martone per prenderne il posto al Ducale… Così li metteremo anche l'uno contro l'altro!*

Varchi si fregò le mani. La propaganda è l'arma migliore. Goebbels sarebbe stato orgoglioso di lui. E anche *Lei* lo sarebbe stata… Fremette di anticipazione. Bernardi ormai era pronto. L'assistente di regia cominciò il conto alla rovescia, mentre i volti di Bovo e Martone trasfiguravano in quelli di due condannati a morte.

In quel preciso istante tutti gli apparecchi elettrici si spensero, insieme ai potenti fari di studio. Per un momento fu buio e panico assoluto, finché, un paio di secondi dopo, non si accesero le luci di emergenza. Tutti in studio presero a parlare nello stesso tempo, concitati. Prima che Varchi potesse pensare al da farsi, si vide piombare incontro la trafelata sagoma di Virgilio Dente.

"Vuoi spiegarmi che cazzo succede?" gli urlò Varchi, un sottile brivido di panico ad attraversargli la schiena. L'ex terrorista portava un radioauricolare dotato di microfono e sul suo volto si stava disegnando una smorfia di paura. Varchi si accorse che Virgilio stava ricevendo una telefonata dal fronte. In quel momento tornò la corrente elettrica, e qualcuno indicò un monitor sul quale stavano scorrendo le immagini del canale INN. Varchi trasecolò. Avanguardie chiaramente tedesche e americane che entravano pacificamente a Empoli e Pisa. La folla italiana festante. La telecamera indugiò sull'uniforme nera del comandante dei marò del San Giorgio che, dopo avere salutato rigidamente il collega tedesco, firmava un documento. Il reporter americano usò il termine *surrender*, resa.

Ci siamo arresi?

"Cosa cazzo è successo, eh?" urlò Varchi, prendendo Virgilio per il collo. "Dovevamo attaccare quei crucchi di merda! Dovevamo sfondare le prime linee italiane a sud di Firenze e scendere attraverso l'autostrada, giù fino a Roma! Perché i *marò* si stanno arrendendo?".

"È... è arrivato un ordine..." rispose Virgilio, terreo, l'auricolare che gli pendeva inerte sul petto. "Le forze militari e paramilitari provenienti da sud a un certo punto hanno fatto dietrofront. Erano tutti concentrati fra Umbria e Toscana, come si era detto. Poi...".

"Poi, cosa?".

"Poi... mi hanno detto alcuni ragazzi, c'è stata grande animazione. A un tratto i miliziani parlavano tutti di ... *Mariam*..."

"Dio santo, Virgilio! Come mai non ci ho pensato prima? Chiama Alessandria d'Egitto, la Biblioteca...".

"Già fatto... Linee isolate. E c'è di peggio...".

"Cosa può esserci di peggio?".

"C'è che la flotta di sommergibili nucleari si è consegnata alla marina degli Stati Uniti. Adesso potranno esaminare la nuova lega in tutta calma...".

"Dio mio, è la disfatta. Cosa succederà adesso?" Varchi si prese la testa fra le mani.

"So che a Teheran e a Damasco ci sono già manifestazioni contro la politica della Nuova Mezzaluna. L'ayatollah Montazeri è fuggito. Pare che gli iraniani vogliano andarsene...".

"Sarebbe la fine...Ma che succede qui a Genova?".

"È difficile dirlo...".

"È tornato il canale governativo genovese! Ma come?" Varchi indicò il televisore con il telecomando, proprio mentre iniziava un collegamento in diretta con Palazzo San Giorgio.

In cima a una rozza pedana di legno stava in piedi uno sconosciuto. Intorno a lui una ridda di microfoni. L'uomo teneva le mani curiosamente intrecciate davanti all'inguine, così da sembrare la caricatura di un calciatore in barriera in attesa del calcio di punizione.

"Valerio Fortunato?" gridò Virgilio. "Ma è impossibile!".

"Marcello Romani!" gridarono a loro volta all'unisono Martone e Bovo, indignati almeno quanto l'ex terrorista.

"Presidente ad interim Romani..." iniziò cerimonioso un giornalista. Stavolta fu Alberto Bernardi a gridare di rabbia. Lo scoop del secolo gli era sfuggito.

"Presidente? Presidente di cosa?" sibilò Ettore Varchi?

Cedendo a un antico riflesso assembleare, Valerio afferrò il microfono che gli veniva porto e cominciò a parlare

"...Si è arrivati a questo punto", cominciò "perché il popolo del Nord-ovest non voleva una nuova e rovinosa guerra civile sul suolo italiano...." La voce di Valerio, amplificata dal microfono che teneva troppo vicino all'applique pinzata sulla giacca, diede inizio a un loop sonoro che degenerò in un sibilo lacerante. Fortunato se ne accorse e allontanò il microfono. "Elementi interni neofascisti", riprese Valerio "avevano raggiunto un accordo con esponenti del passato regime italiano e con il governo della Nuova Mezzaluna per montare un incidente tra le due, anzi fra le tre Italie...Volevano spingere Germania e Stati Uniti ad attaccare preventivamente le unità italiane a sud della linea dell'Arno. Questo avrebbe acceso un casus belli terrificante. Sappiamo infatti che, al largo della costa orientale degli Stati Uniti e in prossimità del Canale di Panama incrociava una massiccia flotta sottomarina dotata di nuove tecnologie di mascheramento e corazza. Erano lì, senza che nessuno lo sapesse, armati di missili nucleari. Pronti ad affondare uno dei loro e a dare la colpa a Washington per innescare un'apocalisse…"

"Abbiamo rischiato la Terza Guerra Mondiale, dunque?" chiese pallido un altro giornalista.

"Di più. Per un momento ci siamo stati dentro", rispose Valerio. "poi per fortuna è arrivato un contrordine da Alessandria d'Egitto. Le forze ammutinate del Battaglione san Giorgio a Pisa ed Empoli si sono arrese. E, cosa più importante di tutte, le truppe paramilitari straniere sono state ritirate".

"Chi ha dato quest'ultimo ordine?" chiesero all'unisono i giornalisti in video ed Ettore Varchi davanti al televisore.

"Ci risulta essere stato dato da… Maria De Carli". Valerio guardò nella telecamera con espressione affranta. Un brusio di incredulità percorse la folla dei cronisti.

"No. NO! Maria non può avere fatto questo!" ruggì Ettore Varchi. "È assurdo. Tutto era stato pianificato. Tutto! La fine degli Stati Uniti d'America. La conquista dell'Italia e poi, sconfitti i tedeschi, dell'intera Europa. Il mondo civile dominato dal Mediterraneo. Il sogno di Mussolini!".

"Che cazzo dici, vecchio?" Chiese Virgilio, che aveva aperto bocca per la prima volta. "Maria De Carli è morta quasi trent'anni fa!".

"Zitto, idiota. Maria era in Egitto, a tenere le fila di tutto, e…".

Di nuovo Ettore Varchi tacque, facendo cenno verso il televisore. Nell'inquadratura era comparsa una vecchia foto di Maria De Carli, scattata ai tempi del suo incarico da premier. Partì quindi un filmato d'epoca in cui la si vedeva al tavolo del Gran Consiglio del Fascismo insieme con Ciano e gli altri gerarchi.

"Maria De Carli, che si riteneva essere rimasta uccisa ventinove anni fa nel corso del bombardamento tedesco su Roma che preluse alla fine del regime fascista", scandì Valerio, pallido in volto, "è ricomparsa viva e vegeta ad Alessandria d'Egitto, al vertice di una congiura che per qualche ora ci ha portato in guerra. Grazie al cielo, è morta suicida poco meno di tre ore fa", riprese terreo Valerio. "Abbiamo avuto la notizia da... sua figlia, Bianca Diletti, che ne ha raccolto le ultime volontà. Le ultime parole della De Carli sono state *fermate la guerra.* Ecco perché il San Giorgio e i miliziani stranieri si sono ritirati".

Ettore Varchi rimase lì, in piedi. Davanti ai suoi occhi si rincorrevano le immagini dell'intervista e le riprese datate 1975-76. Poi, come un lampo, il volto furente di Maria De Carli sotto il bombardamento di via Tasso, le lunghe unghie che gli scavavano la faccia...

"Cosa è accaduto del sindaco Bovo e del presidente Martone?" chiesero prontamente i giornalisti.

"Erano stati arrestati dai golpisti. Terminate le ostilità, truppe fedeli al governo democratico cisalpino stanno arrestando i responsabili del tentato colpo di Stato".

All'improvviso le porte degli studi televisivi furono spalancate. Nel vano comparvero due incursori del San Giorgio in tuta da combattimento, i mirini laser dei fucili automatici puntati sul volto di Virgilio e di Varchi. Dietro di loro, un sovrintendente della polizia cisalpina.

"Ettore Varchi e Virgilio Dente? In nome della Repubblica Democratica, vi dichiaro entrambi in arresto. L'accusa è alto tradimento e cospirazione contro lo Stato".

"Era ora, commissario", tuonò Bovo alzandosi in piedi. E adesso, riportate me e Martone a...".

"Martone Francesco e Bovo Libero?" chiese pignolo il sovrintendente di polizia. "Siete in arresto anche voi con l'accusa di appropriazione indebita, corruzione e traffico clandestino di immigrati".

Epilogo

L'aereo civile della compagnia di bandiera della Nuova Mezzaluna, un nuovissimo Boeing 737-700NG messo a disposizione da Jamina era completamente vuoto, fatta eccezione per i due piloti iraniani, i solerti steward e le hostess di nazionalità mista, egiziana, libica e siriana, e i due passeggeri italiani, una ragazza che ostentava un grosso paio di occhiali da sole e un uomo anziano, canuto, che ogni tanto, macchinalmente, sembrava ravviarsi sulla fronte dei capelli che non c'erano più. Uno strano effetto, solo due sedili occupati su un totale di oltre un centinaio, un film d'azione americano in proiezione, il primo da anni, dopo che il Consiglio del clero islamico aveva abolito l'embargo decretato ai prodotti degli Stati Uniti. Sul fondo dell'aereo, ancorata tra due file di sedili, due paia di cinghie che la assicuravano al pavimento, un'anonima bara di zinco.

"Stiamo facendo la cosa giusta, papà?" chiese Bianca togliendosi le lenti scure e mostrando occhi gonfi e rossi.

"Io credo di sì. Maria... La mamma, voglio dire... appartiene al suo Paese, all'Italia. Sono sicuro che avrebbe voluto essere seppellita lì".

Bianca si voltò a guardare il feretro. A casa, forse, sarebbero riusciti a organizzarle anche un funerale.

"Ma io volevo dire un'altra cosa..." aggiunse la ragazza aggrottando la fronte. "Siamo sicuri che sia giusto attribuire alla mamma il desiderio di porre fine alla guerra? In fondo lei... lei non è mai stata una donna di pace!".

"Rifletti, tesoro... Se non avessimo avuto questo pensiero, anzi, se tu non avessi pensato ad attribuirle quelle parole, tra qualche anno ci saremmo trovati da capo. Oh, beh... Io forse no. Ma tu ti ritroveresti con qualche pazzo neonazista che vuole risuscitare la Dea del Caos...".

"La Dea del Caos... Un titolo impegnativo per una persona", rifletté Bianca, "e tuttavia alla mamma si addice...".

"Come ti senti adesso?".

"Meglio. Molto meglio", mentì Bianca. Dentro di lei, in realtà, stava allargandosi un buco che sapeva di non poter più riempire. *Ho trovato mia madre solo per perderla per sempre,* pensò. Poi ricordò gli ultimi, fatali istanti di vita di Maria De Carli. Il sorriso amaro sulle labbra mentre si poggiava la canna della pistola sotto il mento. Lo sparo. Il raccapricciante particolare dell'inserto in superlega che, invulnerabile al proiettile, veniva espulso e proiettato sul pavimento mentre la calotta cranica rimaneva scoperchiata. Il disperato tentativo di aiuto, con Bianca e Jamina a proiettarsi inutilmente sul corpo di *Mariam.* I soldati egiziani che ripulivano la sala e sistemavano il cadavere in un telo di plastica. Il sibilo del saldatore sulla bara di zinco.

"Sei stata coraggiosa, tesoro". Disse ancora Marco. "Voglio dire, ordinare a una come Jamina di entrare nei codici riservati di... Maria e inviare il messaggio di cessazione delle ostilità in tutto il mondo!".

"Non... non potevamo fare altro, no?".

"Oh, beh. Potevamo scappare, e basta. Ma tu hai voluto agire".

"Quella Jamina... Altro che Supervisore!".

"Già. Nel disegno tracciato da tua madre avrebbe dovuto prendere il controllo degli Stati Uniti, una volta che i missili atomici fossero stati lanciati dai sottomarini. Un compito ambizioso, islamizzare l'America...".

"Conquistarla alla Dea, papà", corresse Bianca, macchinalmente. "E comunque non mi aspettavo che mi obbedisse in quel modo...".

"Sei sempre la figlia di *Mariam*, ricordi?".

Bianca si asciugò, rabbiosamente, un'altra lacrima. Ma la carica di adrenalina si andava esaurendo. Lei sedeva accanto al padre in un aereo che la riportava a Genova insieme a un cadavere e, lo sentiva, a una bugia.

"Posso sentire il tuo cervello che gira e gira e gira..." disse Marco sorridendo.

"Cosa ci rimane di questa esperienza, papà? A parte una bara di zinco, voglio dire... Io ho scoperto di essere la figlia di una folle, di una potenziale criminale di guerra...".

"...Leva il *potenziale*, tesoro...".

"Discendo da una razza di mostri, dunque? È questo il bagaglio che devo portarmi dietro? Tu... Almeno tu adesso sei libero!".

"Libero io? Non mi libererò mai del fantasma di Maria... Lo sai, quel giorno in cui parlammo, io e lei, dopo tanto tempo... Non fummo mai così lontani, e insieme così vicini...".

"Che intendi dire?".

"Mi ha mostrato come sono dentro. La mia ambiguità. Una parte di me *voleva* uscire sana e salva da quella storia, a ogni costo".

"Anche al costo di perdere *me*?".

"Sì, per un solo istante. Poi mi sono accorto che l'altra parte lo avrebbe rimpianto per l'eternità".

Bianca guardò suo padre, a lungo.

"Credo... credo che in ciascuno di noi si celi un doppio... Un opposto di cui non vorremmo mai ammettere l'esistenza. Io stessa, in quel maledetto Appartamento della Riflessione, per più di un istante ho pensato che valesse la pena scegliere la strada della mamma. E perdere te. Come vedi, torniamo al principio".

"Già. Torniamo a quello che la mamma non ha mai accettato di essere: una persona doppia come tutti noi. Maria/*Mariam*... Curioso dualismo. In realtà, anche per lei, non c'è stato quasi mai un momento in cui Maria si è liberata di *Mariam*...".

"Io a un certo punto ho visto... Ho visto mia madre".

"Tu hai avuto il privilegio e la fortuna di far uscire il suo lato umano".

"Perché si è uccisa? Poteva dirle lei quelle parole, papà. Poteva interrompere lei la guerra, e in Italia l'avrebbero osannata come un Messia!".

"Ma lei non lo voleva. Lo avrebbe sentito come un bluff. Un po' come quella biblioteca vuota di libri e piena di coreografie bizzarre. Lei voleva invece che la nuova Italia sorgesse a unificare il Mediterraneo con la spada e il fuoco purificatore. Era questo il destino che si era scelta".

"Mi ha sorriso prima di spararsi...".

"Forse voleva che fossi proprio tu a riscattarla...".

Nel frattempo, sul grande schermo di bordo le immagini del film americano avevano lasciato spazio a un notiziario della INN. 'Live from Genoa' stava scritto sui bandoni con il logo del network. Valerio Fortunato stava in piedi dietro il podio presidenziale, stretto in un doppio petto che doveva appartenere al guardaroba più formale del dottor Marcello Romani. Quello era anche il nome che campeggiava in lettere rosse sotto il suo mezzobusto: *Marcello Romani, temporary President of the Italian Democratic Republic.* L'espressione sul suo volto era grave.

"Italiane e italiani del Nord-ovest", attaccò Valerio. Una traduzione simultanea in inglese scorreva in sovraimpressione, come se fosse stata preparata con largo anticipo. "Come ci era stato annunciato nelle scorse ore, le truppe americane e tedesche sono state ritirate a nord dell'Arno. Allo stesso modo le forze della Repubblica Italiana e della Repubblica Democratica Cisalpina hanno completato il riposizionamento lungo i confini provvisori del 1980…".

"E che ci fa quello al posto di Martone?" chiese Bianca interdetta.

"Fortunato ne sa una più del diavolo", mormorò Marco. "È riuscito a fare quello che ha sempre desiderato, lo statista. È lui il nuovo presidente… E, occhio: sta parlando di confini provvisori. Non sentivo dire quella parola da più di vent'anni!".

"Fra un mese ci sarà un vertice a cinque", proseguì Fortunato. "Esponenti al vertice delle due Repubbliche Italiane, vale a dire io quale presidente ad interim della Repubblica Democratica Italiana, questo il nuovo nome del nostro Paese, e il presidente del Consiglio italiano Rocco Buttiglione ci incontreremo a Pisa, città martire di questa tanto insensata quanto per fortuna breve guerra fratricida. All'incontro parteciperanno, quali mediatori, il presidente tedesco Jörg Haider e il presidente degli Stati Uniti John Kennedy jr. In qualità di osservatore ci sarà anche il presidente di turno della Nuova Mezzaluna, Tareq Aziz. Sarà il primo incontro ufficiale fra i due governi italiani dal 1980..."

"È una notizia-bomba", disse Bianca. "Kennedy insieme con Aziz... E Haider! Quel fascista austriaco è stato costretto a fare buon viso a cattivo gioco, dunque!".

"Sentire l'aria di casa ti fa ritornare giornalista", sorrise Marco. "Ma aspetta, ascolta!".

Fortunato si stava rivolgendo direttamente alle telecamere, l'espressione concentrata. "...Lo scopo è quello di arrivare, entro un anno, al massimo, a tre consultazioni popolari. In linea di massima, non essendoci più alcuna contrapposizione politico-ideologica, i governi di Roma e Genova pensano di arrivare a un legame confederativo. Un'ipotesi che dovrà tuttavia essere sanzionata da un referendum. Se questa consultazione avrà esito positivo, il governo di Berlino non si opporrà a una graduale autodeterminazione dei territori del Nord-est attualmente conosciuti come Protettorato Germanico".

Fortunato inspirò profondamente in vista della conclusione del discorso.

"In altre parole, se tutto andrà per il verso giusto, fra due o tre anni potremmo riavere un'Italia riunificata, dalla Sicilia alle Alpi! E adesso viene la parte per me personalmente più difficile...".

Valerio afferrò il piano del podio e curvò leggermente le spalle, protendendosi ancora di più verso le telecamere.

"Io... io non mi chiamo Marcello Romani, ma Valerio Fortunato…" Un vivace brusio, chiaramente udibile in televisione, si alzò in sala stampa. Qualcuno dei giornalisti più anziani si levò in piedi, puntando l'indice contro il presidente ad interim.

"…Sì, avete ragione. Ricordate bene!" riprese Valerio facendo cenno di abbassare le voci. "Sono stato stretto collaboratore di Antonio Murgita ai tempi della dittatura. Non mi sono opposto, è vero, alle purghe di stampo staliniano. Ero all'organizzazione giovanile del partito, ero informato sui fatti…".

"…Era il leader studentesco che parlò in piazza Venezia quando cadde Ciano!" Gridò dalle ultime file un cronista dai capelli candidi! "Io c'ero!".

"È vero. Ero io". riprese Valerio. "Per questo volevo dirvi di darmi almeno un po' di credito per il futuro. Chi di noi, qui dentro, può davvero dire di essere stato immune dalla dittatura di Murgita? E qualcuno, sono sicuro, ricorda ancora la censura di Ciano! O quella, più subdola, di Maria De Carli?" Molti giornalisti chinarono il capo, con aria colpevole. "Bene, allora…" disse ancora Valerio. "Io mi offro quale responsabile di questa transizione. Sono a disposizione del Paese. Se, poi, alla fine del percorso di unificazione, ci sarà ancora un posto per me, non mi tirerò indietro. Ma ora credo che valga almeno una frase tra quelle che pronunciò Antonio Murgita nel 1976: democrazia è responsabilità. Lui non ci credeva, io invece ci credevo allora e ci credo oggi". Detto ciò il presidente ad interim della Repubblica Democratica Cisalpina abbandonò il podio e lasciò la sala stampa.

"Abile, vero?".

"Sembri gongolare, papà... A me sembra sempre la solita solfa... Hanno perfino cambiato nome al nostro Paese!".

"Valerio è un uomo mediatico. È rimasto nell'ombra tanti anni, adesso ha l'occasione di farsi notare...E di fare bene. Un tempo era un idealista".

"E adesso cos'è?".

"Adesso è un politico, Bianca".

"Quell'uomo ti è simpatico, vero? Credi davvero in quel che dice?".

"No. Come non ho mai creduto a Murgita. In realtà non ho avuto il tempo di credergli".

"Murgita era un mostro...".

"No, Bianca. Come Togliatti era votato solo al potere... Ed era un malato. Come la mamma, ricordalo. Si assomigliavano molto. Non a caso lui voleva levarla di mezzo".

"Ma non c'è riuscito".

"Così come la mamma non è riuscita a realizzare il suo delirio nazifemminista. Il tempo, alla fine, è un galantuomo...".

"Sei così calmo, adesso. Non ti ho visto prendere una pastiglia da giorni!".

"Non so come, ma non ne sento il bisogno. Sarà che rivedere la mamma dopo tanti anni e chiudere la partita con lei mi ha reso, come dire, più prossima e accettabile la prospettiva della morte".

"Te l'ho detto, papà: adesso sei libero".

"Libero anche da questo?" chiese ironicamente Marco, tirando fuori il cellulare dal taschino della giacca ormai lisa e stazzonata.

Bianca scoppiò a ridere. "Prima di liberarti di questo dovrai liberarti anche di me, e ti assicuro che non ti sarà facile!".

"Promettimi, almeno, di lasciarmi un po' di respiro!" rise di rimando Marco, abbracciando sua figlia.

"Otto chiamate al giorno?" ammiccò Bianca, il sorriso ancora appeso agli angoli della bocca.

"Hmmm, beh. Mi sembra una cifra ragionevole. Almeno quanto le cinque volte che non ti risponderò", rispose Marco strizzando un occhio.

"Sei veramente un papà indisciplinato!" esclamò Bianca dando un leggero pugno sulla spalla del padre.

"Guarda giù, tesoro..." disse improvvisamente Marco. "È la penisola della Puglia. Se Valerio ha ragione la prossima estate andiamo insieme in vacanza sul Gargano. E senza bisogno di visto!".

"Sai che palle, in vacanza con un settantenne ipocondriaco!".

"Ma non hai appena acutamente notato che non ho più così tante ubbie?".

"Uhm. È vero. Ma devo ancora metterti alla prova del quotidiano".

Bianca fece il broncio, mostrò scherzosamente la lingua al padre, poi si immerse nella lettura del giornale. Marco la guardò. Oltre il suo profilo, fuori dal finestrino, il nastro montuoso dell'Italia scorreva, ininterrotto, baciato dal luminoso sole dell'estate.

FINE

Ringraziamenti

Dedicare una pagina ai ringraziamenti in un'opera di fantasia come questa, dove ogni riferimento a fatti realmente accaduti, o a persone realmente esistenti va considerato come casuale, può apparire strano. In realtà a me appare assolutamente naturale, e addirittura doveroso. Scrivendo questo libro ho scambiato continuamente idee e pareri con Ernesto Vegetti: qualcuno lo ha soprannominato "il ragioniere della fantascienza italiana", a causa dell'accuratezza del suo Catalogo e per una certa intransigenza. Per me è stato più di un riferimento, e il primo grazie, di cuore, va a lui. Poi il mio vecchio amico Luca del Colombo, informatico bravo anche a insegnarla, l'informatica. Senza i suoi consigli non mi sarei mai districato tra *ping*, *tracer* e *backdoors*. E poi Nick Tambone: animatore della scena culturale underground nel basso Piemonte, a *Dea del Caos* ha dedicato una bellissima anteprima in un incontro pubblico ad Alba lo scorso autunno. Nick è uno di coloro che sono rimasti affascinati dal personaggio di Maria de Carli: ebbene, solo qualche tempo fa ho scoperto che una Maria de Carli esiste davvero. Fin qui, nessuna meraviglia. Ma la cosa divertente è che questa Maria de Carli è una mia lettrice. Grazie a Claudio del Maso che me l'ha segnalata.

In rapida sintesi, ringrazio anche gli amici Claudio Palmieri, web-recensore intelligente e approfondito; Tobia Bassanelli, redattore di "webgiornale.de", periodico on-line per gli italiani in Germania; Estanislao Pedro Baziuk, segretario della Camera di Commercio italiana a Mendoza, che ha contribuito a far conoscere il mio nome in Argentina; Roberto Speciale, presidente della Fondazione Casa America di Genova, che mi sostiene in un progetto di diffusione della storia alternativa in America Latina; Ole Jorn dell'Istituto di Lingue e Letterature Romanze dell'Università di Copenaghen, che sta facendo la stessa cosa in Danimarca; Angelo Saracini, responsabile del CO.MI.TES. di Atene, che mi ha dedicato un bell'articolo sul periodico "Efimerida"; il collega giornalista e scrittore Errico Passaro; Gianfranco De Turris per avermi fatto capire certe cose. E infine, ma non per ultimi: mia madre che mi legge con passione; suo marito che mi legge, qualche volta senza capirmi e Paola, che sopporta serena i miei deliri allostorici.

Indice

Liguria in Giallo

I serie

1. B. Morchio *Bacci Pagano – Una storia da carruggi*

2. M. Masella *Morte a domicilio*

3. A. Caron *La ragazza con il cane al guinzaglio*

4. M. Branchi *Trittico del tempo*

5. F. Uberto *Partita doppia – I platani di Villa Albaro*

6. M. Cennamo *R. Aufheben – Un Torquemada in Albenga*

7. C. Bo *Balbiquattro*

8. C. Musso *Delitti dal Vangelo secondo Giovanni*

9. M. Masella *Il dubbio*

10. A. Caron *L'anziano ficcanaso*

PROSSIMA USCITA

II SERIE

FINITO DI STAMPARE NEL GIUGNO 2006
DALLA TIPOGRAFIA ME.CA - RECCO - GENOVA
PER CONTO DELLA FRATELLI FRILLI EDITORI SRL - GENOVA

Printed in Italy